여성동학다큐소설
보은편

깃발 휘날리다

깃발 휘날리다

동학언니들 **지음**

도서출판 모시는사람들

머리말

1894년 조선을 방문하고 4년간 중국과 조선을 오가며 보고 느낀 바를 기록한 영국의 작가 이사벨라 버드 비숍(Isabella Bird Bishop, 1831-1904)은 '조선의 양반은 기생충과 다를 바 없는 계급이고 관리들은 흡혈귀와도 같다.'고 했다. 고종과 민비는 무능한 욕심쟁이일 뿐 세상을 보는 안목도 국가를 운영할 능력도 없었다. 문제점을 개선해 나갈 마음도 능력도 없으니 죽어나는 것은 '인민들'일 뿐(전봉준은 재판을 받을 때 자기들을 '인민'이라고 표현했다).

하늘이 내려 준 동아줄

양반들이 인민들을 수탈의 대상으로만 볼 때 인민들에게 하늘에서 내려온 동아줄이 있었으니 그게 바로 동학이었다. 동학은 인민들에게, 만물 속에 하늘이 깃들어 있으니 '만물은 귀한 하나'라고 일깨워 주었다. 인민들은 동학을 좋아하고 아주 또 좋아했다(酷好).

보은은 남으로는 경상도와 전라도와 통하고 북으로는 경기도와 강원도로 가는 길목이 되는 교통의 요충지다. 남녘에서 한양으로 올라가는 서쪽 통로인 공주, 중앙 통로인 청주, 동쪽 통로인 충주로 열려 있는 곳이기도 하다.

보은은 경주에서 수운 최제우가 순도한 이후 24년 만에 최초의 동학 본거지인 법소가 세워진 곳이다. 이 소설에서는 해월과 보은 땅의 인연이 본격적으로 시작되는 1885년부터 동학혁명 끝머리인 1894년까지의 10년간의 이야기를 다룬다.(날짜는 당시 사용하던 음력으로 썼다.)

대체 어떻게 전화도 전보도 없는 시대에 보은에서 수만 명이 모일 수 있었다는 것인지 궁금하기 짝이 없었다. 대체 동학도와 관리들 사이에 무슨 이야기가 오고 갔는지 궁금했다. 그 궁금한 것을 독자 입장으로 파헤쳐 보았다.

크나큰 산맥, 해월

소설 작업을 하면서 많은 자료들을 접했다. 120여 년 전의 기록에 나타나 있는 인물의 이름, 생몰 연대가 부정확한 것은 충분히 이해가 되는 일이었으나, 동학의 주역들에 대한 역사가들의 관점이 상당히 다르다는 것은 다소 뜻밖이었다. 남접과 북접의 대립이 있었다고 판단하여 해월에 대한 분노를 가지고 쓴 자료들도 있었다.

해월이 죽을 때까지 자신의 직책으로 내세웠던 '북접주인', '북접도주'의 '북접'이라는 말은 남접에 대한 상대적인 의미가 아니다. 수운이 살아있을 때 남쪽은 본인이 맡을 테니 북쪽은 해월이 포덕을 담당하라며 그 역할을 분담했다. 해월은 수운에게서 직접 받은 도의 정통성을 드러내고, 실존하는 동학흐름의 유일무이한 전수조직이라는 것을 드러내기 위해 '북접'이라는 말을 즐겨 사용했다. 동학 조직에서 해월의 역할과 존재 의의를 이해하지 못하면 1894년 혁명도 제대로 이해할 수 없다는 것이 글을 쓰면서 우리가 갖게 된 생각이었다.

해월은 시종일관 가장 초라한 옷을 입고 거친 음식을 먹으며 가장 낮은 존재로 살았기 때문에 누구도 넘볼 수 없이 우뚝 선 존재가 되었다. 수운 이래 해월이야말로 봉우리로 표현되는 수천 명의 접주들을 품은 백두대간과 같은 큰 산맥이었다.

가히 조선반도가 낳은 최고의 성인이라고 할 해월이 34년 동안 조직을 꾸려 가며 포덕을 한 것은 '죽창(무기)을 들고 효과적으로 정부를 전복하기 위한 것'이 절대로 아니었다. 그는 수행하는 사람의 수가 많아지고 도가 깊어지면 개벽의 세상이 분명히 오리라는 것을 알았다. 임계점을 넘어서기 위해 그는 강원도, 충청도, 경상도 그리고 전라도 경계를 쉬지 않고 넘나들었다.

그 임계점을 넘어서기 전에 남쪽에서 끓어오르는 분노가 표출되는 것을 그는 염려했다. 임계점을 넘기 전에 끓어 터진다는 것은 커다란 희생이 따른다는 것을 의미하며 끓어 터진 뒤에는 원점으로 돌이키는 것조차도 힘들게 된다는 것을 알았기 때문이다. 가능하면 늦추어 보려고 했지만 연이어 터지는 폭발에 그는 빠르게 마음을 접었다. 그리고 '이것도 시운이다.'라며 자리를 털고 일어나 즉시 적극적 대처로 돌아섰다.

그의 염려대로 혁명은 성공하지 못했다. 수많은 희생자가 생겼고, 일본은 동학군 대량 학살(1894년 말 두 달 사이에 3만-5만 살육)을 시작으로 1945년 패망까지 반세기 동안 아시아에서 2천만의 인명을 살해했다. 소설을 쓰면서 우리 동학언니들은 무기로 일어서는 자 무기로 망하게 된다는 진리를 깨달았다.

수십 년을 하루같이 아름다운 세상을 만들기 위해 애를 썼던 동학의 지도부에 뜨거운 찬사와 사랑과 감사를 보낸다. 그들을 믿고 따랐던 수십만 명의 희생을 애도한다. 글로써 그들을 모두 살려내지 못한 것이 안타까울 따름이다.

작업을 하면서 일본이 자료의 확보와 보존에 대단히 능하다는 사실을 알았다. 부럽기는 하나 자기들 편의에 맞게 왜곡하는 것은 대단히 경계할 일이다. 이 책이 한국, 일본 두 나라의 양심적인 학자, 시민들, 더 나아가 세계적으로 양심적이고 진화된 의식을 가진 사람들을 질적으로 양적으로 늘이는 데 도움이 되면 정말 좋겠다. 지구를 위험으로부터 방어하는 것은 대규모 함대나 핵을 탑재한 미사일이 아니다. '귀한 우리, 함께 잘 살자.'는 생각을 가진 사람들이 많아져야 비로소 지구는 안전한 '우주 속 귀한 공간'이 될 것이다.

실패한 혁명은 없다

우리는 동학이 120년 전에 인민들에게 내려졌던 동아줄이었듯이,

70년이 다 되도록 분단된 채로 서로를 증오하도록 길들이고 있는 한반도와 전쟁의 포화가 끊이지 않는 21세기 분쟁 지역의 고통을 해결해 줄 동아줄이 되기를 희망한다.

애초 동학언니들이 15개 지역의 이야기를 쓰려고 했으나 중간에 사정이 생겨 두 편이 빠지고 13편만 나오게 되었다. 빠진 것 중 한 편이 전라도 정읍을 중심으로 한 동학인데 이미 나와 있는 책들이 많다는 것을 위로로 삼고 넘어가기로 했다. 또 한 편은 만주를 중심으로 고려혁명당을 만들었다가 일찍 스러진 해월의 아들, 상남자 소수 최동희의 이야기인데 이것은 추후에라도 꼭 나오게 되기를 희망한다.

실패한 혁명은 없다. 역사는 실패한 것 같은 사건 속에도 불씨가 남아있다는 것을 우리에게 보여준다. 그동안 그 소중한 불씨를 살려 온 수많은 동학 학자들, 기념사업회 일꾼들, 유족들, 동학의 도인들에게, 그 불씨를 품어준 하늘과 땅의 은덕에 고마운 마음을 보낸다.

처음부터 끝까지 전폭적인 지원을 해 주신 박맹수 교수님, 도서출판 모시는사람들의 박길수 대표, 소경희 편집장, 조영준 님, 출판이 가능하도록 미리 후원에 참여해 주신 우리 시대의 동학군들에게도 고마움을 전한다.

2015년 가을, 동학언니들

(고은광순, 김정미서, 김현옥, 리산은숙, 명금혜정, 박이용운, 박석홍선, 변김경혜, 유이혜경, 이장상미, 임최소현, 정이춘자, 조임정미, 한박준혜)

차례

깃발 휘날리다

1. 양지바른 집

을유년(1885) 봄날 아침, 두 사내가 빠른 걸음으로 구병산 남쪽 기슭을 타고 서쪽으로 향하고 있었다. 한 사내는 키가 작고 몸매가 다부졌는데 언뜻 보아 조선 사람 같지 않은 얼굴이었다. 눈썹은 짙고 매부리코에 아래턱이 앞으로 나온 그는 작은 키임에도 불구하고 부지런히 앞서 걸었다. 또 한 사내는 중키에 부드러운 풍모를 지녔는데 앞의 사내를 뒤따르는 모습이 힘겨워 보였다.

"어이, 인주. 좀 쉬었다가 가세나."

"아이고 형님도. 그 연세에 뭐가 그리 힘들다고 엄살이십니까? 새벽에 떠났어도 50리 길을 가려면 이 정도로는 가야 해 지기 전에 당도할 수 있어요."

"오뉴월 땡볕 하루 더 쬐는 게 얼만데…. 나는 자네보다 일 년이나 더 늙지 않았는가."

"하하, 일 년? 그래 봐야 이제 서른다섯 아니슈? 나랑 동무 먹어도 억울할 일은 없겠고만."

"흠…. 그건 그렇지. 자네가 나보다 어려도 생각하는 건 내 머리 꼭대기에 있으니까."

"그럼 우리 이제부터 동무 먹을라우?"

"까짓 것, 내 말만 잘 들어주면 동무하지, 뭐. 좀 쉬었다 가자니까."

"그럼 땀 식을 때까지 잠깐 쉬기로 하고, 이제부터 동무할 거니 다른 말 하기 없기유."

"아 그러자니까."

두 사람은 각기 길 옆의 바위에 걸터 앉았다.

"하일이!"

"허, 참…. 이게 웬 낭패람. 새파란 놈한테…."

"약조를 벌써 잊었나? 동무하기로 해 놓고. 동짓달 생일이라니 사실 달수로 따지면 몇 달 차이도 아닌걸…. 내 진즉 이렇게 할 것을, 참고 또 참으며 형님, 형님 하려니 입에서 쥐가 날 판이었는데…."

"좋아. 한 번 약속했으니 통 큰 내가 참아야지…. 왜 그러나, 인주!"

"큰사모님 혼자 사실 거니까 집은 세 칸짜리 정도로 자그마한 거면 되겠지?"

"아무렴. 그러면 되지. 그런데 왜 하필이면 보은으로 정하라 하시는 걸까?"

"선생님이야 조선 천지를 다 돌아다니시는 분 아닌가! 보은은 경상도, 충청도, 강원도, 경기도, 전라도, 한양으로 모두 통하기 좋은 길목이지. 그러니 큰사모님을 위한 집이기는 하지만 후일을 도모하기 위해서도 보은에 거점이 필요하다 생각하신 듯하이."

"아이구, 역시 똑똑이 인주 맞네. 그러니 입도하자마자 선생님 사랑을 독차지하지."

"그게 무슨 말인가. 기라성 같은 제자들이 수두룩한걸…."

"어허, 게다가 겸손하기까지…."

"거, 형님 벼슬 뺏겼다고 꿍해서 괜한 소리 그만하고, 웬만큼 쉬었으니 다시 길을 떠나세."

서인주(서장옥), 황하일 두 사람은 자리를 털고 일어나 서쪽으로 부지런히 길을 재촉했다.

"하일이 자네 고향이 보은이라지 않았나? 이따가 보은을 앞두고서는 자네가 앞장을 서게."

"그려. 그래서 선생님이 보은에 집을 알아보자고 하실 때 내가 냉큼 나선 것이지. 내 고향은 보은 중에서도 아주 북쪽에 있는 송림이란 곳이네. 법주사 가는 길목에 있는…. 아, 그리고 보니 자네 한때 불가에 몸담았다 하지 않았는가? 염불 한번 해 볼 텨?"

"예끼, 이 사람. 속세로 돌아와 혼인까지 하고 사는 사람한테 왜 이러는가?"

"그리고 보면 자네는 참 알 수 없는 사람이야. 불가에 몸담았다가 나이 차이도 많은 대갓집 큰딸을 꿰어 차고 말이지…. 어찌 그리 재주가 용한가? 대체 어떻게 한 거야?"

"내가 이태 전에 우리 장인이 될 줄 모르고 음선장 어르신 댁에 인연이 닿아 며칠 묵으며 이런저런 이야기를 나누었는데, 그 어르신이 나를 보는 눈빛이 좀 묘해지더라구. 자꾸 시시콜콜 이것저것을 다 물으시고⋯. 그러더니 과년한 큰딸을 불러들여 과일을 깎으라 시키시더군. 그래서 과일을 먹으며 좀 더 이야기하다가 돌아왔지. 그것뿐이었는데⋯."

"그것뿐이었는데? 그다음에?"

"다시 집에 들러 달라는 기별을 받고서 가 보니 큰딸과 혼사 이야기를 꺼내시는 거라."

"그래서 받아들였어? 나이가 열두 살이나 어린 처자였다면서? 차라리 보쌈이 낫지, 이 도둑놈아!"

"나야 속세를 떠나 있었으니 나이가 들었지만 어쨌든 새 남자고, 그 처녀는 눈이 높아 웬만한 남자들은 죄다 퇴짜 놓았던 모양이더라구. 과일 깎으러 들어온 건 내가 어떤 사람인지 살피러 들어왔던 게지. 두 부녀가 내게 홀랑 빠져서 혼인을 간청하니 낸들 어떻게 하겠나? 그냥 눈 딱 감고 소원을 들어준 거지. 그 집엔 딸이 많은데 앞길이 막혀 있으니 우리 장인이 얼마나 속이 끓었겠나? 나 때문에 시름을 덜은 거라니까."

서인주가 눈을 내리깔고 으스대며 말했다.

"어이구, 말이 많다. 솔직히 말해 네가 풍채가 좋으냐, 인물이 좋으냐? 날강도 놈이 따로 없다니께."

"새신랑 보구 날강도가 뭐야? 우리 각시는 내 인물이 못났다고 한 번도 말 않더먼."

"하긴 그려. 껍데기 인물이야 뭐 뜯어 먹구 사는 거 아니니께. 사실 뭐 그 생각하는 거, 머리 쓰는 거, 이게 비범하다는 거는 나도 인정하는 바여. 그러고 보면 신부가 사람 보는 안목이 높은 거로구만. 그렇지?"

"암만⋯."

"이놈이 그래도 아까 부리던 겸양의 미덕은 어디다 내다 버리고 그렇게 금방 날름 받냐?"

두 사람은 쿡쿡대며 고개 하나를 또 넘었다.

"그런데 어떻게 해서 손씨 사모님이 계신데 김씨 사모님을 얻으신 거지?"

뒤따르던 황하일이 물었다.

"신미년(1871)에 이필제가 영양에서 거사를 일으켰다 안 했는가. 군수는 처단했지만 관의 추격이 대단해서 모두 뿔뿔이 흩어지고 잡혀 죽고 귀양 가고⋯. 그때 선생님도 강원도로 급히 피하게 되었다네. 그런데 손씨 사모님이랑 따님들이 옥에 잡혔던 모양이라. 그러고 나서 행방불명이 되었는데⋯."

"아, 그 양자 들인 아들이랑 수백 명이 처형당하고 유배 갔다는 그 사건?"

"그렇지. 벌써 14년 전일세그려. 그때 가족을 백방으로 찾아도 찾을 수가 없었다네. 선생님이 혼자 계시니 좀 불편하고 힘드셨겠나. 그러니 제자들이 3년을 안타깝게 지켜보다가 딸 하나 데리고 있는 김씨 부인을 모시고 왔다네. 그래서 단양에서 아들을 하나 낳고 살고 있었는데….”

“그때 큰사모님이 나타난 거야?”

황하일이 큰 눈을 더 크게 뜨고 서인주에게 물었다.

“참 운명이 기구하기도 하지. 거지꼴을 한 모녀가 꿈에 본 대로 찾아왔다며 단양에 갑자기 나타났다는구먼.”

“그런데 선생님이 새살림 차린 거 보고 놀라셨겠네.”

서인주가 한숨을 쉬며 말을 이었다.

“뭐 어쩌겠는가. 이미 벌어진 일인걸. 큰사모님 모녀는 왼쪽 방에, 작은사모님 모자는 오른쪽 방에…. 그렇게 사시다가 과년한 따님을 이천 앵산의 신택우 접주 아들에게 출가시키고 혼자 남은 큰사모님은 함께 사는 것이 모두를 힘들게 한다며 따로 나가 사셨다지.”

“그런데 언제 어떻게 병을 얻게 되셨지?”

“모녀가 3년을 유리걸식하며 살았다니 오죽했겠나? 그런데다가 새로 얻어 나가 살던 집이 어둡고 습이 많은 개울가 집이었던가 봐. 선생님이 한 번 들르셨는데 집에 곰팡이가 여기저기 피어 있고 큰사모님이 잔기침을 계속하시더라네. 그래서 이사를 서두르시며 양지바른 집을 특별히 강조하셨던 거라네.”

“아, 그럼 장내리로 가세. 이 구병산 자락이 끝나면 너른 들이 나오고 오른쪽에 옥녀봉이 있는데 그 아래가 좋겠네.”

“옥녀봉?”

"음…. 산이 누워 있는 것이 여인네가 누워 있는 모습을 닮았다고 옥녀봉이라고 한다네. 북쪽을 옥녀봉이 막고 있고 남쪽은 트여 있으니 그곳이 딱 맞춤일세."

해가 중천에 떴다. 산벚꽃이 다 지고 연록색 잎사귀가 돋아나고 있었다. 두 사람은 길옆 계곡으로 내려가 자리를 잡았다. 바랑에서 개떡을 꺼내고, 표주박으로 계곡의 물을 떴다. 쑥개떡을 뜯어 입에 넣고 황하일이 물었다.

"자네는 어쩌다가 불문에 들었고, 또 속세로 돌아오게 되었는가? 아니 그보다 어떻게 우리 해월 선생님을 만나게 되었나?"

"어이쿠, 관에서 문초를 받는 것 같으이."

"오늘로서 나 같은 형님을 동무 삼는 영광을 얻었는데 털어놓지 못할 게 뭐 있나?"

서인주는 두 손으로 얼굴을 감싸고 한참 뜸을 들였다. 질문을 한 황하일이 큰 실수를 했나 싶어 오히려 무안할 지경이 되었을 때 서인주가 입을 열었다.

"내가 지금 서른네 살. 불가에 입문한 지 서른 해가 넘었지. 그 말이 무슨 뜻인지 아나?"

"어릴 때 절에 들어갔구나!"

"걸음마나 제대로 할 때였을까? 나는 아버지 이름도, 어머니 얼굴도 몰랐어. 스님들이 나를 키워 주셨지."

"그랬군."

황하일이 미안해져서 고개를 숙였다.

"어릴 때야 동자승들끼리 까불고 장난치고 그러다가 스님들에게 혼나고…."

말하는 서인주의 얼굴에 전에 없이 해맑은 미소가 피어올랐다.

"계해년(1863) 겨울, 내가 열세 살 때였네. 큰스님을 따라 보은에 내려갔었지. 날이 어둑해질 무렵 주막 근처를 지나는데 사람들이 모여 웅성웅성하더라고. 큰죄인을 한양으로 압송하는 길인데 날이 어두워지니까 보은 관아로 들어가려던 참이었나 보더군."

"계해년 겨울이면 혹시 수운 대선생 이야기 아닌가?"

"그래, 어떻게 알아?"

"내가 열네 살 때였고 보은에 소문이 쫙 나서 나도 들어 알고 있었지."

"우리 큰스님이 굳이 관아 근처의 어수선한 주막에서 하루를 머물겠다고 하시는 거야."

"어수선했다면 수운 대선생을 따르는 사람이 많았던 모양이군. 그렇다면 빈 방이 없었을 텐데?"

"그랬지. 그러면 헛간이라도 빌려 달라시며 막무가내로 우기시니 주인이 어쩔 수 없이 허락을 했지. 스님이 손수 헛간 물건들을 이리저리 치우시고 간신히 둘이 앉을 자리를 만드셨어. 둘이 앉아서 밤을 새웠지. 아니 나는 졸다가 너무 추워서 깨었다가 졸다가…."

"그게 섣달이었다는데 정말 엄청나게 추웠겠네."

"그랬네. 이윽고 죄인을 관아에 수감하고, 호송하는 나졸들은 삼삼오오 주막으로 나와설랑 술판이 벌어지더군. 그런데 우리 스님은 밤새 꼿꼿이 앉아 독경을 하시더라고. 나는 도무지 아무 영문도 알 수가 없었고. 술맛 떨어진다고 나졸들 지청구가 이만저만이 아닌데도 스님은 꼼짝도 않으셨어."

"그 사이 자네는?"

"얼핏 풋잠이 들었다가 잠깐 눈을 떴어. 왁자하던 술자리는 모두 파해졌는데, 외려 저녁 무렵에는 안 뵈던 사람 둘이 방안에서 조용조용 얘기를 하더군. 가만히 들어 보니 한 사내가 죄인을 호송하는 선전관에게 돈을 전하는 게야. 죄인을 모질게 굴지 말고, 최대한 잘 모시고 가 달라는 거였지."

"그 사내도 우리 동학도였던 모양이네."

"그때 난 아무것도 몰랐어. 동학이 뭔지도. 그랬는데 그 사내가 새벽에 또 나타난 거야. 죄인이 관아에서 나오는데 그 앞에서 또 큰절을 하고. 남모르게 얼핏 눈물 콧물을 닦더군."

"동학도였다면 정말 그러고도 남았겠지."

"관아 밖으로 나서는데 기다리던 포졸이 '이방 나으리'라고 부르는 걸 듣고는 그가 이방인 걸 알았지."

"살아서 뵙는 마지막 모습이라고 생각하면 얼마나 애가 닳았겠나!"

"스님이 죄인과 포졸들이 한양으로 떠나는 모습을 하염없이 바라보시기에 스님에게 물어봤어. 어찌 된 사연인가고."

"스님은 뭘 알고 거길 가셨던 걸까?"

"말없이 한참을 계시더니, '큰 별 하나가 지겠구나!' 하시고는 깊은 한숨을 쉬시겠지. 날 보고 일 년쯤 세상을 좀 떠돌다가 돌아오겠냐고 물으시더군. 그럴 수 있는 나이가 되었다면서."

"절을 떠나 있으라고?"

"음. 그렇다면 우선 나에 대해서 알고 계시는 걸 다 말해 주셔야 한다고 정색을 하고 말했지. 고향이든, 부모 이름이든…."

"그래야지."

황하일이 자기 일처럼 흥분하며 말했다.

"'이 세상이 네 고향이고, 이 세상의 부모가 다 네 부모'라고 말씀하시데."

"아이고, 맥 빠지는 소리."

"'스님, 사실을 말해 주지 않으시면 이 자리에서 꼼짝도 않겠습니다. 말씀을 따르지 않겠다고요.' 내가 정색을 하고 말했지."

"아따. 고놈. 당돌하기도 하지."

"궁금하면 한 가지는 말씀해 주시겠대. 내 아버지는 대갓집 아들이었고 내 어미는 그 집 종이었다는 거야. 배가 불러 오자 그 집에서 쫓겨났다지. 그러니 그다음은 짐작할 수 있는 바이고. 스님은 일 년 후에 돌아오라며 나를 그 자리에 남겨 두고 떠나셨어."

"어느 대갓집이라는 건 말씀 안 하셨어?"

"그건 여전히 입을 다무시고…"

"일 년 동안 어디서 뭐 했는데?"

"정처 없이 떠돌아다녔지. 거지들 틈에 끼어 함께 동냥밥을 먹기도 하고, 장사 지내는 곳에, 혼례 치르는 곳에, 일손이 필요한 곳곳마다 중 노릇도 하고 머슴 노릇도 하고…. 그렇게 일 년을 보내고 절에 돌아갔어. 사람들이 어떻게 살아가고 있는지 보았지. 산에 사는 사람, 바다 근처에 사는 사람, 평지에 사는 사람, 권세가 있는 사람, 아무것도 갖지 않은 사람…."

"그런 걸 보면서 어떤 생각을 했는데?"

"절에 박혀 아무것도 모르던 내가 세상 공부를 제대로 한 셈이지."

"돌아가니 스님이 반갑게 맞아 주셨어?"

"아니. 스님은 딴 곳으로 떠나셨더라고. 책 한 보따리를 내가 돌아오면 전해 주라고 남겨 놓으시고…."

"무슨 책인데?"

"온갖 책. 유불선, 병법, 도참, 비기…."

"그래서 우리 인주가 이렇게 똑똑해졌구나."

"그 뒤에 웬 젊은 스님이 오셨는데 책만 봐서 중생을 구할 수 있는 건 아니라고 하셨어."

"아이쿠. 이건 또 뭐야?"

"눈물 쏙 빼며 수행을 했지. 그리고 몇 년을 주기로 한 달 두 달 절 밖으로 나와 떠돌이 생활을 했어."

"세상이 달라지는 것이 보이던가?"

"병자년(1876)에 일본과 조약을 맺었다고 하지 않았는가?"

"일본과 물건을 사고팔면서 생기는 문제에 대해 두 나라가 약조했다는 거?"

"음. 그런데 그 뒤로 싼 면이 많이 들어오니까 농촌의 목화 농사가 망가지고, 쌀과 콩이 많이 팔려 나가니까 굶주리는 백성이 늘어나고…. 그러니 점점 살기가 팍팍해지는 것이 눈에 보이더군."

"그런데 왜 절을 떠났지?"

"어이쿠, 갈 길이 멀어. 관군의 취조도 아닌 것이 아주 무섭고 빈틈이 없네그려. 그다음 이야기는 나중에…."

둘은 해가 떨어지기 전에 보은 땅에 당도할 요량으로 걸음을 재촉했다. 마지막 고개를 넘어서니 과연 넓은 들이 나타났다. 오른쪽으로는 옥녀봉이 북풍을 막아 줄 터이고 동서와 남쪽이 트여 있으니 해는 아침부터 저녁까지 잘 비추어 줄 것이다. 아직 해는 서쪽에 남아 있었지만 맞춤한 집을 제대로 찾기 위해서는 공을 들여야 할 것이었다. 두 사람은 주막에서 하루를 묵기로 했다.

달래장에 밥을 비벼 곰취를 넣은 된장국으로 저녁을 먹은 뒤 황하일은 다시 질문을 퍼부었다.

"왜 절을 떠났는지부터 다시 시작이여."

"그럼 중이 절을 떠나지 절이 중을 떠날 수 있는감?"

"거, 간에 기별도 오지 않는 농 하지 말고… 먼 길 걸어 피곤할 테니 졸음 오기 전에 빨리빨리 말하라니께."

"아이구 참, 성화도…. 동무하자 말고 그냥 형님 형님 할 테니 다른 재미있는 이야기나 합시다."

"뭐 말 못 할 깊은 사연이 있는가 보네?"

"그런 건 아니구…."

서인주는 작은 한숨을 쉬고 황하일의 집요한 궁금증을 피할 수 없겠다고 생각하고는 말을 이었다.

"몇 년 전에 큰스님이 입적하실 때가 다 된 것 같다구 한 번 찾아오라는 기별을 하셨더라구."

"오… 이제 비밀이 풀리려는가?"

"그래서 저 남쪽 전라도까지 가서 스님을 만났지."

"많이 편찮으시던가?"

"세속 나이가 팔십 가까이 되셨으니까 노환이었지. 내게 해야 할 말씀이 있으시다구…."

"부모님 이야기?"

"음. 예상대로. 어머니야 노비였고 쫓겨난 신세니까 누구도 알 수가 없는 일이고 내 아버지가 청주 어디 사는 누구라는 걸 말씀해 주시더군. 지척에 있었던걸…. 아마 그래서 더욱더 말하기 힘드셨던 건지도 모르지."

"그래서 곧바로 찾아가 뵈었나?"

"아니. 스님 입적하시는 거 뒷정리를 했지. 한시바삐 찾아가서 먼 발치에서라도 보고 싶었지만 중의 모습으로 찾아가고 싶지 않았어. 그래서 머리가 자라 상투를 틀어 올릴 수 있을 때까지 참았지. 한 2년 걸리더군."

"그래 찾아가 보니 진짜 대갓집이던가? 어떻게 생기셨던가? 자네 랑 닮은 구석이 있던가? 자네가 누구라고 이야기했나? 어서 빨리 이 야기해 보게나."

황하일이 무릎걸음으로 앞으로 바싹 다가앉았다.

"복사꽃이 만발한 봄날이었어. 나는 관상을 잘 보는 관상쟁이라 하 고 그 집을 들어갔지. 아버지를 찾아왔다고 바로 이야기할 수 있나! 아버지는 오십이 채 안 된 초로의 선비로 사랑에는 책이 그득하더군. 체격도 중키 이상이고 벼슬도 잠깐 했다 하고…. 나와 대화가 막힘이 없이 흘러갔지. 이런 관상쟁이는 처음이라고 하시더군. 그러더니 아 들 둘을 불러들이는 거야. 관직에 나가 있는 자기 자식들 출세를 할 수 있겠느냐고 묻는 거지. 아들 둘이 들어오는데 나와 연배가 한둘이 나 어릴까. 모두 훤칠하게 잘생겼더군."

"그래서?"

황하일이 침을 꼴깍 삼켰다.

"아들 둘이 있는 데서 내가 일어나 다시금 아버지에게 큰절을 했 지. 저도 아버지 아들입니다. '임자년(1852)에 태어났습니다.' 하면 서."

"그랬더니?"

황하일이 말을 마치더니 숨쉬기가 힘든지 크게 숨을 들이쉬었다.

"어땠을 것 같은가?"

"와락 껴안으시던가?"

"푸하하하…."

"그럼?"

서인주의 얼굴에서 금방 웃음기가 사라졌다.

"얼굴이 창백해지시더군. 잠깐 나를 바라보더니 입가에 경련을 일으키며 탁자를 뒤엎고 나를 치려고 달려드시더라고. 옆에 있던 아들들이 간신히 뜯어말렸네."

"그다음에 자네는 어떻게 했는데?"

"'어머니 소식을 알고 싶습니다' 라고 말했지. 어떤 말이 나올지 짐작을 하면서도…."

"그건 소용없는 질문이었겠구만."

"나보고 거짓말을 하고 있다며 썩 꺼지라고 하더군. 담담한 어조로 말씀드렸네. 나를 부정해도 좋지만 어디선가 평생을 눈물로 지새울 한 여인을 잊지 말라고. 그러고는 자리에서 일어나 다시 한 번 큰절을 올리고 밖으로 나왔네."

"그 집을 나와서는 어떻게 했는가?"

"그 집 작은아들이 헐레벌떡 뛰어와서는 돈 꾸러미를 쥐여 주더군. 다시는 찾아오지 말라며…. 술 먹을 돈만 가져가겠다고 하고 나머지는 길바닥에 흩뿌리고 돌아섰지."

"진탕 술을 먹었겠구먼."

말을 하는 황하일의 눈시울이 붉어졌다.

"생전 처음 먹어 보는 술을 인사불성이 되도록 먹었네. 그리고 길바닥에서 뻗었던가 보이."

"저런, 큰일 나려구. 봄이라도 밤이면 쌀쌀했을 건데….'

"사람들이 발로 여기저기 툭툭 차고 지나가는 게 어렴풋이 느껴지더군. 누군가는 주머니를 뒤지는 것도 같고…."

"참 무심한 사람들이네. 좀 어디다가 질질 끌어서라도 데려다 놓을 것이지."

"새벽이 되어 술이 깨어나는지 한기가 들었어. 잠결에 도포 자락을 돌돌 마는데 누군가가 짚 가마니를 내 어깨 밑으로, 엉덩이 밑으로 밀어 넣고 내 가슴 위에도 덮어 주더군. 한기가 가시니 다시 까무룩 잠이 들었네."

"그게 누구였을까?"

"아침에 눈을 떠 보니 나는 어느 집 처마 밑에 가마니를 깔고 덮고 누워 있더군. 웬 노인네가 내 곁을 지키고 있다가 내가 깨어나니 반갑게 웃어 주더라고. 노인네 옆에는 웬 젊은 남자가 있구. 둘이 나를 들어 옮겼던 모양이야."

"참, 고마운 분들일세."

"그 젊은 사내랑 셋이 그 노인네가 사는 따뜻한 국밥을 먹었네. 뱃

속에 따듯한 국물이 들어가니 정신이 번쩍 들더군."

"그게 우리 해월 선생이셨구먼."

"노인네는 내게 아무것도 묻지 않으시더군. 뭔가 물어보면 내가 속을 다 털어놓고 싶었는데…. 누구한테라도 털어놓고 싶었는데 아무 말도 안 물어보시는 거야."

"그 젊은 사내도?"

"글쎄 말이야. 둘이 어쩌면 그렇게도 닮았는지…. 그래서 내가 그냥 미친놈처럼 먼저 마구 털어놓았다니까. 여차여차하고 이리저리해서 내가 어제 그런 실수를 저질렀노라고. 죄송하고 또 고맙다고 인사를 했지."

"노인네가 아무 말 없이 내 손을 잡아 주셨어. 한없이 따듯한 손이었지. 아버지를 미워하지 말라고 하시더군. 조금 모자란 사람일 뿐이라고, 보내 놓고 가슴 많이 아팠을 거라고…. 그래도 나를 세상에 내놓으신 분이니 얼마나 고마우냐고…. 아버지도 남은 인생 두고두고 마음공부 하며 살게 되실 거라고…. 그 자리에서 노인네한테 큰절을 올리며 펑펑 울었네. 아버지 앞에서도 참았던 눈물을…. 생전 처음 그렇게 뜨거운 눈물을 쏟았다네."

황하일도 눈물을 훔쳐 냈다.

"그 뒤로는 절로 돌아가지 않았겠구먼."

"그랬지. 이제 완전히 다른 삶을 살겠다고 결심했으니까. 그래서 이태 전에 단양 송두둑에 가서 입도식을 치른 것 아닌가. 그때 자네도 와 있었지. 손천민, 손병희, 박인호랑. 우리보다 연배는 모두 아래 지만 모두 모두 참으로 반듯한 젊은이들이라 생각했지. 그 이후로 우 리 장인이랑 인연도 닿게 되고 장가도 들게 되었으니 이 얼마나 좋은 가. 더구나 형님이 동무도 되고….”

황하일이 큰 숨을 내쉬었다.

“자네한테 사연이 있을 줄은 알았네만, 이런 것일 줄은 몰랐네. 겉 으로 드러내지 않았어도 어린 시절부터 자네에게 알게 모르게 남아 있었을 응어리가 선생님을 만나면서 모두 풀린 거로군. 선생님은 선 생님대로 자네가 속이 깊고 생각하는 것이 뛰어나다고 가까운 사람 들에게 칭찬을 많이 하신다네. 서로에게 참으로 감사한 인연이야.”

“그러는 자네는 어떤 인연으로 동학에 입도하였나?”

이제는 서인주의 눈동자가 반짝거렸다.

“아…. 이제 눈 좀 붙여야 되지 않겠는가? 내일 아침부터 본격적으 로 집을 찾아다녀야 할 터인데?”

“이 사람 보게? 남의 이야기는 실컷 듣고 자기 이야기는 입을 봉하 겠다? 이거 순 날도둑놈 심보 아니여?”

“아니 순박한 사내보고 날도둑놈이 뭐여?”

“그러니 잔소리 말고 어서 시작하라니까. 오늘 밤을 그냥 넘길 생 각은 꿈에도 하지 말고….”

서인주가 눈을 부릅뜨며 겁박하는 자세를 취했다.

“허, 참…. 나는 자네처럼 감동스러운 이야기가 아니여.”

"감동이든 뭐든 그건 내가 알아서 할 테니, 자네는 말이나 하라니께. 어서 안 해여?"

"그려. 그럼 하지 뭐, 나는 신해(1851) 생. 자네보다 한 살 많은 형님으루다가 태어났어."

"그건 알지. 동무하기로 한 것도 서로 알고 있는 바이고…."

황하일이 웃으며 형님을 강조하자 서인주가 못을 박았다.

"말하기 전에 부탁이 있네."

"그게 뭔데?"

"나는 훗날에 내 흔적이 남기를 바라지 않아."

"그래서?"

"지금부터 내가 이야기하는 건 어느 누구에게도 비밀로 부쳐 주게."

"뭐가 그렇게 어마어마한 거여?"

"그냥…. 나는 누구에게도 기억되지 않고 그냥 햇빛 아래 이슬처럼 잠깐 돌아서면 사라져 안 보이는 인물로 살고 싶다니까."

서인주는 잠깐 눈을 감았다.

"집에 무슨 일이 있었던가? 정 싫으면 아무 말도 마소."

"휴우…. 그래도 아무 말도 안 할 수는 없지. 자네 이야기를 다 들었는걸, 뭐."

"그려. 이제 밤도 야심해졌으니…."

"짧게 하자고?"

황하일이 반색을 하며 물었다.

"아니… 야심해졌으니 차근차근 천천히 조리 있게 빠뜨리지 말고…."

"서인주가 앞뒤가 안 맞는 말을 다 할 줄 아네. 야심하니 조근조근 천천히? 푸하하하."

"듣고 비밀은 무덤까지 가지고 가지."

서인주가 정색을 하고 말하니 황하일이 숨을 고르고는 자기 이야기를 시작했다.

"내가 보은에서 태어났다고 하지 않았던가!"

"그려. 장내리 북쪽 송림이라고…."

"우리 증조부는 멀리 문경에서 사셨다데. 보은 땅이 고향이 아니고."

"그런데 어째서 언제 보은까지 오셨을까?"

" 우리 조부님은 독자셨고 아버님도 독자셨고 나도 독자로 났으니 3대 독자인 셈이지."

"어째 그리 손이 귀했을꼬?"

"우리 고조부님이 기가 막히게 퉁소를 잘 부셨다네."

"풍류를 아셨구먼."

"그런데 바람기도 있었던 거라."

"그래서 퉁소로 여자들을 꾀셨던가?"

"뭐 동네에 예쁜 며느리가 들어왔다는 소리를 하지 못했다네."

"왜?"

"바로 뒷동산에 올라가 퉁소를 불면 여자들이 그 소리에 홀랑 빠져들고 말더래. 동네에 남아난 여자가 없을 정도였다니까."

"쳇. 재주도 좋은 분이시로구먼."

서인주가 고개를 외로 꼬며 말했다.

"딸 셋에 아들 하나를 낳았고 그 아들이 우리 증조부 되시는 분인데, 이상하게 증조부가 혼인해서 낳는 아이들이 배 속에서 죽어 태어나거나 태어나도 시름시름 앓다가 죽더라는 거여."

"증조할머니가 그 동네에서 태어나신 분이라던가?"

"아니, 자네가 그걸 어떻게 아나?"

"내가 절에만 박혀 있지 않았다고 한 말을 잊었나? 세상 다니며 보고 듣는 것이 다 피가 되고 살이 되었지."

"같은 동네에서 태어난 것이 무슨 문제라도 되나?"

"고조할아버지가 그렇게 바람을 세게 피우셨다면 동네 아이들 절반은 모르긴 몰라도 모두 증조할아버지의 피가 반씩은 섞여 들어갔을 거 아닌가? 증조할머니의 어머니는 그 혼인을 찬성하지 않으셨을 걸?"

"아니, 그건 또 어떻게 아나? 자네 귀신 아닌가? 혼인을 반대한다고 목을 매셨다네. 그런데 신부가 너무 예쁘니 증조할아버지가 포기 못 한다고 우기고 우겨서 신부 어머니 초상 치르고 나서 어거지로 신부를 데려왔다지. 그런데 낳는 아이들마다 다 잘못되니까 동네에서 수

군거리고…. 그래서 중조할아버지가 가산을 다 정리해서 보은으로 이사를 오셨다는구먼. 주변 사람들 입방아에 오르내리기 싫으셨을 거야."

"그렇게 해서 겨우 조부님 한 분은 건지셨다는 거지?"

"그래. 그런데 조부님도 혼인 후에 아이를 낳는데 배 속에서 잘못되고, 출생한 뒤에도 또 잘못되고, 다섯 살까지 키웠더니 또 한울님이 데려가시고…. 그렇게 실패를 거듭하면서 겨우 우리 아버지 한 분을 건지셨다는 거고…."

"자네 부모님 역시 그렇게 실패를 거듭했고?"

"아니. 그래도 둘은 살아남았어. 네 살 아래 내 남동생은 열다섯 살까지 살아 있었거던…. 우리 부모님은 정말 액운이 다 풀렸다고 좋아하셨지."

"그렇게 키우도록 부모님은 정말 조마조마하셨겠구먼."

"그놈은 나보다 어려도 훤하게 더 잘 생겼어. 나랑 정말 우애가 좋았지. 그런데 내 혼례를 며칠 앞둔 날 그냥 가 버리고 말았다네. 비가 억수로 퍼붓던 날 갑자기 가슴이 옥죄인다고 비명을 지르더니 손쓸 틈도 없이 그렇게 가 버린 거야."

"모두 고조할아버지 업이로구먼."

"자네 말이 맞을걸세. 집안에서는 모두 쉬쉬하고 고조할아버지 이야기는 못 하게 했지만 나도 대충 그렇게 생각하고 있었다네."

"그래서 혼인을 깼나?"

"그럼. 동생을 잃은 슬픔도 너무 컸고 부모님의 충격도 이만저만이 아니었고, 무엇보다도 나 역시 혼인 후에 그렇게 자식들 문제로 고통을 받고 싶지 않았네. 게다가 죄 없는 아내에게 어찌 그런 벌을 받게 한다는 말인가?"

"한참을 방황했겠군그래."

"이방 노릇을 잠깐 했지만 곧 그만두고 절로 들어갈까도 생각해 봤네."

"하하, 그럼 우리 둘이 절에서 만날 수도 있었겠구먼."

"그러게. 인연이 일찍 닿았다면 그랬을지도 모르지."

"부모님이 또다시 혼인을 재촉하지는 않으시던가?"

"충격이 크셨던지 어머님이 다음 해에 시름시름 앓다가 돌아가시고, 아버지는 말씀을 잃으시고 더 이상 내게 이래라저래라 간섭을 않으셨지."

"아버님도 고통이 크셨겠군."

"금강산을 한 바퀴 돌고 오시겠다고 떠나셨는데 떠나신 뒤에 방에서 서찰을 한 통 발견했지."

"뭐라고 쓰셨던가?"

"쉬엄쉬엄 구경하다가 올 터이니 빨리 안 돌아온다고 걱정하며 찾지 말라는 내용이었네."

"그게 언젠데?"

"십 년이 다 되었지."

"마음에 작정을 단단히 하고 떠나신 거였구만."

"그러니 나만 가만히 앉아서 불효자가 되고 말았네. 제삿날을 언제로 정해야 할지도 모르겠고…."

"에휴…. 자네는 언제나 얼굴이 훤해서 그런 일들이 있을 줄은 상상도 못 했네."

"마음에 드는 여자가 있어도 고개를 얼른 돌려야 하는 내 마음을 누구에게 털어놓을 수 있었겠나?"

"그러다가 동학은 어찌 알게 되었는가?"

"길 가다가도 코흘리개 아이들이 제 어미와 함께 있는 모습을 보면 물끄러미 쳐다보게 되던걸. 그 어미들이 참으로 장하게 보이고, 그 아이들의 재잘거림과 웃음소리와 울음소리까지도 모두 그렇게 사랑스럽더라고."

"암. 생명이란 그렇게 귀하고 아름다운 것이지."

"그것이 참 이상하게도 그렇게 바라보다 보니 어느 틈엔가 가축은 물론이고 버러지들조차도 그렇게 귀하게 보이더군. 암탉이 병아리를 품고 있는 것이나 벌이 벌집을 짓고 알을 키우는 것이나 참으로 고맙고 예쁘게 보이더라고."

"저절로 도사가 되어 갔구먼."

"어느 봄날 봄비답지 않게 폭우가 쏟아져 개울물이 넘쳤는데 비가 그치니 길가 웅덩이에 물이 고이게 되었을 것 아닌가?

"그렇지."

"거기에 올챙이들이 고물고물 갈 곳을 잃고 모여 있는 거라."

"저런."

"아이들이 거기에 돌멩이를 집어던지고 있기에 혼을 내서 쫓아내고는 웅덩이의 물을 손바닥으로 퍼서는 올챙이들을 개울로 옮겼지. 몇 번을 그렇게 하고 개울에 손을 씻고 돌아서는데 웬 노인이 웃으며 나를 지켜보고 있더라고."

"그게 또 우리 해월 선생님이로군! 그 옆에는 역시 그림자처럼 따라다니는 젊은 사내가 있고? 참, 그 젊은 사내 이야기는 들었는가?"

"그래. 그 젊은 사내가 김연국인 것은 나중에 알았지. 열여섯 살부터 선생님을 모셨다더구먼. 나이는 손천민과 동갑이라니 우리보다 대여섯 살 아래지만 참으로 속이 깊은 사람 아닌가. 선생님을 12년이나 따라다니다가 작년에 마침내 선생님의 사위가 되었다지. 물론 김씨 부인이 데리고 들어온 딸이라지만 선생님이 층하를 따져 차별하시는 분이 아니지 않는가."

"올챙이 다음 이야기나 계속해 보게."

서인주가 재촉했다.

"선생님이 동학의 내력을 설명해 주시고, 동학의 '동'이라는 글자가 바로 빛과 생명과 모심과 살림을 뜻하는 것이라고 하는 말씀에 눈이 번쩍 뜨이는 것을 느꼈네. 내가 살길은 여기다. 두말하지 않고 따르겠다고 했지. 그래서 계미년(1883) 단양에 가서 입도하는 날 자네를 만나게 되지 않았나."

"그때 자네 첫인상이 뭔가에 홀린 사람처럼 보인다 생각했네."

"흠, 자기는 안 그랬을 줄 알구?"

"나도 그렇게 보였던가? 하하. 어서 다음 이야기나 하게."

"참 우리들 인연이라는 것이 대단하다는 생각을 한다네. 가장 절망적일 때, 가장 밑바닥에 구르고 있다고 생각할 때, 비로소 더 높은 곳으로 가게 되는 길이 열리지 않던가?"

황하일의 말에 서인주도 맞장구를 쳤다.

"그래. 우리 인연은 이미 전생에서부터 이어져 있었다고 보네. 이생에서 선생님을 만난 것은 정말 복 받은 일이고 한울님, 조상님의 음덕이 아니겠는가. 동도들을 만나게 된 것도 마찬가지이고."

"우리 선생님과의 인연, 도인들과의 인연을 살아 있는 날까지 고맙게 간직하며 살아가세."

"그래. 같은 생각을 하고 있다니 나도 정말 고맙네."

다음 날 아침, 두 사람은 옥녀봉 아래쪽을 찬찬히 더듬어 가며 맞춤한 집을 찾으러 다녔다. 그리고 드디어 찾아냈다. 양지바른 집. 그 집에서 손 씨와, 작년에 백년해로의 인연을 맺은 해월의 제자 김연국 부부가 당분간 손 씨를 돌보며 살게 될 것이다. 장내리의 이 집은 해월의 새로운 비밀 포교지의 거점이 되기도 할 거점이 되기도 할 터였다.

심해지는 탄압

을유년(1885) 봄 충청 감사로 부임한 심상훈[1]은 감영이 있는 공주로 내려오기 전에, 이미 9년 전에 충청 감사를 지낸 바 있는 조병식[2]을 찾았다. 조병식은 형조판서를 마치고 진주부사(陳奏副使)로 청나라에 가서 대원군 석방을 주청하는 임무를 맡아 중국으로 떠날 준비를 하고 있었다.

"나으리, 그동안 강녕하셨습니까?"

"어서 오시게. 충청 감사로 부임한다는 이야기는 들었네."

"예. 그래서 나으리께 좋은 말씀을 청해 듣고자 이렇게 왔지요. 제가 경험이 일천해서요."

"자네가 지금 몇이지?"

"서른둘입니다."

"일하기에 아주 좋은 나이로군. 충청으로 가게 되면 무엇보다도 동학도를 조심해야 하네."

"예? 동학도요?"

"거 왜 있지 않은가. 작당을 해서 반상 구별 없이 학문을 하고 사람은 누구나 평등한 존재라고 주장한다는 놈들 말일세."

"아, 예…. 듣기는 했습니다만."

"병자년(1876)에 내가 충청 감사로 있을 때 이야기네. 괴산 삼거리에서 수신사가 잘못을 한 역인의 머리카락을 말 꼬리에 매어 끌고 가는 일이 있었다네. 피투성이가 되었겠지. 그때 웬 건달 놈이 나타나 '사람이 어찌 같은 사람을 이리도 학대할 수 있느냐?'며 말 꼬리를 자르고 역인을 구해 주고는, 되려 수신사를 끌어내려 문서 통을 못에 던져 버리고는 수신사를 위협하고 망신 주는 바람에 그 일로 난리가 났었지. 그래 그놈을 잡아들였는데 내가 그놈을 잊을 수가 없어. 이름은 손병희, 나이는 열일곱이라는 그놈의 기세가 좀 드세야 말이지."

조병식은 찻잔에 물을 따라 심상훈에게도 마시라 권하고 자신도 거푸 두 잔을 들이켰다.

"기세가 드세다는 말씀은 어떤…?"

"열일곱이라는 놈이 관리들 무서운 것도 모르고 옥에 갇혀서도 호랑이같이 포효를 하더란 말일세."

"말 꼬리를 자르고 문서 통을 못에 던지고 마부를 혼내고…. 그럴 때 주변에 사람들이 있었을 터인데, 말리는 사람이 없었단 말입니까?"

"누구랄 것 없이 모두 함성을 지르고 손뼉을 치더라네. 그놈들이야 수신사가 곤욕을 치르는 게 신나는 일이었을 테지. 그래서 나도 이건 쉬운 문제가 아니라고 생각했지."

"그랬겠군요."

"옥에 처 넣었는데 자기를 한 방에 못 죽이면 죽고 난 다음에라도 모두한테 복수를 하겠다나 뭐라나. 밖에는 구경꾼들이 떼거지로 몰려와서 갈 생각들 않고 웅성거리고…. 그래 일단은 풀어 주었다네. 그 뒤로 그놈을 주의해서 살피도록 했지. 과연 10년이 못 되었는데, 결국엔 그놈이 동학에 입도해서 두문불출하고 공부를 하다가 최근엔 동학을 퍼뜨리며 돌아다니고 있다는 소식을 들었네. 그런 놈들이 들어가 활개를 치고 있으니 동학도들은 앞으로 필시 큰 난을 일으킬 것이라 보네. 하늘이 사람을 만들어 낼 때 위아래가 엄연히 있게 하셨거늘 모두 평등하다? 개나 소도 웃을 일이네. 아니, 하늘이 무너지고 땅이 꺼질 일이지. 강상의 도가 무너져서야 어디 나라 꼴이 제대로 되겠는가? 각별히 주의하도록 하게."

조병식은 충청 감사로 있을 때 부정을 저지른 것이 탄로 나 전라도 나주목 지도라는 섬에 유배되었던 경험에 대해서는 입을 다물었다.

심상훈은 충청 감사로 부임하자마자 단양이 동학 수괴의 소굴이라는 것을 알아냈다. 6월이 되자 단양 군수 최희진은 심상훈의 명대로 동학도들을 잡아들이기 시작했다. 수괴 최시형와 의형제 사이라는 강시원과 이경교, 김성집을 체포했다. 수괴는 이미 어디로인지 피신을 해서 잡지 못했다. 수괴를 잡기 위해 두 달 후 강시원 등을 풀어 주고 약빠른 포졸에게 뒤를 캐 보도록 시켰으나 포졸의 행동이 아무리 빨라도 도망에 도가 튼 그들을 추격하기에는 역부족이었다. 포졸들은 괴수들의 거점이 경기, 강원, 충청, 경상 등 천지 사방에 널려 있어 도저히 잡을 수 없었다고 변명을 늘어놓았다. 심상훈은 이를 갈았다.

심상훈은 눈을 감은 채 몸을 좌우로 흔들었다. 충청 감사가 된 이후 야심을 가졌던 첫 작품이 보기 좋게 어그러져 버렸다. 천지 사방에 교도들이 있다면 필시 최시형이라는 그 수괴 놈은 대단한 힘을 가지고 있을 것이다. 사람들을 열광시키는 그 힘은 대체 무엇일까? 내 이놈을 절대로 그냥 내버려 두지 않으리라. 심상훈은 이를 악물었다. 우선 최대한 그들의 재기를 막아 보자.

그는 밖에 있던 이방에게 소리를 쳤다.

"그놈들 소굴을 발견하는 대로 세간은 솥단지 하나라도 그냥 두지 마라. 그들 재산은 너희들 것이니 속속들이 찾아내라! 그놈들 몸에 걸칠 옷가지 하나 남기지 말고, 그놈들 입으로는 곡식 한 톨도 들어가지 못하게 하라! 놈들을 궁지에 몰고 또 몰기 위해 온 정신을 쏟아야 하느니라!"

심상훈은 혀를 끌끌 차며 도무지 믿음이 가지 않는 이방에게 화풀이를 해 댔다. '그들이 경상도 충청도 강원도에 조직을 가지고 있다면 필시 그중 교통이 편리한 곳에 수괴가 거점을 두고 자주 출몰할 것이다. 그곳은 과연 어디일까?'

심상훈이 이를 악물고 동학도들을 잡아들이려고 애를 쓰는 동안 해월을 비롯한 동학도들은 필사적으로 피난의 길을 떠나야 했다. 해월은 7월에는 공주 마곡사로, 8월에는 잠시 장내로 갔다가 다시 영천으로, 9월에는 상주 앞재(전성촌)로 옮겼다. 서인주가 호구지책을 맡아 해월 가족을 돌보았다.

전염병이 돌다

해가 바뀌어 병술년(1886) 여름이 되자 전국에서 전염병이 돌았다. 그러잖아도 먹고살기 힘든 백성들에게 전염병이 돌면 속수무책이었다. 토하고 설사하고 뜨겁게 열이 오르고 기진맥진하다가 며칠 안 가 죽고 말았다. 무서운 것은 한 사람이 병에 걸리면 그 옆에 있는 사람들도 거의 틀림없이 같은 증상을 보이며 죽어 간다는 것이다.

상주 앞재에 거처하던 해월은 전염병이 돌기 전인 봄부터 전 동학도들에게 통문을 내렸다. '손을 깨끗이 씻고 몸을 청결히 하라. 묵은 밥을 새 밥에 섞지 말라. 묵은 음식은 반드시 새로 끓여서 먹으라. 침을 아무 곳에나 뱉지 말라. 길에다 뱉은 후에는 반드시 흙으로 덮어 없이 하라. 집 밖에서 대변을 볼 경우에는 땅에 묻으라. 사용한 물은 아무 곳에나 버리지 말라. 집 안을 하루 두 번씩 청결히 닦으라.'

동학도들은 수시로 이런 통문을 받아 훈련을 받았기 때문에 여름에 괴질이 돌아도 거의 무사했다. 흉년이 들 때 곡식을 서로 나누어 먹으니 살아남고, 괴질이 돌아도 이처럼 살아남으니 백성들의 눈에 동학 하는 사람들은 참으로 신통하게 보였다. 흉년이 들거나 괴질이 돌면 오히려 입도자들이 많이 늘어나는 이유가 되기도 했는데, 이 또한 관리들의 눈엣가시가 되었다.

여름이 지나 단풍이 물들기 시작할 때 황하일은 해월 선생님 집에 가면서 무얼 챙겨 갈까 두리번거렸다. '아이를 때리는 것이 하느님을 때리는 것'이라던 선생님. 유난히 아이들을 좋아했던 황하일에게 그 말씀은 짜르르하게 가슴과 머리를 후벼 파고들었다. 선생님은 다시 없는 사람이라는 생각을 거푸했다. 어찌 저렇게 입에서 나오는 말마다 가슴을 울리는가 말이다.

암탉들은 봄이 되면 알을 많이 낳는다. 물론 품기 위해서지 사람들에게 바치기 위한 것은 아니다. 횃대에 매달아 놓은 둥지에서 스무하루를 열심히 품으면 이삼일 사이로 병아리들이 꼬물꼬물 알을 깨고 나온다. 젖은 털이 마르고 날개 끝에 깃털이 자라기 시작하면 땅에 떨어지지 않게 바닥에 내려 주고 매나 고양이가 덮치지 않게 싸릿가지로 만든 큰 뚜껑처럼 생긴 섶을 덮어 주어야 한다. 그 속에서 어미는 새끼들의 날개가 자라날 때까지 열심히 그리고 헌신적으로 돌본다. 아침저녁 날씨가 차가울 때 새끼들은 어미의 날개 밑으로 들어가고, 때로는 어미 등을 타기도 한다. 황하일은 이런 모습을 볼 수 있다는 것이 고맙기 그지없었다. 참으로 우주가 생명을 낳고 키우는 이치는 얼마나 신묘한가 말이다.

그렇게 새끼들을 품고 기르는 동안은 알을 낳지 않으니 그 무렵이 되면 한동안 달걀을 얻어먹기 힘들다. 다행히 여름이 지나고 병아리들의 귀여운 모습이 모두 사라지고 서로 목을 늘여 가며 마주 보고 싸울 때쯤이면 어미는 새끼들을 바닥에 놓아두고 혼자 횃대 위로 올라가 잠을 청하고 다시 알을 낳기 시작한다. 황하일은 며칠 전부터 암탉이 낳은 알들을 모으기 시작했다. '미안하다 닭들아. 귀하게 쓸게.' 그렇게 모은 달걀을 짚으로 엮은 꾸러미 세 개에 넣어 다시 탄탄하게 감싸고 길을 떠났다.

얼마 전 보은의 손 씨에게 다녀갔다는 김씨 사모님과 아이들 덕기와 윤에게 달걀은 좋은 선물이 될 것이었다.

서인주와 황하일은 수시로 상주 앞재로 해월을 만나러 다녔다. 해월을 찾아오는 이들이 많으니 그들 뒤치다꺼리하는 것도 만만치 않을 것이어서 그들은 살림에 보탬이 되는 무엇이라도 가져가고 싶었다. 서인주 장인 음선장이 챙겨 주는 쌀이며 면포 따위는 해월의 가정 살림에 큰 보탬이 되었다. 가끔 세모시 옷감이나 비단실로 짠 명주 옷감을 가지고 오는 손님들도 있었으나, 해월은 거친 베나 무명으로 짠 옷이 아니면 절대로 입으려 하지 않았다. 이런 면모를 보면서도 제자들은 큰 가르침을 얻었다.

서인주 황하일을 앞에 두고 해월이 물었다.

"내가 아들 덕기를 장가보내려는데 혹 주변에 색싯감이 있겠소?"

"지금 열두 살이던가요?"

황하일이 물었다.

"음, 내년에 열세 살이 되는데 제 어미가 그리 서두르는구려."

해월의 말이 끝나자 옆에 있던 황하일이 서인주 무릎을 건드리며 말했다.

"자네 막내 처제가 있지 않은가? 몇 살이지? 선생님께 말씀드려 보게."

"예, 미혼으로 남아 있는 처제가 내년에 열다섯이 됩니다. 곧 장인 어른께 여쭙겠습니다."

서인주의 장인 음선장[3]은 동학 덕분에 똑똑한 사위를 얻은 것에 고마워하고 있던 터에 동학의 최고 지도자인 해월과 사돈지간이 된다는 것에 기쁨을 감추지 못했다. 음선장의 딸은 믿고 따르는 큰언니와 형부, 그리고 아버지의 부추김에 그러마고 웃으며 답했다.

2. 보은에 법소가 생기다

정해년(1887) 정월에는 지난겨울 부쩍 키가 커진 해월의 아들 열세 살의 덕기와 열다섯 살 난 음선장의 딸이 혼례를 올렸다. 덕기와 서인주는 스물세 살 차이가 나는 동서지간이 되었다.

을유년(1885)에 심상훈이 맡았던 충청 감사 자리는 그다음 해인 병술년(1886)에 민영상으로 교체되었다. 민영상 감사는 3년 임기를 모두 채웠는데 심상훈과 달리 동학도에 대하여 그다지 신경을 쓰지 않았다. 동학도들에게는 천만 감사한 일이었다.

정월에 덕기의 혼사를 치르느라 무리했던 탓인지, 긴장이 풀린 탓인지 김씨 부인이 자리에 덜컥 눕고 말았다. 미처 손써 볼 겨를도 없이 20여 일 만에 세상을 뜨니 경사 뒤에 흉사가 겹쳐 가족은 물론 제자들도 침통해했다. 곧 3월 21일 해월의 환갑이 다가오고 있었다.

해월은 극구 사양했지만 제자들은 스승의 환갑을 그냥 지나칠 수 없다며 보은 손씨 사모님 집에서 조촐한 잔치를 치르자고 했다. 잔치가 끝난 후 김연국 부부는 청산현 거포리 갯밭으로 이사를 나가고 정월에 혼례를 올린 새 신랑 신부는 신부의 친정이 있는 청주로 떠났다. 해월은 서인주와 함께 강원도 정선에 있는 갈래사의 말사인 적조암으로 49일 수련을 떠났다.

적조암 49일 수련

해월은 수운이 그랬듯이 일 년에 두 번은 49일 기도를 하라고 제자들에게 당부했다. 정선 무은담에서, 갈래산 적조암에서, 단양 사동과 송두둑에서, 미륵산 사자암에서, 공주 가섭암에서 해월은 제자들과 함께 49일 수련을 빈번하게 했다. 해월과 함께 49일 수련을 한 강시원, 유시헌, 전성문, 홍순일, 김연국, 박치경, 손병희, 박인호, 송보여[4] 등은 모두 뛰어난 동학의 지도자가 되었다. 깊은 기도를 정성껏 하면 지혜가 열리게 된다는 가르침은 수운이 을묘년(1855)에 스님에게서 받은 천서에 적혀 있었고, 수운 역시 숱한 49일 기도 끝에 상제님의 음성을 들었기에 해월을 비롯해 제자들에게 강력히 권유해 왔던 것이다. 이번에는 서인주를 대동했다.

서인주가 정선의 도인 유시헌의 아들로부터 필요한 식량과 등유 등을 받아 적조암으로 올라가는데 손천민이 저 아래에서 손을 흔들며 올라오고 있었다.

"아이구 조금 늦으셨네. 어서 오세요."

"예, 중간에 일을 보고 오느라 늦었습니다. 선생님은요?"

"저 위에 암자에 계십니다."

둘이는 짐을 나누어 들고 가파른 산길을 올라갔다.

"손천민 접장은 여기 적조암에 처음이시지요?"

"그렇습니다. 선생님은 오래전에 오신 적이 있다 하셨지만 저는 처음입니다. 서인주 접장님은 나보다 연배가 세 살이나 많으시니 둘이 있을 때는 말을 놓으셔도 됩니다."

"그래도 공부가 깊으셔서인지 아래 연배로 느껴지지 않는군요."

서인주가 사양했다.

"말씀을 놓으시는 게 제가 편하겠습니다. 이렇게 둘이만 있을 때는. 그래야 더 가까워질 수 있을 것 같고…."

손천민이 거듭 부탁했다.

"아이고, 그게 그렇게 단박에 되나? 어? 되네? 하하하…."

"하하하. 그것 보십시오. 훨씬 가까워지는 것 같지 않습니까?"

"아니오. 그래도 우리는 차등 없는 세상을 꿈꾸고 있지 않습니까? 나이를 따져 위아래를 나누고 존댓말과 하대하는 말을 가려 쓰는 관계는 우리가 이루고자 하는 세상은 아니지요."

서인주가 다시 정색을 하고 말했다.

"그것 보십시오. 또 존대를 하시니 거리가 다시 멀어지는 것 같고…."

"그럼 우리 이렇게 합시다. 서로 동무하기로."

"어이쿠, 그건 또 제게 어려운 일인데요."

"그것 보시오. 우리가 이미 상하, 위아래를 나누는 위계질서에 길들여져 있어 그런 어려움이 생기는 거요. 그 위계질서를 깨는 것이 우리의 숙제이니 노력해 보자는 말이오. 손천민 접장은 일곱 해나 뒤늦게 태어난 손병희 접장에게 숙부라고 존대를 해야 하는 게 억울하고 답답하다는 생각을 해 보지 않았소?"

"그건 그렇지요. 관계, 지위, 나이로 위아래를 따지는 게 참으로 옳지 않다는 건 손병희 접장이 태어나고 내가 그 꼬마를 숙부님이라고 존대를 해야 한다고 교육을 받는 순간부터 지금까지 제가 줄 곧 해온 생각입니다."

"그럼 우리 둘이만 있을 때는 말을 놓기로 합시다. 어때?"

"그래 볼까?"

두 사람은 크게 웃었다.

"쉬잇, 적조암이 아무리 인적이 없는 산속이라도 우리는 언제나 조심조심….."

서인주가 손가락을 입에 갖다 대며 말했다.

"자네는 49일 기도를 그간 몇 번이나 했나?"

"선생님과 함께하는 건 이번이 처음이라네. 병희 숙부는 3년 전에 공주 가섭암에서 49일 기도를 했다더군."

존댓말을 접으니 다소 어색함을 느끼며 손천민이 말했다.

"아 참, 손병희 접장이 나이가 한참 어린 듯한데 숙부가 된 내력이 뭔가? 어찌 된 일인지 그게 항상 궁금했네."

"이야기를 하자면 길지. 우리 할아버지가 환갑이 넘어 첩실을 집에 들이셨다네. 손자인 내가 일곱 살일 때 일이야. 어린 나이였지만 젊은 여자 하나가 집에 들어와 살게 되던 날, 할머니가 두 손으로 방바닥을 짚고 소리 죽여 우시던 모습이 눈에 선하군. 나를 아주 사랑해 주시던 할머니였거든. 같이 늙어 가던 영감이 어느 날 갑자기 며느리보다 더 젊은 첩을 데리고 왔으니⋯. 어머니 아버지도 무척 낭패를 당한 얼굴이었고."

"그 젊은 여자가 낳은 아이가 손병희 접장이로구나."

"그렇지."

손천민이 처음보다 한결 편안한 어조로 대답을 했다.

"남자들이 첩실을 들이는 일이야 이 나라에서는 다반사가 아닌가. 본처들은 참으로 가슴이 아프겠지만⋯."

서인주는 노비라는 이유로 본처가 될 생각은 꿈에도 못 해 보고 쫓겨났을 어미를 생각했다.

"내 할머니는 평소에 성정이 조용하시고 말씀이 별로 없는 분이었다네. 조용해도 정이 깊으셨지. 할머니 품에서 잠들면 얼마나 푸근했던지."

"그러니 어린 나이에도 첩실이 들어온 이후에 할머니가 얼마나 놀랍고 당황스러웠을지 알게 되었던가 보군."

"웬걸. 할머니는 얼마 뒤에 대들보에 목을 매셨다네. 밤에 소피가 마려워 일어났는데 옆에 계셔야 할 할머니가 안 계셨어. 마루에 있는 요강에 오줌을 싸려고 문턱을 넘다가 대들보에 매달려 늘어져 있는 할머니를 보았지."

"어이쿠야….."

한동안 침묵이 흘렀다. 둘은 묵묵히 가파른 길을 올랐다. 앞서가던 서인주가 먼저 맞춤한 바위에 자리를 잡고 앉았다.

"키는 작으신데 산은 아주 잘 타네."

다시금 밝은 소리로 바위 위에 걸터앉으며 손천민이 말했다. 웬일인지 서인주의 표정은 밝지 않았다. 뜨악해진 손천민이 서인주의 기색을 조심히 살폈다.

"사대부 집 남자들뿐 아니라 웬만한 남자들은 바람피우는 걸 대수롭지 않게 생각하지. 영웅호색이니 뭐니 하면서 그걸 자랑으로 여기는 남자들도 있고. 그런데 역지사지(易地思之)라는 말이 있지 않나! 입장을 바꾸어 생각해 보는 건 참으로 생각과 행동의 폭과 깊이를 넓히는 일인데, 이상하게 그 문제에 대해서 조선 남자들은 역지사지를 할 줄 모른단 말이지."

"나도 그렇게 생각한다네. 부족한 게 아니라 아주 완전히 무능한 것 같으이."

"한 가족, 나의 분신, 나는 너, 너는 나, 우리는 항상 같은 편…. 이렇게 알고 살다가 어느 날 문득 자기도 모르는 사이에 남편이 한 식구가 아니었다는 것을 알게 되고, 나는 그와 분리된 존재이며, 그는 다른 여자의 분신이 되고 그 여자의 편이 되고 말았다는 것을 알게 되는 순간 여자들이 느끼는 분노와 절망은 얼마나 크겠는가? 그래서 여자들이 남편을 '남의 편'이라고 한다는구만."

"자네는 절에 30년이나 있었다면서 어찌 그리 잘 아는가?"

"30년을 절에만 있었겠는가? 간간이 속세에 내려와 세상 공부도 했지. 못난 짓거리 하는 남편들 때문에 딱하게 사는 여자들을 많이 봤거든. 여자들은 죽고 싶을 만큼 힘들어하는데 남자들은 태평하게 사는 게 대부분이던걸!"

"남자들은 자기 욕심에 취해서 애써 그걸 외면하는 거 아니겠는가. 이 조선 땅에서는 그런 일들이 흔한 일이라고 스스로를 합리화하고 제 욕심만 차리는 걸 포기하려고 하지 않지."

"그려. 나도 남자지만 남자들은 좀 모자란 존재인 것 같아. 쯧쯧…."

"그래 모질라요. 모질라."

둘은 쿡쿡 웃음을 터뜨렸다.

"그래서 할머니의 죽음은 집안에 큰 풍파를 일으켰겠구먼."

서인주가 다시 정색을 하고 말했다.

"웬걸. 서둘러 곧바로 시신을 매장하고는 안팎으로 쉬쉬하며 모두들 기억에서 빨리 지워 버리려고 했지. 며칠 만에 할아버지는 완전히 예전과 똑같은 모습으로 돌아왔어. 마치 아무 일도 일어나지 않았다는 듯이. 하지만 나는 그렇게 할 수 없었지. 그 뒤로 나는 할아버지 얼굴을 마주 보지 않았어. 원망, 증오, 분노, 이런 것이 내 안에 깊숙

이 뿌리내리기 시작했지."

"저런…. 그건 자네를 먼저 해치는 일이었을 터."

"다음 해에 손병희 숙부가 태어나시고…."

"손병희 숙부가 태어나시고? 그냥 '병희가 태어났다'고 하게."

"그래. 병희가 태어나고 두 살 터울로 딸 간난이가 태어나고 막내 병흠이가 태어나고…"

"아이들에 대해서도 그 분노가 일어나던가?"

"아니, 그건 또 이상하게 그렇게 되지는 않더군. 아이들은 똘망지고, 예쁘고…. 사실 아이들이야 무슨 죄가 있겠나?"

"그러니 자네는 그들의 형 같은 조카, 오빠 같은 조카였겠구먼."

"아마 그것이 내가 공부에 열심히 매달리게 하는 이유가 되었을지도 모르지. 나이가 많은데도 조카라고 업신여김을 받지 않으려고."

"한집에서 살았나?"

"그럼. 내 아버지가 장남이었으니까. 병희나 간난이나 밖에 나가면 아이들이 서출이라고 놀리는데 나는 집안에서 일곱 살이 어리고 아홉 살, 열한 살이 어린 그들에게 꼬박꼬박 작은아버지, 고모라고 존대하고 윗사람 대접을 해 주어야 했거든. 시간이 흐를수록 약이 오르고 뭔가 답답한 게 꿈틀거리더란 말이지."

"존댓말도 쓰라 했을 것이고."

"그랬지. 그런데 열다섯에 장가를 간 병희가 열여섯에 할아버지 제사를 지내는데 문중 어른들이 서출이라고 술도 따르지 못하게 하더라고."

"저런…."

"그러니까, 병희가 곡괭이를 가져다가 무덤을 파는 거야. 나도 그
몸에서 태어난 자손이니 뼛조각 몇 개라도 가져다가 따로 제사를 지
내겠노라고."

"어이쿠야."

"놀란 어른들이 달래서 함께 제사를 지냈지. 한편으로는 병희의 그
런 기개가 부러웠다네."

"많지 않은 나인데 대단했구먼."

"그런데 저녁에 보니 동네 느티나무 뒤에 쭈그려 앉아 어깨를 들썩
이며 울고 있더라구."

"그랬겠지. 남에게 드러내고 싶지 않은 상처를 안고 있었던 게야."

"그런데 나는 다가가서 손을 내밀지 못했네. 비겁하게도. 한편으
로는 좀 고소하다는 생각도 했기 때문일까? 그러고는 애써 나 몰라라
하고 살았지."

"자네가 청주 이방으로 있었다고 했던가?"

"할아버지가 아전이었고, 아버지가 풍헌을 지내신 덕에 나도 글깨
나 한다는 소리를 들었으니 이방이 될 수 있었지. 서출은 똑똑해도
그것마저도 될 수가 없지만…."

"손병희는 손위 조카인 자네가 관에 드나드는 것을 보면서 마음이
편하지만은 않았겠구만. 자기는 출세를 할 수 없었으니."

"병희는 사건 사고를 많이 일으키고 다녔지. 병희가 스물한 살 때 청주에서 40리 떨어진 초정약수터에를 갔다네. 그런데 줄 서 있는 양 민들을 나 몰라라 하고 양반들이 약수터를 독차지하고 있더라는군. 뭐 전 현감들이라던가. 병희가 그들 가운데로 파고들어 가 큰 소리로 '나는 청주에서 온 상놈이오. 물 좀 뜨겠소.' 이렇게 말하고는 첫 바가 지 물은 주변에 확 뿌려 버리고…."

"핫핫… 양반들이 물벼락을 맞았겠네그려."

"그랬겠지. 그러고는 약수 물을 퍼서 줄 서 있는 사람들에게 나누 어 주며 시를 읊었다지.

비록 가시나무라 이름 해도 핀 꽃은 아름답고(雖云芒木發花佳)

더러운 못에 핀 연꽃이라도 향기는 더욱 좋더라(蕩地蓮花尤香好)

예나 지금이나 양반 상놈에 어찌 차이가 있으랴(古今班常何有別)

초정에 마음을 씻으니 사람은 평등하더라(椒井洗心平等人)"

"햐아. 초정 약수 먹고 차별 없는 마음으로 닦으라는 이야기로구 먼. 냉수 먹고 속 차리라고!"

"그 이야기를 전해 듣고 진실로 부끄러웠네. 병희는 스스로를 상놈 이라고 하면서 이리저리 치받으면서도 대인배의 길을 걷고 있었고, 나는 스스로를 양반입네, 적출입네 하면서도 소인배의 길을 걷고 있 다는 걸 알게 되었지."

"소인배라고 할 것까지야…."

"아니…. 그 이야기를 듣던 날 많이 부끄러웠네. 고개를 들지 못하 겠더라고. 혼자 물가에 앉아 흐르는 물을 하염없이 보고 있었지. 아주 오래전 기억들이 되살아나더군. 할머니가 돌아가시기까지 얼마나 고통스러웠을지 할머니가 되어 보며 울고, 첩실이 되어 아이들을 낳았어도 첩년이라고 손가락질을 받고 사는 병희의 어머니인 최씨 할머니가 되어 보며 울고, 첩의 자식이라고 숱하게 놀림 받고 무시당해 왔던 아이들이 되어 보며 울고…. 내가 그동안 얼마나 이기적으로 내 억울함만 생각하며 살았는지 돌이켜 보았지. 그렇게 날이 어둑해지는 것도 모르고 무릎에 고개를 묻고 흐느끼고 있었다네. 그랬는데 누가 내 어깨를 가만히 잡아 흔들더군."

"그게 또 우리 해월 선생님이셨구만! 옆에 젊은 청년이 하나 있고…."

"아니 자네가 그걸 어떻게?"

"하하…. 그쯤 되면 나타나셔야 이야기가 되거든."

"참 귀신같구먼. 어쨌든 그 인연으로 동학 공부를 하며 병희 숙부를 입도시키고 나니 정말 내가 지고 있던 큰 짐을 벗게 된 것 같더군. 마음이 깃털처럼 가벼워지더라구…."

"그랬겠구먼. 축하하네!"

"어이쿠! 우리가 너무 지체했네. 어서 올라가세. 선생님 앞에서는 다시 존대를 해도 뭐라 하지 말게나."

손천민과 서인주는 엉덩이를 털고 선생님이 기다리실 것을 걱정하며 다시 산 위로 발걸음을 옮겼다.

간절한 기도

적조암은 신미년(1871)의 이필제 거사 이후 이리저리 쫓겨 다니다가 이태 후인 계유년(1873) 시월에 강시원 등이 들어와 49일을 기도했던 곳이다. 그곳에서 철 수좌 스님을 만났고 그의 극진한 도움으로 49일 기도를 마칠 수 있었다.

당시 49일 기도를 마친 해월은 며칠 동안 기도 중에 언뜻언뜻 보였던 영부(신령스러운 부적)를 그려 보았는데 철 수좌는 이를 유심히 보다가 꿈 이야기를 털어놓았다.

"소승은 본래 계룡산에 있던 중입니다. 초막을 짓고 공부를 하는데 꿈에 부처님이 오셔서 '너는 즉시 소백산으로 가거라.' 말씀하시고 문득 사라지시겠지요. 소승은 잠에서 깨어난 후 마음이 이상하여 간단한 짐을 거두어 가지고 소백산으로 들어갔습니다. 금년 4월에 이르니 또 꿈에 '즉시 태백산으로 가라.' 하는 가르침이 있어 태백산으로 옮겨 왔습니다. 이곳에 오니 암자가 비어 있고 도량이 황폐하여 감자를 몇 이랑 심고 나무 백 짐을 하여 겨울을 지낼 준비를 했습니다. 전날 꿈에 웬 사람 둘이 부처님 앞에 와서 뵙는데 모습이 아주 뚜렷했습니다. 이상한 꿈이라 생각하며 곰곰 되새겨 보니 틀림없이 공부하는 사람들이었습니다. 지금에 와서 생원님들을 뵈니 완연히 꿈에 뵌 모습과 같습니다. 정말 기이하지 않습니까? 혼자 속으로 얼마나 놀랐던지요."

철 수좌 스님이 그들을 극진히 대해 주었던 것은 이와 같은 선몽이 있었기 때문이라는 생각을 하니 해월 일행은 그 인연에 더욱 감사하게 되었다.

다음 해인 갑술년(1874) 2월 철 수좌는 임종을 지키러 들어온 해월에게 당분간 마음 놓고 수도할 만한 곳으로 단양 절골(사동)을 추천하고 눈을 감았다.

철 수좌의 다비식을 끝내고 그의 말대로 3월에 그곳으로 이사하자마자 제자들의 주선으로 둘째 부인으로 김 씨를 맞이하게 되었고 아이 둘, 덕기와 윤을 낳으며 송두둑 등 절골 언저리에서 14년을 살았다. 그동안 동학은 크게 부흥했다. 경진년(1880) 인제 갑둔리에서 동경대전을 간행하고, 신사년(1881) 단양에서 용담유사를 간행했으며, 그 이후로 목천 등지에서 잇따라 경전을 간행했고, 흉년이나 괴질이 돌 때마다 빠르고 적절한 대책을 세워 입도하는 사람들이 폭발적으로 늘었다.

적조암에서 내려간 직후 김씨 부인을 만났고, 그녀가 떠나자 14년 만에 다시 적조암을 찾게 되니 해월은 감회가 남달랐다. 김씨 부인과의 그간의 인연에 감사하고 그동안의 성과에 감사하며 새로운 다짐을 위한 기도를 하고 싶었다. 더욱이 불가에서 30년간 수행했던 선객

(禪客)인 서인주와 기록에 능한 손천민이 동행했으니 더없이 든든했다.

세 사람은 동학 주문을 하루에 수만 번씩 외웠다. 놀랍게도 서인주는 눕지도 않고 잠도 자지 않았다.

"나도 원체 잠이 없는 사람이긴 하네만 자네는 어찌 그리 꼿꼿이 앉아만 있나? 잠은 언제 자지?"

"예, 제가 불가에 30년 몸담지 않았습니까? 혹독한 훈련을 받았지요. 하하."

"어찌 그리 하루 종일 잠도 안 자고 앉아만 있을 수 있나?"

"선을 하는 형태, 기도와 주문을 하는 형태는 그다지 중요하지 않습니다. 앉아서 하는 좌선 외에도 누워서 하는 와선, 걸어 다니며 하는 행선, 심지어는 잠을 자면서 하는 침선도 있을 수 있습니다. 그런데 자지도 않고 눕지도 않는 불침불와(不寢不臥)는 제가 그간 행한 수행법 중에 가장 으뜸이었습니다."

"어떻게 그렇게 할 수가 있는가?"

"물고기는 항상 눈을 뜨고 있지 않습니까? 우리 정신과 마음도 그렇게 일념으로 모아 깨어 있으면 됩니다."

"훌륭하이. 나도 그리해 보겠네."

이후 세 사람은 49일 수련이 끝나도록 가끔 일어나 행보 운동을 하는 시간 이외에는 불침불와, 한시도 눕지 않고 앉아서 기도를 했다. 기도를 마치는 날 해월이 물었다.

"기도하는 동안 수행 외에 자네들은 무엇을 서원했나?"

"스승님은 무엇을 서원하셨습니까?"

서인주가 되물었다.

"동학 도인의 수가 하루가 다르게 늘어나고 있지 않은가? 개벽세상을 일구려면 더 많은 사람들이 동학의 가르침대로 살아야 할 것이네. 그런데 혹여 너무 방만해지면 동학이 뜻하는 바를 제대로 익히지 못하여 문제가 생길 수도 있지 않겠는가. 그렇게 되지 않으려면 어떤 대비책을 마련해야 할 것이라는 생각을 했지."

"현재 입도자는 어디에 얼마나 있는지요?"

다시 서인주가 물었다.

"단양, 충주, 청주, 목천, 보은, 공주, 예산, 청풍, 연풍, 괴산, 진천, 연기, 상주, 예천, 아산, 옥천, 청산⋯. 이루 헤아릴 수가 없구만. 충청이 가장 세고 경상과 강원 경기 쪽에도 많이 있지. 전라 쪽은 앞으로 공을 들여 포덕을 더 해야 할 것이지만 전라도를 빼더라도 지금 아마 수만 명은 될 것이야. 그들을 질적으로 양적으로 향상시켜 결속력을 높이는 방법을 찾는 것이 내 원이네."

"혹시 생각해 두신 방법이 있으신지요?"

이번에는 손천민이 물었다.

"3년 전, 갑신년(1884) 가섭사에서 21일을 기도할 때 여섯 개의 주요 임직을 두어 교인들의 공부를 돕는 방안을 구상해 보았네."

"아, 그때 우리 손병희 숙부도 함께했던 때로군요? 병희 숙부는 아무 이야기 없던데… 육임제란 어떤 방식인지요?"

"손병희는 입도한 지 얼마 안 되어 나의 고민을 제대로 이해할 수 없었을 걸세. 당시 스물네 살이라고 했던가. 그러니 내 구상에 대해서는 말을 해 주어도 이해가 안 되었을걸? 조직이 커지면 나 혼자서 혹은 접주 혼자서 수많은 사람들을 제대로 건사할 수 없을 것 아닌가. 그래서 접 내의 인사들로 역할을 여섯 정도로 나누어 맡기면 어떨까 생각해 보았네. 수시로 피신을 다니게 되니 교육을 제대로 하려면 꼭 필요할 것 같아서 말이야."

"잘 생각하셨습니다. 그래야 화급할 때도 일사불란하게 우왕좌왕하지 않고 일이 제대로 돌아가겠네요."

"임직은 크게 교(敎)에 관한 것에 교장(敎長)과 교수(敎授)가 있고, 집(執)에 관한 것에 도집(都執)과 집강(執綱)이 있으며, 정(正)에 관하여 대정(大正)과 중정(中正)을 두게 되네. 이렇게 크게 셋으로 각각 둘씩 여섯이 되니 육임제라고 이름 붙일 수 있겠지."

"그러려면 우선 장소부터 마련해야 하겠는데요? 각지에서 왕래하기 좋은 곳에 도인들이 함께 먹고 자며 함께 공부하고 스승님의 가르침을 어긋남 없이 배우고 익힐 수 있는 공간이 있어야 할 겁니다. 그리고 교·집·정 각 한 명씩 매월 보름간 교대로 육임소에 나와, 교(敎)는 교리를 강론하고, 집(執)은 각지에서 찾아오는 도인들을 응접하고 도소 안팎의 살림도 맡아 하며, 정(正)은 직언과 건의를 하고 지방 도인들의 행위에 대해 상벌도 내려 조직을 관리하게 하면 되겠습니다."

"그렇지. 내 생각이 바로 그거야. 얼마나 자주 모여야 할까?"

"각 지방 접주는 매월 1회 육임소로 올라와 교리를 청강하게 하면 되겠지요. 그리고 도집의 허락이 있어야 장실(丈室)에 들어 장석(丈席, 해월)을 뵈올 수 있도록 해야 할 것입니다. 너무나 많은 도인들이 몰려와 선생님을 만나고자 하니 선생님이 화급히 해야 할 일들을 못 하는 경우가 다반사 아닙니까? 그리고 앞으로 육임직은 교세가 크게 증가해서 여러 접을 거느리는 대접주가 있는 포소 안에도 두고 도소(집 강소) 안에도 두기로 하면 될 것입니다."

해월은 서인주가 자기의 머릿속을 들여다보고 있는 것 같아 깜짝 놀랐다.

"도소 짓기가 결정되면 제가 빠르고 야무지게 일할 사람들을 수소문해 보겠습니다."

손천민도 거들었다.

"자네들이 있으니 이제 뭔가 일이 제대로 잘 돌아갈 것 같으이. 일 머리가 있는 사람들을 만나니 반갑구먼."

"각각의 지위에 해당하는 도인들과 접주들을 임명할 때 통일된 증표를 주시는 것이 좋겠습니다. 증표 첩지에는 선생님의 직위를 드러내고 선생님의 인장을 찍으셔야 할 겁니다."

서인주가 왼쪽 손바닥에 오른쪽 엄지손가락을 세워 누르며 말했다.

"직위는 북접주인(北接主人)이 나을까 아니면 북접법헌(北接法憲)이 나을까? 인장은 내가 해월장이라 파서 쓰면 될 테고."

"그런데 북접은 무슨 뜻입니까?"

손천민이 고개를 갸웃거렸다.

"수운 선생님이 살아 계실 때 나를 북도중주인(北道中主人)에 임명하셨다네. 경주 북쪽으로는 나보고 책임을 맡으라고 하셨던 거야. 북도에서 근거한 북접이라는 말이 수운 선생님으로부터 도를 직접 전해받았다는 징표라는 걸 도인들이 알았으면 한다네. 우리가 지도하는 동도들이 모두 수운 선생님으로부터 도의 정통성을 제대로 잘 받았다는 걸 알면 그만큼 자부심이 커지지 않겠나?"

"아…. '북접'이라는 말에는 수운 대선생님의 정통성의 맥이 끊어지지 않고 앞으로도 계속 이어지게 한다는 의미가 있는 거로군요. 수운 대선생님의 유지를 잊지 말라는 뜻으로요."

말을 하던 서인주의 표정이 갑자기 어두워졌다.

"그런데 그렇게 북접이라는 말을 쓰면 나중에 남접이라는 말도 나오게 되기 십상이고 사소한 문제에도 대립이 되는 것처럼 항간에 오해를 받게 될 수도 있지 않을까요?"

"그럴 수도 있겠지. 그러나 나는 '북접'이라는 말을 내가 돌아가는 날까지 쓰고 싶다네. 수운 선생님이 우리와 함께하고 계시다는 걸 늘 깨우쳐 주니까. 그러니 크고 넓게 볼 수 있는 사람들이라면 그 오해를 풀어내는 날도 있지 않겠는가? 허허."

"물론 그렇게 되기는 하겠지요."

서인주의 찌푸려졌던 미간이 펴졌다.

"자네들과 이곳에 함께 오게 된 이유가 있는 것 같구먼. 정말 고맙네."

"내려가면 바로 도소 짓는 일을 서둘러야 하겠습니다. 터는 선생님이 잡아 주셔야지요?"

손천민의 얼굴에 결기가 어렸다.

"그러세. 함께 노력해 보자고. 큰 숙제를 풀게 된 것 같네. 고마우이."

보은에 법소를 짓다

5월 하순, 적조암 기도를 마치고 보은으로 돌아온 해월과 제자들은 곧 바로 법소를 짓기 위해 궁리를 했다. 수운이 떠난 이래 최초로 동학도들의 총본부가 생기는 일이었다. 새로 온 충청 감사 민영상이 예전의 심상훈처럼 닦달은 하지 않았지만, 어찌 되었건 만사를 비밀에 붙이고 조심해야 하는 것은 동학도들이 모두 알고 있었다.

우선 집을 짓기 위한 비용을 장만하는 것이 큰일이었다. 한편 장소도 잘 잡아야 했다. 비용을 장만하는 것은 제자들의 몫. 제자들은 전국의 각 접주들에게 연통을 넣어 십시일반으로 비용을 모았다. 도소

자리를 정하는 것은 해월의 몫. 앞으로 더욱 빈번해질 도인들의 왕래를 모두 감당할 수 있는 넓은 땅이 펼쳐져 있을 것, 뒤쪽으로는 여차하면 피신할 수 있는 길이 여러 갈래로 있어야 할 것 등을 염두에 두어야 했다. 해월은 손씨 부인의 집에 머물면서 도소를 지을 장소로 손 씨 집에서 멀지 않은 옥녀봉 아래 양지바른 곳을 택했다.

앞으로는 넓은 들이 있고 뒤로는 옥녀봉이 속리산과 이어져 있고 오른쪽으로는 구병산이 이어져 있었으니 도소가 갖추어야 할 모든 것을 갖춘 안성맞춤의 땅이었다. 일은 일사천리로 진행되었다. 전국의 재주 있는 동학도들이 너도 나도 앞 다투어 참여하니 겨울이 되기 전 두 달 만에 옥녀봉 아래 크고 번듯한 도소가 생겼다.

동학 창도 이후 가르침을 체계적으로 펼치기 위해, 모임을 위해 언제 이렇게 번듯한 장소를 가질 수 있었던가!

완성된 도소를 보고 해월과 도인들은 더없이 깊은 감격에 휩싸였다. 그 자신도 자신이려니와 좌도난정의 죄로 돌아가신 수운 대선생이 기뻐하리라는 생각을 하니 눈에 뜨거운 물이 고였다. 그러나 해월은 큰 기쁨을 누리며 한가하게 있을 수 있는 처지가 아니었다. 초겨울 스산한 바람이 불기 시작했다. 강추위가 지나고 나면 그는 곧바로 제자들과 조직이 취약한 호남 쪽으로 포덕의 길을 떠나기로 했다.

손씨 부인

보은으로 이사한 지 3년째. 손 씨의 기침은 날로 심해져 갔다.

"쿨럭쿨럭."

누워 있던 손 씨가 기침을 터뜨렸다. 밖에서 약을 달이고 있던 해월이 방으로 들어왔다.

"임자, 기침이 여전하구려."

"이제 고질병이 된걸요, 뭐. 쿨럭…."

"그동안 너무 고생만 하고 몸을 돌보지 못해서 그럴 거요."

"나이는 적나요? 나도 이제 곧 환갑인데요. 쿨럭…."

대화를 이어 가기도 힘들 정도로 손 씨는 기침을 해 댔다.

해월의 가슴도 찢어지는 것 같았다.

"낮에 도인들이 첩약을 지어다 놓고 갔어요. 내가 달이고 있으니 잠시 뒤에 먹어 봅시다."

"약이야 그동안에도 틈틈이 먹어 왔지 않수. 이제 다른 방법이 없는 거 같애요. 쿨럭…."

"무슨 소리를 그리 하시오?"

밖으로 나가려는 해월을 손 씨가 붙잡아 앉혔다.

"약은 윤이보고 불을 좀 줄이라고 하세요. 곧 호남으로 떠나신다니 오늘은 당신하고 이야기 좀 하고 싶네요."

"그러시구려."

해월은 윤을 불러 화로의 바람구멍을 아주 조금만 열어 놓으라 당부했다.

"당신하고 처음 혼인했을 때 생각 나시우?"

"그럼. 복사꽃이 흐드러지던 날이었지."

"당신은 열아홉, 나는 열일곱이었지요. 그게 몇 년 전 일이지요? 쿨럭쿨럭."

"그래, 그런 시절이 있었네요. 내가 열아홉이었으니 벌써 42년 전 일이구만."

"먹을 게 모자라고 입을 게 없어도 정말 행복했어요. 쿨럭…."

"매일매일이 봄날 같았지."

"딸들이 줄줄이 태어났어도 아들 타령 한 번 안 하시구…."

"그게 어디 사람 뜻대로 되는 일이오? 그리고 아들이면 어떻고 딸이면 어떻소. 당신이 시원찮은 살림에도 아이들 키우느라 애 많이 썼소."

"수운 대선생님 만났다고 좋아하시던 날, 나는 한편으로는 많이 겁이 났었답니다. 쿨럭…."

"그건 어째서 그랬소?"

"그냥 땅이나 파먹고 우리끼리 오순도순 살고 싶었던 게지요."

"나는 알고 싶었소. 가난한 대로 살아도 행복할 순 있었으나, 한 번쯤은 왜 우리가 이렇게 살 수밖에 없는지, 나는 왜 이 세상에 태어났으며, 어찌 사는 것이 옳은 길인지, 배고픔과는 비교할 수도 없는 깊은 갈증을 느끼고 있었소. "

"내가 도울 수 없는 갈증이었지요. 쿨럭."

"그 의문을 풀기 위하여 용담으로 달려갔고, 가난하지만 평온했던 삶은 고난의 여정으로 화하고 말았소. 그러나 나는 천명을 헤아리며 살아온 여정이 후회되지 않소. 다만 당신과 아이들…"

해월이 잠시 말을 멈추고 손씨 부인을 바라보았다.

"당신과 아이들이 나보다 몇 배나 심한 고초를 겪었을 터이니 미안하기 짝이 없소."

"얼마간은 그랬지요. 당신은 후회한 적이 없나요? 쿨럭…."

"후회하는 삶을 살지 않으려고 애를 썼소. 처음으로 돌아갈 수도 없을뿐더러 최선의 선택을 위해 많은 생각을 했으니까. 이게 천명이니까."

"그래요. 후회한다고 되는 일도 아니지요. 쿨럭."

"내가 늘 보따리를 들고 피난 다니며 식구들에게 못할 짓 많이 시켰지요. 희생된 도인들 생각하면 가슴이 무너지지요. 하지만 그 틈틈이 내가 느끼는 기쁨이 얼마나 큰지는 당신에게는 말한 적이 없구려."

"그게 뭔데요?"

"당신도 아다시피 우리 동학이 하고자 하는 일은 개벽세상을 만드는 일 아니오? 모두가 서로를 귀히 여기는 세상, 밟고 밟히지 않는 세상. 그런 세상을 내 손, 우리 손으로 만든다는 건 대단한 기쁨이라오.”

 “그렇지만 그런 세상이 쉽게 오겠냐구요? 쿨럭.”

 “시작이 있어야 끝이 있는 거 아니겠소? 오기 힘들 것이라 생각하고 시작도 하지 않으면 새로운 세상은 끝내 오지 않아요.”

 “글쎄, 그러니까 그게 왜 하필이면 당신의 일이어야 하는 거냐구요. 쿨럭….”

 “하늘이 세상에 생명을 내었으니 그 생명이 행복하기를 바랐던 모양이오. 그러니 고통스러운 생명들이 많으면 하늘은 누군가를 선택해서 바로잡으려고 한다오. 그게 하늘 뜻 아니겠소?”

 “그렇기는 하지요. 하늘이 생명을 내어 놓기만 하고 모른 척하는 것보다야 고마운 일이지요. 쿨럭….”

 “그래서 하늘이 고른 사람이 수운 대선생님이고 당신 남편이었던 모양이오.”

 “그래요. 하늘이 선택한 사람이라면 귀한 사람인 것은 틀림없지요. 쿨럭….”

 “하늘이 선택한 귀한 사람이 당신을 힘들게 했구려….”

 해월이 짧은 탄식을 내뱉으며 아내의 손을 잡았다.

 “어딘가 살아 있을 내 딸들, 신미년에 떠나 버린 우리 양자 준이, 모두 보고 싶어요. 쿨럭….”

 “살아 있든 죽었든 모두 우리와 함께 우주 안에 있는 거요. 그러니 태어남과 죽는 것이 모두 한가지 아니오?”

"신미년(1871)의 난 이후에 우리가 헤어져 서로 생사를 모르고 살지 않았수? 그랬다가 6년 만에 단양에서 만났고, 쿨럭⋯."

"정말 당신과 아이들을 찾느라 모두들 고생 많이 했다오."

"우리 준이는 주검도 거둬 주지 못하고⋯."

손 씨가 갑자기 울음을 터뜨렸다. 해월이 거친 손으로 아내의 손을 어루만졌다. 아내의 손가락은 고된 노동으로 마디마다 불거져 주름 지고 뒤틀려 있었다.

"옥에서 나와서 민이는 옥졸에게 빼앗기다시피 보내고 난이랑 그 뒤로 얼마나 고생을 했는지 당신은 상상도 못할 거예요. 쿨럭⋯."

"미안하오⋯. 그때도 그랬고, 지금도⋯."

"그게 뭐 당신 탓인가요? 쿨럭⋯. 난이랑 거지처럼 떠돌아다니면서 당신이 그저 살아 있기만을 기도했어요. 어딜 가면 당신 소식을 들을 수 있을까 그저 그 생각뿐이었지요."

"그런데 단양에 와서 보고 정말 놀랐겠구려."

"살아 계신 걸 보고 하늘땅을 다 얻은 것처럼 기뻤는데⋯. 세상에 젊은 새사람이 옆에 있을 줄이야. 더군다나 그 사이 아이까지 낳고⋯. 쿨럭⋯."

"정말 미안한 일이오. 당신은 생사를 알 수가 없고, 집에 찾아드는 손님들은 많고⋯. 제자들이 서둘러서 한 일이지만, 끝내 거절하지 못하였소. 내가 입이 열이라도 할 말이 없소."

"윤이 어미도 불쌍한 사람이지요. 그렇게 갑자기 세상을 뜨다니.

쿨럭….”

“누구나 언젠가는 떠나기 마련. 고통의 시간이 짧았으니 그나마 감사하달밖에….”

“맞아요. 나처럼 이렇게 사람 구실 못하면서 오래 살 필요가 있겠수? 쿨럭.”

“그래. 그러니 살아 있는 동안 사람 구실하게 약이라도 잘 먹읍시다.”

약을 짜려고 밖으로 나가려는 해월을 손씨 부인이 다시 급히 붙잡았다.

“그래도 내 남편으로 다시 돌아와 내 옆을 지켜주고 있으니 나는 이제 더 바랄 게 없어요.”

해월은 고개를 끄덕여 주고 밖에 나가 약탕관의 약을 삼베를 덮은 대접 위에 쏟았다. 마주 접은 삼베 사이에 막대를 끼워 넣고 힘을 주어 마지막 한 방울까지 쥐어짰다. 열린 문틈으로 해월이 정성스레 약 짜는 모습을 보는 손 씨의 입가에 미소가 떠올랐다. 옆에서 열 살짜리 딸 윤이 아버지의 모습을 지켜보았다.

세 번째 아내

틈이 날 때마다 해월이 아내를 돌보았지만, 해월이 해야 할 일은 산더미 같았다. 법소를 지은 뒤 육임제가 제대로 돌아가게 하는 일, 이곳저곳 포덕을 위해 찾아와 달라는 요청에 따라 순회를 나가는 일…. 몸이 열 개라도 모자랄 지경이었다. 해월을 가까이 모시고 있던 제자들의 가슴에도 먹구름이 끼었다. 무자년(1888) 정월, 해월이 석 달 정도 여정으로 전라도로 떠난 뒤 황하일, 서인주, 손천민, 손병희, 장한주 등 제자들이 모였다. 모인 이들 중에 제일 연장자인 황하일이 입을 열었다.

"손 씨 사모님에 대한 걱정들이 많을 줄 아오."

"이래서야 선생님이 마음 놓고 일을 보러 다니지 못하실 겁니다."

서인주가 말을 받았다. 그러나 쉬운 문제가 아닌 만큼 쉽게 다음 말을 잇는 사람이 없었다.

"병자도 간호하고 집안 살림을 건사할 사람이 필요한데…."

집을 들락거리며 살림을 거들던 장한주가 주위를 돌아보았다.

이번에는 윤에게 가끔 책을 가져다주는 손천민이 말했다.

"어린 윤이도 문제지요. 누가 돌보아 줄 사람이 있어야 하겠는데 말이지요."

"새로 안주인을 맞아들이는 게 어떻겠소?"

황하일이 과감하게 말을 이었다.

"그렇지만 선생님이 반대하실 거요. 그리고 회갑 지난 노인네에게 시집온다는 여자가 있을까요?"

깐깐한 서인주가 말을 받았다.

그러자 잠자코 있던 손병희가 입을 열었다.

"제 여동생이 몇 년 전에 아이 없이 남편을 잃고 지금 친정집에 들어와 있습니다."

"나이가 몇이오?"

황하일이 급히 물었다.

"스물여섯입니다."

모두 입을 다물었다. 가능하지 않으리라는 생각이 든 때문이다. 손병희가 얼른 말을 이었다.

"사실 그동안 제 동생에게 선생님 옷을 몇 벌 지으라 부탁했습니다. 옷을 받아 보시고 선생님이 바느질 솜씨가 좋다고 칭찬을 많이 하셨지요."

"그렇지만 동생이 그렇게 젊은데 노인에게 시집을 오라 하면 허락하겠소?"

"남편 죽고 친정에 돌아온 여자에게 무슨 낙이 있겠습니까? 서방 잡아먹은 여자라며 사방에서 손가락질을 하고, 아이도 없이 늙어 죽을 것을 생각하면 제가 봐도 딱하더군요."

"그러면 우선 본인의 의사를 물어보시지요."

한결 누그러진 표정으로 서인주가 말했다.

"본인이 싫다 하지 않으면 선생님이 돌아오신 후에 데리고 오겠습니다."

"그런데 정작 우리 선생님이 안 된다 하시면 어떻게 하지요?"

매사 단단한 서인주가 다시 제동을 걸었다.

"지금 선생님 집안 꼴이 말이 아니지 않습니까? 선생님을 설득하는 일은 제가 하겠습니다."

황하일이 나섰다.

해월은 익산으로 갔다가 다음 해(1889) 정월을 전주에서 맞았다. 전주에서 기도식을 마치고 도인들 10여 명과 삼례로 떠난 해월은 석 달간 많은 도인들을 입도시킨 뒤 봄이 되어 보은으로 돌아왔다.

장내리를 들락거리며 살림을 거들고 있던 황하일이 심각한 표정을 하고 뜸을 들이다가 이윽고 해월에게 말했다.

"선생님. 손씨 사모님은 많이 편찮으시고, 윤이도 열한 살밖에 안 되어 아직 어리고…. 집 안에 살림을 할 사람이 필요하겠습니다."

"그건 그렇지만 무슨 뾰족한 방법이 있겠나?"

"저, 손병희의 여동생이 혼인한 지 얼마 안 되어 남편을 여의고 친정에 돌아온 지 몇 년 되었다고 합니다."

"무슨 소리를 하는 겐가? 날보고 또 새사람을 맞으라는 게야?"

해월이 정색을 하고 말했다.

"우선 편찮으신 손씨 사모님한테도 사람이 필요하고, 윤이도 돌볼 손이 필요하고, 사람들이 많이 들락거리는 집에 안주인이 없으니…. 선생님, 이건 모두에게 필요한 일입니다."

황하일이 빠르게 말을 이었다.

"나에게는 새사람이 필요 없네."

"이제 스물여섯 살이랍니다. 손씨 사모님도 허락을 하셨고요, 윤이에게도 말을 해 두었습니다. 손병희도 누이에게 허락을 받아야 하지만 아마 어렵지는 않을 거라 했습니다. 청상과부로 사는 것도 쉬운 일은 아닐 터이니까요. 저희도 정말 여러 가지를 생각하며 고민 많이 했습니다. 앞으로 환자를 돌보는 일이 점점 더 힘들어질 텐데…"

해월은 얼굴을 감싸 쥐었다.

그다음 날은 서인주가 와서 같은 말을 했다. 그다음 날은 그동안 드나들며 시중을 했던 정한주가 같은 말을 했다. 무엇보다 이제 열한 살이 된 윤이 아버지에게 젊은 새어머니가 들어오면 어려운 일들이 풀릴 것이라 했다.

3월 초 어느 날 오빠가 인도하는 가마를 타고 손병희의 여동생[5]이 청주를 떠나 보은에 당도했다.

큰 가뭄

그해 무자년(1888)에 충청, 경상, 전라 삼남 일대에 큰 가뭄이 들었다. 봄에 비가 부족해서 모내기에 애를 먹었는데, 여름 장마에도 비가 오는 듯 마는 듯 했다. 정작 가을에 알곡이 익을 때에는 꾸물꾸물 흐린 날이 많아 쭉정이가 많이 생겼다. 해월은 급히 전국의 동학도들에 통문을 띄웠다.

"우리 도인들은 한 한울로부터 나온 형제요 다 같은 연원에 몸담고 있는 사이입니다. 형이 굶주리는데 동생만 배부르면 되겠습니까? 아우는 따뜻한데 형은 추위에 떨고 있어서 되겠습니까? 우리 동학의 뜻 중에 가장 큰 뜻은 유무상자(有無相資)입니다. 쌀이 있으면 쌀이 없는 이와 나누고, 힘이 있으면 힘이 없는 이와 나누고, 지혜가 있으면 지혜가 없는 이와 나누고, 시간이 있으면 시간이 없는 이와 나눈다는 것입니다. 이렇게 서로 도우면 어떠한 재난도 모두 넘어갈 수 있습니다. 모두들 사람을 구하는 데 힘써 주십시오!"[6]

이 무렵 세 구절의 참요(예언 노래)가 떠돌았다.

'곡식은 없는데 풍년이라니 첫 번째 모를 일이다.
글은 못하는데 선비는 많으니 두 번째 모를 일이다.
임금은 없는데 태평하니 세 번째 모를 일이다.'

3. 새소리가 하느님 소리

무자년(1888)에 돌았던 참요는 기축년(1889)이 되자 세 가지 예언이 신기하게 모두 사실로 드러났다고 사람들이 수군댔다. 기축년에 들어서면서 봄부터 여름까지 굶어 죽고 병들어 죽는 사람들의 수가 엄청났다. 그 숫자가 너무 많으니 곡식 소비가 줄어들어 첫 번째 예언이 맞았다는 것이다. 동학도들은 서로를 접장이라 부르며 글을 모르는 사람들도 서로를 존대하며 선비처럼 행동하니 사람들은 두 번째 예언 또한 옳다고 했다. 일본이 서서히 조선 조정을 견제해서 임금이 없는 것과 같은 상태가 되었음에도 백성은 그것을 염려하지 않았다. 임금은 있으나 마나한 사람으로 인식되었다. 사람들은 참요가 맞았다며 신기해했다.

무엇보다 사방에 동학도들이 늘어 흉년이 들면 서로 나누어 기쁨이 두 배가 되고, 괴질이 돌아도 서로 조심하기를 부추겨 희생이 적은 것을 부러워했다. 입도자가 날로 늘었다. 입도자가 늘어나는 만큼 관의 지목이 점점 더 날카로워졌다. 충청 감사 민영상이 3년 임기를 마치고 떠나고 새로 이헌직이 충청 감사로 부임했다.

문제는 강원도에서부터 터지기 시작했다. 강원도 정선에서 군수 이규학의 학정에 시달리던 농민들이 관아로 쳐들어가 군수를 쫓아내고 사령을 불태워 죽였다. 정부는 즉각 안핵사를 내려보내 주동자 세 명을 잡아 효수했고, 주요 가담자 여섯 명은 황해도 백령도로 유배를 보냈다. 농민들은 무기가 없었지만 정부는 백성을 죽일 무기를 항상 구비해 놓고 있었다.

연달아 인제에서도 농민들의 민란이 일어났다. 관아로 들어가 집기들을 때려 부수었다. 민란은 관군에 의해 곧 진압되었고 네 명의 주동자는 효수되었으며, 그 정도가 가벼운 가담자들은 유배형을 받았다.

정선과 인제는 워낙 동학의 세가 강한 곳이었다. 동경대전과 용담유사가 두 차례나 발간될 정도로 열의 또한 높았다. 민란이 일어나자 자연히 관아는 동학을 다시 주목하고 주동 세력이나 배후 세력으로 닦달을 하게 되었다. 해월은 전국에 연통을 하여 도소 왕래를 삼가고 관의 눈에 뜨이지 않도록 당부했다.

서인주 체포되다

해월은 7월에 육임소의 문을 닫고 아들 덕기, 사위 김연국과 함께 괴산 신양동으로 피신했다. 석 달이 지난 10월에 손천민이 급히 괴산으로 달려왔다.

"선생님 큰일 났습니다. 어젯밤에 어찌 된 영문인지 경군 여럿이 한양 신정엽 도인의 집을 급습하여 그 집에 머물던 서인주, 강한형, 정현섭 등 여러 명을 체포해 갔다고 합니다."

"무어라? 서인주가?"

서인주는 해월에게 문제를 쉽게 풀 수 있도록 돕는 책사와 같은 존재였다. 서인주가 체포되었다는 소식을 듣자 해월의 안색이 변했다. 손천민은 경황이 없이 보고를 하는 중에도 스승의 안색이 창백하게 바뀌는 모습은 처음이라는 생각을 했다.

"그 소식은 누가 전하든고?"

"함께 있었던 강한형의 아들이 간신히 피해 와 정현섭의 집에 전했다 합니다."

"아, 이 일을…. 이 일을…. 우선 아무쪼록 살아 있으라 말을 전할 수 있을까?"

"예, 최선을 다해 보겠습니다. 그런데 여기 계신 것을 서인주가 알고 있지 않습니까? 서인주가 그럴 사람은 아니지만 만약을 위해서 선생님도 아드님과 사위와 함께 이곳을 뜨시는 것이 좋겠습니다."

"어디로 가면 좋겠는가?"

"일단 음성 한 접주 집에 가 계시면 제가 한양 소식을 알아내어 전해 드리기 좋을 것 같습니다. 거기서 강원도로 건너가시기도 나을 것이고…."

"그렇게 하지."

"선생님, 또 한 가지 소식이 있습니다."

손천민이 고개를 떨궜다.

"큰 사모님이 그만….."

"……!"

해월이 눈을 감고 크게 숨을 내쉬었다.

"곁에 누가 있었다던가?"

해월이 여전히 눈을 감은 채 물었다.

"작은사모님과 윤이가 임종을 지켰다고 합니다. 편안한 모습이셨답니다."

"그래 장례는 치렀고?"

"네. 모두들 경황이 없으니 조용하게 치른 모양입니다."[7]

"고맙네. 모두들….."

해월이 크게 숨을 들이쉬었다.

보름 후, 밤이 되기를 기다려 약속대로 손천민이 음성 한 접주 집을 조용히 찾아들었다. 얼굴 표정이 어두웠다.

"어서 오게. 어떻게 되었는가?"

초췌한 얼굴로 해월이 물었다.

"강한형과 정현섭은 곧바로 사형을 당했다 합니다."

"사형을? 그렇다면 서인주는?"

해월이 급히 물었다.

"금갑도로 정배(定配)되었다고 합니다. 서인주를 보호하기 위해서 강한형과 정현섭이 모든 책임을 다 안고 갔다고 합니다."

해월이 눈을 감았다. 사형을 당한 제자들의 소식은 안타까웠지만 서인주가 무사하다니 그의 입에서 가늘고 긴 안도의 숨이 흘러나왔다.

"금갑도가 어디에 있다던고?"

"진도에서도 배를 타고 더 나가야 한다고 합니다."

"전라도 남서쪽 끝이로군. 한양에서 제일 먼 곳으로 고른 모양이지?"

"진도 주변은 자잘한 절해고도가 많아서 큰 죄인은 그런 곳으로 유배를 보내는 모양입니다."

"우선 내일 장한주가 온다 하였으니 우리 네 사람은 강원도 인제 갑둔리로 갈 것이네. 얼마 전에 난이 진정된 곳이니 관이 다시 주목하지는 않을 것이야. 만약 거기도 여의치 않으면 태백산을 넘어 간성 왕곡마을로 가겠네. 서인주의 문제를 궁리해 봄세."

"만약 왕곡이 여의치 않으면 저희가 사는 충주로 오십시오."

손씨 부인의 장례를 치른 작은 손씨 부인과 윤은 해월을 찾아 태백산을 넘어 간성 왕곡마을을 찾았다. 손씨 부인의 배가 조금씩 불러 왔다.

동쪽으로 조금 나가면 바다가 있었다. 윤은 그곳에서 바다를 처음

보았다. 손 씨도 바다는 처음이라고 했다. 오래되지 않은 인연이지만 큰 손씨 부인의 장례를 치르고 함께 태백산맥을 넘으며, 함께 바닷가를 걸으며 손 씨와 윤은 한 가족이 되어 갔다. 손 씨의 배가 점점 불러 오자 해월은 충주에 거처를 마련해 달라고 처남 손병희에게 연통을 넣었다. 손 씨는 부른 배를 안고 윤이와 태백산을 다시 넘어 남쪽으로 내려왔다. 손씨 부인은 경인년(1890) 정월, 충주 외서촌 보뜰에 오라버니가 마련한 집에서 몸을 풀었다. 해월은 아들의 이름을 봉조(후일 동희)[8]라 지어 주었다.

남편의 나이가 많고, 생활이 불안정하기는 했으나 손 씨는 청상과부로 살면 평생 얻지 못했을 아기를 안고 해월과의 혼인을 감사히 여겼다. 첫 혼인에서 남편을 잃은 후 늘 죄책감에 시달려 왔던 그녀는 이제야 비로소 사슬에서 풀려나 깊은 행복을 맛보았다. 아기를 안은 어미가 세상에 부러울 것이 무엇이랴. 아기는 눈코입매가 또렷하고 건강했다. 열세 살이 된 윤이 역시 동생을 처음 얻었다며 아기 옆에 붙어 살았다. 기저귀를 갈고 빨래를 하는 것도 자기 몫이라며 좋아라 했다.

"무슨 걱정이라도 있으세요?"

한시도 쉬지 않고 노끈을 꼬든 짚신을 삼든 무언가를 해 왔던 해월이었다. 호롱불 옆에 침울하게 앉아 뭔가 골똘히 생각하는 남편의 평소답지 않은 모습을 보고 아기를 안고 재우느라 토닥거리던 손 씨가 물었다.

"서인주가 이 추운 겨울을 섬에서 어떻게 지내고 있을지….."

"거기는 남쪽 끝이라니 여기처럼 춥지는 않을 거예요."

"그래도 겨울 바닷바람이 얼마나 세차겠소?"

"앉으나 서나 서 접장 걱정이시네요. 밤이 늦었으니 이제 자리에 드셔야지요."

해월은 자리에 누웠으나 이불을 덮지 않았다.

"왜 이불을 덮지 않으세요?"

"당분간 덮지 않으려 하오."

해월은 겨우내 이불을 덮지 않았다.

새벽에 진눈깨비가 내리더니 날이 밝자 비로 변했다. 겨울이 지나고 봄이 온다는 건 모두에게 얼마나 큰 축복인가.

비가 갠 뒤부터 해월은 정성스럽게 텃밭을 일궜다. 언제 이사를 가야 할지 모르지만 씨를 뿌려 놓으면 누구라도 먹게 될 것이었다.

해월은 옷이 젖은 채로 아침상 앞에 앉았다.

"이 옷으로 갈아입으시지요."

손 씨가 마른 옷을 가져와 해월 옆에 놓았다.

"아니오. 유배를 간 사람도 있는데 젖은 옷이 무어 대수요."[9]

보통은 아침저녁으로 청수를 떠 놓고 기도를 했지만 서인주가 유배를 떠난 이후 해월은 새벽에도 청수를 떠 놓고 기도를 했다.

해월은 밥을 먹기 전에도 서인주를 위한 기도를 빼놓지 않았다. 손

씨는 남편의 각별한 제자 사랑이 낯설었지만 매사를 소홀히 대하지 않는 해월의 행동들을 보면서 차츰 그를 이해하기로 했다.

새소리

처남과 처조카가 된 손병희와 손천민 가까이에 아내와 자식들을 두니 해월의 마음이 다소 가벼워졌다. 아들 봉조의 백일이 되기 전인 4월, 해월은 큰아들 덕기, 사위 연국과 장한주를 데리고 다시 강원도 양구읍 죽곡리의 길윤성 집을 거쳐 인제 갑둔리에 있는 김연호와 이명수를 찾았다. 이명수의 집을 찾았을 때 해월은 나무 위에서 우는 새소리를 들었다.

해월이 곁에 있던 장한주와 김연국에게 물었다.

"이 새들의 울음은 무슨 소리인가?"

"모르겠습니다."

두 사람은 서로의 얼굴을 마주 보았다.

"이것도 시천주(侍天主) 소리네. 모든 사람과 생물이 숨을 쉬는 것은 모두 천지 우주의 기운에 바탕을 둔 것이니 새의 울음소리도 하늘의 소리인 것이지. 가슴에 하늘을 담고 있는 새가 하늘의 소리, 천어(天語)를 내는 것이야."[10]

새의 소리가 천어라는 해월의 말은 제자들에게 깊은 울림을 주었다. 우주의 기운을 품고 있는 모든 생명이 드러내는 다양한 면모는 모두 하늘의 속살을 그대로 드러내고 있다.

김연국이 장한주에게 소곤소곤 말했다.

"그래. 백합의 향기, 난초의 향기는 하늘의 향기, 천향(天香)이야."

장한주가 김연국에게 말했다.

"어미 닭이 병아리를 품는 것은 하늘의 사랑, 천애(天愛)로군."

김연국이 다시 말했다.

"어미 소가 송아지를 핥아 주는 것은 하늘의 행위, 천행(天行)이고!"

장한주도 그 뒤를 이었다.

"눈을 뚫고 올라오는 복수초의 노란색이나 마른 가지에서 촉촉하게 젖은 꽃을 피워 내는 진달래의 분홍색은 하늘의 색, 천색(天色)이네!"

김연국이 질세라 두리번거리더니 말했다.

"저 멀리 겹겹이 이어지는 산의 풍경은 하늘의 그림, 천화(天畵)일세."

장한주도,

"우리가 부르는 노래가 하늘의 노래, 천악(天樂)이며…."

김연국이,

"우리가 덩실거리며 추는 춤이 하늘의 춤, 천무(天舞)이고…."

장한주와 김연국이 서로의 입을 바라보며 동시에 말했다.

"우리 모두 하늘이네!"

인제의 김연호 접에는 생활이 넉넉한 사람들이 여럿 있었다. 그래서 경전도 두 번이나 간행할 수 있었다. 해월은 그에게 지난 몇 달 간 혼자 속으로 궁리해 왔던 것을 비로소 털어놓았다. 멀리 강원도를 찾은 이유이기도 했다.

"서인주가 작년 늦가을에 한양에서 잡혀 구사일생으로 목숨을 구하고 지금 전라도 진도에서도 더 간다는 금갑도에 있지 않나."

"선생님 걱정이 많으시겠습니다."

"이제 서인주를 빼낼 때가 된 것 같네."

"어떻게요?"

김연호가 눈을 동그랗게 뜨고 물었다.

"방도가 있을 테지. 자네 생각은 어떤가?"

"그야 돈일 테지요. 서인주를 지키고 있는 포졸을 매수하는 방법밖에는 없을 듯합니다."

"얼마면 될까?"

"뒤탈이 없게 하려면 아마 500금[11] 정도는 되어야 하지 않을까요? 얼핏 들은 이야기도 있고….

"그럼 그 돈을 자네 접에서 마련해 줄 수 있을까? 정말 미안한 부탁이네만….

"미안하시기는요. 선생님 개인의 일도 아니지 않습니까? 우리 모두가 벌써 서둘러야 했는데…. 어떻게든 마련해 보겠습니다."

"돈도 필요하지만 우리의 정성도 필요하네. 밥 먹기 전에 모두들 식고 드리지 않나? 그때 서인주를 위해 기도해 주게나. 나도 그리해 오고 있네."

보름이 지나 김연호는 500금을 마련해 가지고 왔다. 심부름할 사람의 노잣돈까지 마련하느라 예상보다 시간이 조금 더 걸렸다. 돈을 준비하는 동안 심부름을 할 적임자를 물색했다. 서인주와 가장 가까운 황하일이 나섰다. 해월은 황하일을 은밀히 불러 몇 가지를 당부했다. 황하일은 해월의 서인주에 대한 애정에도 놀랐지만 위기를 기회로 잡는 해월의 지혜에도 놀랐다. 5월 초순, 황하일은 전대를 단단히 차고 바랑을 메고는 전라도 남서쪽 끝 금갑도로 출발했다.

서인주 구출되다

인제에서 출발하자면 전라도 진도에서 배를 또 타고 남쪽으로 가야하는 금갑도[12]까지는 1500리 길이 넘는다. 황하일이 태어나서 처음으로 겪는 장거리 여행이었다. 하루 100리씩 걷는다 해도 보름 이상이 걸릴 것이었다.

'이렇게 먼 길을…. 이노무 자식 때문에….'

이렇게 혼자 중얼거리면서도 황하일은 겨드랑이에서 날개가 돋아나는 것같이 기뻤다. 지난겨울 동안 친구가 추위에 고생을 하는 것을 생각하며 자기도 얼마나 마음이 불편했던가. 해월이 서인주를 생각하며 젖은 옷도 입은 채로 지내고, 이불도 덮지 않고 자며, 새벽 기도를 하고, 밥때마다 식고를 하며 서인주를 위해 기도한다는 사실은 제자들도 입소문을 통해 알고 있었다. 선생님의 부탁으로 길을 나섰다는 것도 기쁜 일이고 친구를 구하러 간다는 것도 설레는 일이었다. 가는 길까지 별 탈이 없기를…. 시천주 조화정 영세불망 만사지, 시천주 조화정 영세불망 만사지, 시천주….

곳곳에 동학도들이 있으니 지름길을 찾기는 어렵지 않을 것이었다. 인제에서 원주까지 300리, 원주에서 충주까지 100리가 넘고, 충주에서 보은을 거쳐 청산, 영동을 지나고 무주, 전주를 지나고 정읍, 광주, 목포, 진도. 그리고 진도에서 금갑도…. 생각하면 멀고 먼 길이지만 언젠가는 분명히 그곳에 도착할 날이 올 것이다. 오고야 말 것이다. 황하일은 서인주를 만나 얼싸안을 그 순간을 앞당겨 생각하면서 걷기로 했다.

해월은 황하일이 길 떠나기 전 왕골로 삼은 짚신 다섯 켤레를 바랑에 넣어 주었다. 짚신은 길어야 사흘을 넘기지 못했기 때문에 조금 더 질긴 왕골을 구해 만들어 준 것이다. 황하일은 아끼고 아껴서 한 켤레는 남겨 두기로 했다. 서인주를 데리고 나올 때 신기려는 것이다.

한눈을 팔지 않았지만 보름이 넘어서야 겨우 목포에 도착할 수 있었다. 목포에서도 진도까지 서너 번 배를 타야 했다. 진도에서 금갑도까지는 소리를 치면 닿을 정도로 가까운 거리였지만 다시 나룻배를 타야 했다. 황하일은 해 질 녘 인적이 드문 시간이 되기를 기다렸다가 나룻배를 탔다. 서인주가 이곳에 도착한 것은 작년 11월이나 12월 초였을 테니 지금까지 반년이 지났을 터. 그 시간이라면 아마도 그를 지키는 포졸을 동학도로 변신시켜 놓지 않았을까? 그의 재주라면 그렇게 하고도 남으리라.

어둑어둑 인적이 끊어질 무렵 황하일은 금갑도에 도착했다. 섬 한가운데에는 나지막한 산이 오른쪽으로 길게 누워 있었다. 뱃사공은 황하일을 위아래로 훑어보더니 유배자를 만나러 가는 길이냐고 묻고는 나루터에서 오른쪽으로 가면 유배자들이 묵는 거처가 있다고 했다. 황하일은 뱃사공에게 뱃삯을 넉넉히 주고 한 식경만 기다려 달라고 했다.

과연 오른쪽으로 초라한 초가집이 있었다. 기웃거려 보니 발을 쳐놓은 방 안에서 호롱불을 켜 놓고 글을 읽는 서인주가 보였다. 가슴이 두근거렸다. 황하일이 돌멩이를 하나 집어 열린 방문 안으로 던졌다. 서인주가 쪽마루로 나왔다.

"여보게, 인주!"

황하일이 소리를 낮추어 불렀다.

"아니 이게 누구….."

서인주가 말을 잇지 못한 채 눈물부터 주루룩 흘렸다. 서인주가 얼른 황하일을 방 안으로 불러들이고 반으로 접혀 있던 발을 내렸다.

"그동안 얼마나 고생이 많았나?"

"나야 이곳에서 잘 있었지. 선생님이랑 모두들 무고하신가?"

대답을 들을 사이도 없이 서인주는 옆방에 먼저 들어가 자고 있던 포졸을 깨웠다.

"여보게, 일식이…. 내가 말한 친구 황하일이 왔네. 어서 일어나시 게나."

옆방에서 태평하게 잠들어 있던 포졸이 하품을 하며 건너왔다.

"내가 뭐랬나. 내 친구가 나 보고 싶어서 눈이 짓무르기 전에 올 거 라고 했지?"

"내 친구를 잘 간수해 줘서 정말 고맙수."

황하일이 일어나 젊은 포졸에게 넙죽 절을 했다.

"아이구, 이거 왜 이러십니까? 젊은 놈한테…."

포졸도 일어나 맞절을 했다.

"내가 이곳에 온 이유를 말씀드리지 않아도 잘 아실 것이오. 이 사 람은 여기에 있어서는 안 되는 사람이오. 미안하지만 오늘 내가 이 사람을 데려가려고 하오."

황하일은 저고리를 올리고 바지 허리춤에서 묵직한 엽전 꾸러미를 내놓았다.

"이런 걸 받지 않고서라도 내놓아 드리고 싶은 분이기는 합니다 만…."

포졸은 진심으로 미안한 안색을 하면서 잠시 기다리라 하고는 엽 전 꾸러미를 가지고 나갔다. 서인주는 그새 얼른 간단한 짐을 챙겼다. 잠시 후에 돌아온 포졸은 한 손에는 꽤 큰 돌멩이를, 다른 한 손에는 뻘건 피를 간장 종지에 담아 가지고 들어왔다.

"자, 이걸루 내 머리를 살짝 치시우. 내가 치면 피가 절대로 나오지 않을 테니…. 살짝만 치셔야 하우."

그는 돌멩이에 피를 조금 바르고 자기 뒤통수에도 피를 묻힌 다음 얄팍한 이부자리에 남은 피를 쏟고 황하일에게 돌멩이를 내밀었다. 황하일이 눈을 질끈 감고 그의 뒤통수를 내리쳤다.

"자…. 나는 새벽녘까지 내처 잘 테니 이 간장 종지일랑은 가다가 바다에 빠뜨리는 거 잊지 마시구. 서인주 어른하고 헤어지는 건 정말 아쉽기는 하지만, 다음엘랑에는 잡히시지 말고요…. 저랑 다시 보는 일 없기를 바랍니다."

황하일은 그에게 다시 넙죽 절을 하고는 서인주의 손을 잡고 조용히 집을 빠져나왔다. 약속대로 뱃사공은 그 자리에서 기다리고 있었다.

황하일과 서인주가 진도를 벗어나 목포까지 도착하는 데는 꼬박 이틀이 걸렸다. 바다를 벗어나면서 황하일은 바랑에서 왕골로 삼은 짚신을 꺼내어 서인주에게 내밀었다. 서인주는 그것이 누가 만든 것인지 금방 알아보았다. 말없이 받아 신는 서인주의 눈이 빨개지는 것을 보고 황하일은 얼른 고개를 돌렸다. 코끝이 찡했다.

"선생님이 내게 숙제를 주셨지?"

서인주가 어깨의 바랑을 고쳐 메며 물었다.

"엉? 어떻게 알았어?"

황하일은 맥이 빠졌다. 이제 본격적으로 스승이 주신 중차대한 과제를 전하려고 했는데 귀신같은 서인주가 먼저 말문을 여는 게 아닌가.

"한양에서 잡혔을 때 강한형, 정현섭 두 접장이 나를 감싸느라 처형되지 않았나. 금갑도로 유배형이 내려지는 순간부터 나는 그들의 몫까지 살아야 한다고 생각했네."

"그려. 살아남은 사람도 기쁘기만 했겠는가."

"한양에서 수원, 천안을 지나 남으로 남으로 내려올 때 주막에 머무를 때마다 기회를 보아 가며 동학에 대해 알아보았지. 익산 삼례 전주께에 당도하니 동학에 대해 아는 자들이 조금씩 있더군. 이태 전인가 선생님이 그쪽으로 다녀갔다고 하시지 않았나. 그런데 정읍 아래쪽부터는 다시 깜깜하고…. 그래서 만약 금갑도를 떠나게 되면 넓은 전라도 땅에 씨를 뿌리면서 올라가야겠다고 생각했지. 언제 이렇게 먼 곳을 또 올 수 있겠나!"

"참, 나…. 그러니 선생님께서 그렇게 애를 쓰고 자네를 빼내려 하셨구먼. 두 사람은 어찌 그리 이심전심 잘 통하지? 내가 전할 말이 다 없어져 버렸네그려."

"이제 자네와 다시 짝이 되었으니 우리는 일당백을 해야 하네. 그렇게 뾰루퉁할 시간이 없다니까!"

"후세 사람들은 우리가 경인년(1890) 여름부터 전라도 땅에 열심히 동학 밭을 갈고 씨앗을 뿌린 것을 알게 될까?"

"자네가 열심히 해야 후세 사람들이 알게 될걸!"

"이제 그럼 우리 어디로 갈까?"

"혹시 관군이 쫓아올지도 모르니 사람이 드문 바다를 끼고 북쪽으로 사흘 정도는 앞만 보고 올라가 보자고. 그곳에서 마땅한 곳을 만나면 포덕을 시작하고 거기서부터 차근차근 동쪽으로 향해 나아가면 어떻겠는가?"

"사흘 정도만 올라가도 될까?"

겁이 많은 황하일이 물었다.

"그럼 얼마나 올라갈까?"

"나흘 정도는 올라가야지."

황하일이 웃으며 답했다.

"그래. 그럼 나흘간 올라가기로 함세."

서인주가 마주 웃어 주고는 다시 앞장을 섰다.

두 사람은 목포에서 빠른 속도로 북쪽을 향해 나아갔다. 사흘째 되는 날 왼쪽으로 변산반도가 뻗어져 나가는 곳에 다다랐다. 두 사람은 그곳에서 하루를 머물고 다음 날 일찌감치 변산반도를 북쪽으로 가로질러 가기로 하고 주막을 찾았다.

"주모 여기 국밥 두 그릇만 주세요."

황하일이 주문을 했다. 서인주는 부시럭대며 바랑에서 책을 꺼내어 들었다.

"허 참. 그 새를 못 참고 책을 보나?"

"이런 눈치 없는 친구 보게. 자네도 알다시피 내 얼굴이 오죽 잘생겼나? 한 번 본 사람들은 좀체 잊기 힘들게 생긴 얼굴 아닌가? 그러니 아무에게나 쉽사리 보여줄 수 없지."

황하일은 서인주의 치밀함에 내심 놀랐다. 아무렴. 해월 선생님도 그런 기민함과 영민함으로 최보따리라는 별명을 들으며 30년 가까이 관의 지목을 피하고 계시지 않던가?

다음 날 아침 주막을 떠나면서 서인주를 앞서 내보내고 황하일이 주모에게 물었다.

"아주머니, 북쪽으로 100리쯤 가면 어디가 나오나요?"

"여기서부터 북쪽으로 100리가 다 부안이에요. 선비님들은 유람 다니시나 보네요? 부안엔 볼거리가 많지요. 채석강도 있고 적벽강도 있고 내소사도 있고…."

"인심도 좋은가요?"

"예, 사람들이 점잖고…. 우리 친정이 부안 북쪽으로 봉덕 쟁갈마을인데요, 정말 조용하고 살기 좋았어요. 에휴…. 우리 남편이 살아 있을 때는 가끔 친정 나들이도 했는데…."

"우리가 가는 길에 안부라도 전해 드려요?"

"아니에요. 부모님도 이제 다 돌아가시고…."

주모가 행주질을 하다 말고 옷소매로 눈물을 찍으며 부엌으로 들어갔다.

주막을 나선 황하일은 부리나케 걸어 앞서가는 서인주를 따라잡았다.

"오늘은 부안 봉덕까지 가서 그곳에서 머물자고. 내일부터는 일을 시작해야지!"

"봉덕? 거길 아나?"

"그럼. 물 좋고 인심 좋은 곳이여."

이번에는 황하일이 휘파람을 불며 앞장을 섰다.

부안에서 김낙철 형제를 만나다

두 사람은 북쪽으로 100리 길을 온종일 걸었다. 빠른 사람이 하루 80리 길을 걷는다지만 걸음 날랜 해월 스승님은 하루에 200리 길도 걷는다고 하지 않던가. 더구나 두 사람은 도망을 자주 다녀야 하는 동학 도인 만큼 걷는 것에는 이골이 났다. 서인주가 서른아홉, 황하일이 마흔 살이었으므로 빠르게 걷는다고 쉽게 지칠 나이는 아니었다.

해가 진 뒤에야 봉덕 쟁갈마을에 도착한 두 사람은 마을 어귀에서 제일 큰 집을 찾았다. 하인에게 신세 질 것을 청하고 주인에게 아뢰어 줄 것을 부탁했다.

잠시 뒤에 나온 하인은 둘을 사랑으로 안내했다. 황하일과 서인주는 먼저 씻을 곳을 물어 얼굴과 손발을 깨끗이 씻었다. 나흘 동안 정신없이 걷느라고 제대로 씻지도 못했던 것이다. 밥상이 들어왔다. 상에는 미역국과 굴비, 그리고 몇 가지 나물과 젓갈이 정갈하게 올라와 있었다. 마파람에 게 눈 감추듯 밥을 먹고 난 두 사람이 밥상을 들어 밖으로 내어 놓았다. 상을 받으러 나온 찬모에게 두 사람은 고개를 숙여 감사의 뜻을 표했다.

잠시 후 하인이 주전자와 다기를 들여놓았다. 그 뒤를 이어 주인인 듯한 젊은 사내가 들어왔다. 두 사람보다 예닐곱 살 적어 보였다.

황하일과 서인주는 얼른 일어나 주인에게 예를 올렸다. 젊은 주인도 맞절을 했다. 서로 통성명을 하고 자리에 앉았다.

주인 김낙철은 차를 따르며 물었다.

"밤이 늦었는데 어디서 오시는 길입니까? 가시는 곳은 어디신가요?"

"예, 우리는 강원도에서 내려왔는데 세상 공부 좀 하러 여기저기 다니고 있습니다."

서인주가 답했다.

"두 분은 같은 무리에 속해 있으시지요?"

젊은 주인이 웃으며 물었다.

"아니, 어떻게…?"

황하일이 눈을 동그랗게 뜨고 물었다. 주인은 빙그레 웃으며 아무 말도 하지 않았다.

"먼 길을 걸으셨을 테니 곧 주무세요. 며칠 머무르셔도 좋습니다. 내일 아침 식사 후에 건너오겠습니다."

주인이 자리를 떴다.

"여보게. 귀신이 곡할 노릇이네."

황하일이 벌린 입을 다물지 못했다.

"뭘 보고 그러는지 모르지만 영민한 사람일세. 그래도 인상이 퍽 단정하고 곧아 보이지 않는가? 우리를 해칠 사람 같지는 않네. 우선 잠이나 자 두자고. 이렇게 깨끗한 방에서 깨끗한 이부자리를 깔고 자는 게 얼마 만인가!"

서인주는 자리에 눕자마자 곧바로 코를 골았다.

아침 일찍 일어난 황하일은 마당을 쓰는 하인의 빗자루를 빼앗아 찬찬히 마당을 쓸어 나갔다. 서인주가 가까운 개울에 나가 두 사람의 버선을 빨아 가지고 들어오다가 주인과 맞닥뜨렸다.

"식전에 어쩐 일이십니까?"

젊은 주인이 물었다. 아침에 보니 참으로 귀티가 나며 잘생긴 얼굴이었다.

"예, 잘 자고 일어났습니다. 깨끗한 방을 혹 더럽힐까 하여 버선을 빨았지요."

"저희 하인을 시키시면 될 것을…."

"아닙니다. 제가 더럽힌 것을 남에게 시키는 것은 미안한 일이지요. 게다가 버선은 입성 중에서도 제일 지저분한 것 아닙니까? 제 아내에게도 시키지 않던 일이지요."

젊은 주인의 얼굴에 호기심이 가득 일었다.

"아침은 두 분 손님과 겸상으로 차리도록 이르겠습니다."

잠시 뒤 세 사람은 상을 마주하고 앉았다. 멸치를 우려내 끓인 시원한 콩나물국과 생선조림, 그리고 몇 가지 나물과 젓갈이 올라와 있었다.

"제 이름은 어제 말씀드렸듯이 김낙철이라고 합니다. 서른세 살이고요, 두 살 터울인 낙봉, 낙주 삼형제가 살고 있지요."

어제 수인사를 했지만 이제 제대로 된 인사를 하고 싶었던 모양이었다.

"제 이름은 황하일이고요, 마흔 살. 충청도 보은에 살고 있습니다."

"제 이름은 서장옥, 나이는 이 친구와 같고, 저도 보은에서 왔습니다."

황하일이 놀라 서인주를 쳐다보았다. 상 밑으로 서인주가 황하일의 허벅지를 꼬집으면서 입으로는 감낙철에게 질문을 했다.

"그런데 어제 저희 둘이 한 무리에 속해 있다고 하셨는데 뭘 보고 하신 말씀인지요?"

"하하. 별것 아닙니다. 어제 두 분이 들어오실 때부터 방 안에서 지켜보고 있었지요. 저희 집을 찾는 객들을 보면 보통 식사부터 하기 마련인데 두 분은 누가 먼저랄 것도 없이 씻기부터 하시더군요. 밥상을 내어 놓으실 때도 찬모에게 인사를 깍듯이 하시고…. 그리고 방문 앞에 놓인 두 분의 짚신이 똑같이 왕골로 삼은 것이더라구요. 같은 사람이 만든 짚신인 것을 알았습니다. 아주 정성을 들여서 삼았더군요. 연배가 좀 있으신 분이 만든 것으로 보았습니다."

"아이고, 두 손 두 발 다 들었습니다."

황하일이 밥을 먹던 숟가락을 내려놓고 두 손을 번쩍 치켜들며 웃었다. 세 사람이 모두 크게 웃었다.

김낙철이 말을 이었다.

"아침에 황 선비님이 하인이 쓸던 비를 빼앗아 마당을 쓰실 때에도 물부터 뿌리고 정성스레 쓸고 계신 것을 보았고, 무엇보다 놀란 것은 서 선비님이 두 분의 버선을 빨아 가지고 들어오시면서 평소에도 아내에게 시키지 않고 버선은 직접 빨고 있다는 이야기를 들은 것입니다. 보통 분들이 아니라고 생각했습니다. 혹시, 실례가 될지 모르지만 동학 하시는 분들인지요?"

황하일이 입을 벌리고 다물지 못했다. 젊은 주인이 말을 이었다.

"서 선비님은 이전에도 위험에 처했었거나 앞으로도 많이 조심을 해야 할 분 아니십니까?"

"그것은 또 어찌 그렇습니까?"

서인주가 굳은 표정으로 물었다.

"조금 전 이름을 말씀하실 때나 나이와 거처를 이야기할 때 숨기는 것이 있으셨을 겁니다."

"서인주, 이쯤 되면 다 말씀드리는 것이 옳겠네."

입을 벌리고 주인의 말을 듣고 있던 황하일이 김낙철에게 미안한 듯한 표정을 지으며 서인주에게 말했다.

"제가 말씀드리지요. 젊은 양반에게 미안하게 되었습니다. 이 사람 이름은 서인주이고, 나보다 한 살 어리지만, 마음이 너그러운 내가 그냥 동무로 지내 주고 있습니다. 집은 청주고요. 관에서 이 사람을 똑똑한 줄 잘못 알고 자꾸 찔벅대니까 몸조심을 좀 하고 사는 편이지요. 하하…."

웃으며 눙치는 황하일과 달리 서인주가 자세를 가다듬고 차분히 말했다.

"저희는 동학 도인이 맞습니다. 참스승을 만나 참가르침을 받고 있는 것을 전생에 지은 선업 덕이라고 생각하며 살고 있지요. 동학은 모든 사람, 모든 생명을 하늘처럼 존귀하게 받드는 것입니다. 모두 평등하게 귀하게 여기며 함께 사는 것, 그것이 우리가 바라는 개벽의 꿈이지요."

"일전에 전주에 볼일을 보러 갔다가 동학에 관한 이야기를 얼핏 들었지요. 좀 더 알고 싶었는데 일정이 바빠서 아쉬웠습니다. 이제 두 분을 뵙고, 두 분을 통해 동학을 조금 더 잘 알 수 있게 되니 반갑습니다. 제집에 머무시는 동안 저와 제 동생에게 많은 가르침을 주시면 감사하겠습니다."

며칠 뒤 김낙철 낙봉 형제가 청수를 떠 놓고 황하일과 서인주가 집

례하는 입도식을 통해 동학 도인이 되었고, 열흘 뒤에는 막내 김낙주도 동학 도인이 되었다.

서인주, 황하일이 김낙철의 집을 떠나려 하자 김낙철이 주저하며 물었다.

"그런데 저희가 혹시, 해월 선생님을 직접 뵈올 수는 없을까요? 정말 그런 분이 이 조선 땅에 살고 계시다는 걸 확실히 알게 되면 기쁘기 한량없겠습니다."

"선생님은 수시로 이동하시기 때문에 언제 어디로 가야 만날 수 있다는 걸 말씀드리기는 곤란합니다. 다만 저희가 알기로 부안 신리에 도인 윤상오라는 분의 지인이 있는 것으로 알고 있습니다. 그리로 가서 저희들 이야기를 하면 선생님이 계시는 곳을 알 수 있을 겁니다."

"아, 신리라면 여기 쟁갈마을에서 북쪽으로 조금만 더 올라가면 됩니다. 이렇게 반가울 데가…."

"아. 그렇군요. 다만, 선생님을 직접 뵙기 전에 포덕을 많이 하시어 많은 연비를 두게 되면 뵈러 갔을 때 그 자리에서 북접법헌 해월장 직인이 찍힌 접주 첩지를 직접 받을 수가 있습니다. 접이 더 많아지면 그 상위 조직인 포가 되고 포를 지도하는 두목을 큰접주라 합니다. 우리 동학의 조직을 알고 계시면 일 하시는 데 도움이 될 것입니다."

"사람들을 많이 끌어들이는 건 문제가 없습니다. 그렇다면 열심히 포덕해서 내년 봄쯤에는 해월 선생님을 직접 뵐 수 있도록 하겠습니다."

김낙철이 얼굴에 환한 미소를 띠었다.

우애가 좋은 낙철, 낙봉, 낙주 삼형제는 부안에서 소문난 부잣집의 형제들로 평소에 평판이 아주 좋았기 때문에 경인년 6월 이후 그들 삼형제를 통해 동학은 부안에 일사천리로 번지게 되어 삽시간에 수천 명으로 늘었다.[13]

소원대로 김낙철 낙봉 형제는 겨울을 보내고 다음 해인 신묘년 (1891) 3월, 김낙삼, 남계천, 김영조, 손화중 등과 함께 공주 신평 윤상오의 집으로 가서 함께 해월을 만났다. 인제에서 공주, 진천을 들러 상주, 선산, 김산, 지례 등 영남 지역 순회에 나섰던 해월은 한 달 전 가족과 함께 신평에서 50리 떨어진 동막으로 이사를 했던 것이다.[14]

황하일과 서인주는 김낙철의 집을 뒤로 하고 동쪽으로 발걸음을 옮겼다.

김덕명, 김개남, 손화중, 전봉준을 만나다

"우리 지금 잘하고 있는 거지?"

황하일이 뿌듯한 표정으로 말했다.

"그래. 우리가 이렇게 먼저 동학 이야기를 흘리면서 지나가면 입도자들이 늘게 되고 그다음에 그들이 선생님을 한번 찾아뵙고 싶어 안달이 나고, 또 그다음에는 선생님이 직접 찾아오시고…. 이렇게 되면 동학 도인들이 늘어나는 것은 시간문제지. 지금까지도 그렇게 해오지 않았나? 관이 중간에 훼방만 놓지 않는다면 말이야."

서인주가 걷는 속도를 늦추지 않고 말했다.

"그러면 우리가 입도시킨 저 사람들이 지금부터 열심히 포덕을 하고, 내년 봄쯤에 선생님을 만나러 가고, 그러면 여름쯤에는 스승님이 이쪽으로 내려오시게 되겠네?"

황하일이 서인주 뒤를 부지런히 쫓아가며 말했다.

"그렇지. 그러니까 한 번 걸음하기가 쉬운 일이 아니니 내려오시면 여기저기 들를 데가 많도록 우리가 사전 작업을 많이 해 놓아야 한다는 말이지."

"아, 그래서 선생님이 큰돈을 들여서라도 자네를 빼내라 하신 거로구만. 바로 올라오지 말고 호남에서 일을 하라고. 그게 그렇게 되는 걸 이제야 확실히 알게 되었네."

황하일이 가던 길을 멈추고 손바닥을 마주 치며 말했다.

"열여섯부터 선생님을 모셔 왔다는 김연국이 하는 일도 그런 일 아니겠나?"

서인주가 잠시 멈춰 뒤를 돌아보고 말했다.

"아하, 그래서 김연국이 어떤 때는 선생님 곁에 있기도 하고 없기도 하는 것이로구면?"

"그렇지. 말하자면 길잡이 노릇을 해야 하니까…."

"맞아. 나 여기 내려올 때 김연국은 혼자 상주, 선산, 김산, 지례에

갈 예정이라고 했는데 그러니까 경상도 쪽에 미리 길잡이 노릇을 하러 가는 거였구먼?"

"김연국이 여름에 경상도에 혼자 간다는 건 가을에 선생님이 경상도를 돌아다니며 포덕하신다는 이야기지."

"맞아. 그런데 김연국은 어째 그런 내색을 하지 않지?"

황하일이 앞장서 걷는 서인주의 소맷자락을 붙들어 세우고 말했다.

"소문내지 않고 그림자처럼 움직여야 하는 일이네. 우리도 그와 같이 해야 해. 역사에 기록으로 남겨질 생각 말고…."

그 말을 들은 황하일의 표정이 자못 진지해졌다. 둘은 다시 부지런히 동쪽을 향해 걸었다. 두 사람이 부안에서 동쪽으로 50리 떨어진 태인 동곡에 도착한 것은 해가 중천을 지나 약간 서쪽으로 비켜섰을 때였다. 김낙철이 귀띔해 준 대로 항렬이 같은 친척 김낙삼[15] 집을 찾았다. 잘생겼으면서도 곱상한 김낙철과 달리 연배가 좀 더 있어 보이는 김낙삼은 양 미간이 좁은 것이 다소 우락부락한 인상이었다. 김낙철과 마찬가지로 재산은 꽤 많이 일군 듯했다.

김낙삼이 웃으며 그들을 맞았다.

"어서 오시오. 그러잖아도 어제 부안에서 사람을 보냈더군요. 대접을 잘해 드리라고 말이지요."

"아, 부안에서요? 우리에게는 아무 말도 없었는데 그리 마음을 써 주었군요."

그들은 대청에서 서로 맞절로 인사를 나누었다. 김낙삼은 그들을 사랑채로 안내했다.

"여기 태인은 그래도 동학 하는 사람들이 조금 있습니다. 김덕명, 김개남…. 그런데 아직 활발한 것 같지는 않고, 저도 조금 기웃기웃해 보았지만 쉽게 다가가지지는 않더군요."

말을 하던 김낙삼이 방문 밖으로 소리를 쳤다.

"애, 언년아! 손님이 오셨으면 다과상을 들여야 할 것 아니냐!"

그러고는 두 사람을 향해서 말했다.

"아이고, 죄송합니다. 아랫것들이라는 건 이렇게 소리나 질러 대야 움직인다니까요."

김낙삼은 다시 밖을 향해 재촉을 하느라고 황하일과 서인주가 잠시 당황한 기색으로 눈을 마주치는 것을 보지 못했다.

잠시 뒤에 하녀 하나가 주눅 들은 모습으로 다과상을 가지고 들어왔다. 아기를 가진 듯 배가 봉긋했는데 방문턱에 발이 걸려 잠시 비틀대느라 주전자의 물이 넘쳤다.

"아이구머니나. 이를 어째…. 송구합니…."

쩔쩔매던 하녀의 말이 채 끝나기도 전에 김낙삼이 주전자를 들어 마당으로 내동댕이쳤다. 주전자가 깨어져 사기 조각이 여기저기로 튀었다. 황하일과 서인주는 누가 먼저랄 것도 없이 마당으로 내려섰다. 그들은 언년이라 불리는 하녀에게 가까이 오지 말라고 이르고 사기 조각을 조심조심 주워 한쪽으로 치웠다. 손을 씻고 방으로 들어가면서 황하일이 마당 한쪽에 얼어붙어 있는 언년이에게 말했다.

"많이 놀라셨겠네요. 차는 천천히 주셔도 됩니다. 서두르지 마세요."

두 사람은 아까처럼 다시 김낙삼을 마주 대하고 앉았다.

"저런…. 그렇게까지 하지 않으셔도 되는데…. 아랫것들이 알아서 치우도록 놓아두시지 않구…."

편하지 않은 기색으로 김낙삼이 말했다.

서인주가 차분한 어조로 말을 했다.

"저희가 지금 모시는 해월 최시형 선생님의 선생님이 계십니다. 저희에게는 할아버지 스승님이시지요. 지난 경신년(1860)에 경주 용담정이라는 곳에서 한울님과의 대화를 통해 도통하셨다고 전해지지요."

"그분의 함자는?"

"수운 최제우라고 합니다."

"아, 예. 들은 것도 같구먼요."

김낙삼이 이미 알고 있다는 것을 과시하려는 듯 건성으로 말했다.

"그분에게 하녀가 둘이 있었습니다. 그런데 도통하신 후에 둘 중에 한 사람은 수양딸을 삼고 나이가 적은 또 한 사람은 후에 며느리를 삼자고 사모님과 약조를 하셨는데, 정말 돌아가신 후에 사모님이 그 약조를 지켜 며느리를 삼으셨지요."

"아니, 어떻게 그렇게 할 수가 있지요?"

김낙삼이 미간을 찡그리며 물었다.

"한울님과 문답을 하실 적에, 반년 가까이 그 문답이 이어졌다고 합니다만, 그때 한울님이 말씀하신 것이 개벽세상을 일구라는 것이었고, 그 개벽세상은 만민이 평등한 세상, 서로 귀하게 여기는 세상이라고 말씀하셨답니다."

"허이구, 참….."

"저의 스승님도 젊었을 적에 머슴살이를 잠깐 하신 적이 있는데 '이 머슴놈, 머슴놈!' 하는 것이 정말 듣기 힘들었다고 합니다."

"머슴을 머슴이라 하지 그럼 뭐라고 하우?"

김낙삼이 짐짓 화가 난 목소리로 물었다.

황하일이 다소 흥분한 목소리로 끼어들었다.

"하녀, 하인…. 이것이 '아래 하(下)'를 쓰지 않습니까? 동학의 가르침은 사람이건 만물이건 위아래가 없다고 하는 것입니다."

"위아래가 없다는 게 말이 됩니까?"

김낙삼의 격앙된 질문에 다시 서인주가 차분하게 답했다.

"예. 그것이 수운 선생님에게 하늘이 내어 주신 말씀이었답니다."

"위아래가 없다면 어찌 이 세상의 법도가 지켜지겠습니까?"

이해가 안 가는지 김낙삼은 고집스럽게 물었다.

이번에는 황하일이 흥분을 가라앉히고 말했다.

"상명하복. 위에서는 명령하고 아래에서는 복종하고…. 그것을 지금까지 세상에서는 질서, 법도라고 가르쳐 왔지요. 양반, 연장자, 남자…. 그들은 위를 차지하고 평민과 천민, 나이 어린 사람, 여자….
그들은 아래에서 위를 떠받들고…."

"그게 당연한 것 아닙니까?"

"아닙니다. 한울님은 그것이 옳은 질서가 아니라고 수운 선생님께
말씀하셨다고 합니다."

"그렇다면 대체 어떻게 하란 말씀이오?"

"위아래를 가르는 수직적 위계질서가 아니라 모두 눈을 마주 보고
서로를 존중하는 수평적인 질서야말로 옳은 질서이며 그것을 위해
노력하라고 하셨답니다."

황하일의 말이 끝났지만 김낙삼은 쉽게 동의하지 못하는 눈치였
다.

"그러면 아랫것들이 상투를 맞잡자고 덤빌 테고 세상이 엉망이 되
지 않겠소? 나이가 어리지만 내가 평소에 믿고 존경하는 김낙철의 청
도 있고 하니 제가 입도는 하겠습니다만 공부는 많이 따라가야 하겠
습니다."

김낙삼이 마지못해 한다는 표정으로 말했다.

"그래도 김낙삼 선생은 호기가 있으신 분이니, 하기로 마음만 먹으
면 잘하실 것으로 생각됩니다."

서인주가 미소를 담은 얼굴로 말했다.

"어이쿠 과찬입니다. 제가 의리는 중시하고, 또 부당한 것은 참지
를 못하는 성미여서, 저를 무서워하는 사람도 많지만 반면에 좋아하

는 사람들도 이 호남 바닥에 꽤 있답니다. 그래서 제가 발이 좀 넓다고 자부하지요."

빨리 두 사람을 내보내고 싶었는지 아까보다 누그러진 표정으로 김낙삼이 말했다. 그는 자신감 있는 표정으로 태인, 남원, 정읍 등지에서 만날 사람으로 아까 언급했던 김덕명, 김개남 외에 최경선, 손화중, 전봉준 등을 추가했다.

김낙삼의 집을 나서며 황하일이 물었다.

"저 사람, 이해력이 많이 떨어지는군. 김낙삼 포덕은 실패한 건가?"

서인주가 웃으며 말했다.

"실패는 가당치 않네. 저 사람은 좀 늦을 뿐이야. 오래된 습이 쉽게 깨질 리가 있나? 그러나 한 번 깨지면 무섭게 깨질 터이니 두고 보게나. 게다가 우리는 그 사람 덕에 징검다리가 될 교두보를 많이 확보하게 되지 않았나? 그 이름들을 잊지 말게. 일부는 이미 입도를 하기도 했다지만 그들의 힘이 더 커질 수 있도록 우리가 해야 할 일이 있을 것이네."

"그렇지. 기억력 하면 황하일 아닌가? 이름은 내가 모두 외워 놓았네. 김덕명, 김개남, 최경선, 손화중, 전봉준."

"이제 전라도에서 큰 판이 벌어지겠구먼."

서인주의 눈에서 번쩍 불꽃이 튀었다.

4. 집에 돌아가면 해결해 준다더니

조병식 충청 감사로 다시 오다

신묘년(1891) 11월, 충청 감사로 조병식이 다시 부임해 왔다. 병자년(1876)과 정축년(1877)에 충청 감사로 있으면서 악행과 부정을 저지른 것이 밝혀져 다음 해 이조참판으로 있을 때 애송이 어사 이건창에게 파직당했던 과거가 있다. 어사 이건창은 15살에 문과에 급제했으나 너무 어려 19세가 되기를 기다려 홍문관에 들어간 뛰어난 수재였다. 스물세 살 난 어사 이건창은 쉰두 살의 조병식이 저지른 비리를 눈감아 주지 않았다.

조병식은 무인년(1878) 전라도 지도에 귀양 갔다가 기묘년(1879)에 풀려나 계미년(1883)에 형조참판이 되었다. 그러나 신문 중에 죄인을 죽인 일[16]로 다시 유배 생활을 했다. 죄인을 신문 중에 죽인 사건의 본말은 이랬다.

조병식이 처음 충청 감사로 재직(1876-1877)할 때 천안군 아전 전제홍을 자기 심복으로 삼고 비리 저지르기를 밥 먹듯 했다. 젊은 암행어사 이건창이 비리를 조사하러 이곳에 왔다.

"감사 조병식에 관하여 이러저러한 제보가 있어 조사하러 왔으니 아는 대로 말하라."

"글쎄요. 소인은⋯."

아전들은 젊은 어사 이건창을 무시하기도 했지만 조병식의 후환이 두려워서도 발설하지 못하고 있었다. 이건창은 조병식의 심복 전제홍을 불렀다.

"전제홍. 내가 다 알고 왔거늘, 비리를 못 본 척하고 그냥 갈 수는 없는 일이다. 네가 조병식의 수족이 되어 왔다는 것은 삼척동자도 아는 일. 그러나 네가 어찌 스스로 동해서 그런 일을 저질렀겠느냐? 다 위에서 시키니 어쩔 수 없이 하게 되는 게지. 그러니 내게 이실직고를 하면 너는 살려 준다. 물론 비밀은 철저히 보장을 하지. 만약, 네가 실토를 하지 않을 경우, 다른 곳에서 비리가 드러나면 조병식은 물론이고 너 또한 살아남지 못하리라!"

전제홍은 머리를 부지런히 굴려 보았다. 틀림없이 어디선가 비리가 드러나기는 할 터. 우선 제 살길을 찾아보아야 했다.

전제홍은 축재한 장부를 이건창에게 보여주었다. 부정으로 축재한 돈이 10만 냥이 넘었다. 이건창은 이를 조정에 보고했고 조병식은 바로 유배형을 받았다.

조병식은 '내가 전제홍을 죽인다면 죽어도 여한이 없겠다!'고 이를 갈며 섬에 유배를 갔다. 얼마 후 위에 선을 대어 유배에서 풀려난 그는 재주를 부려 다시 형조 판서가 되었다. 돈을 모으기 위해 비리를 저지르고, 처벌을 받고 관직을 박탈당하면 다시 돈을 써서 죄를 면하고 관직으로 돌아왔다. 그가 이를 악물고 돌아와 청탁을 넣어 벼슬을 사면서 형조참판을 고집한 것은 이유가 있었다. 해야 할 일이 있었던 것이다.

형조참판이 되자마자 그는 전제홍을 잡아들였다. 죄를 물을 것도 없었다. 전제홍은 문초를 당하는 그 자리에서 맞아 죽었다. 이 일로 또 유배를 갔던 조병식이 돌고 돌아 다시 충청 감사로 돌아온 것이다. 조병식은 곰곰이 생각해 볼수록 약이 올랐다. 14년 전에 충청 감사를 했다가 애송이 어사에게 당했는데 오랜 세월이 흐른 뒤에 다시 제자리 뜀을 뛰고 있는 게 아닌가. 자기가 이렇게 푸대접을 받고 있는 것은 여러 가지 이유가 있을 것이었지만 기축년(1889) 함경도 감사로 있을 때의 방곡령 사건도 치명적이긴 했을 것이다.

방곡령과 조병식

무자년(1888)에는 유례없이 큰 흉년이 들었다. 다음 해인 기축년에는 아사자가 속출하고 전염병도 휩쓸었는데, 너무나 많은 사람들이 죽어서 곡식 소비가 줄어 오히려 남아돈다고 할 정도였다. 그런데 일본은 조선에서 악착같이 쌀과 콩을 실어 나르고 있었다. 입도선매라

하여 아직 논에서 익지도 않은 벼를 싼값에 사서 흉년이 든 것도 아랑곳하지 않고 가을이 되면 논에서 직접 쌀을 탈탈 털어 갔다. 농사꾼은 이미 받아 버린 돈을 가지고서는 그 반만큼의 쌀도 사기 어려웠다. 죽어나는 것은 농민뿐만이 아니었다.

1882년과 1883년 미국, 일본과 통상조약을 맺으면서 조선은 관세와 곡물 수출 금지권도 확보하기는 했다. 또 외국 상인으로부터 조선 상인을 보호하기 위해 동업조합인 상회사 건립을 추동해서 평양의 대동상회, 한양의 장통상회, 원산의 원산상회 등이 만들어지기도 했다. 그곳을 이용하는 장사꾼들을 객주라 하였는데 지역사회에서는 유일하게 돈을 많이 만지는 자들이 바로 그들이었다. 그중 양강태라고 하는 자가 조병식을 찾았다.

"나으리, 강녕하셨습니까?"

"오, 어서 오게. 자네도 별일 없고?"

조병식은 양강태를 늙은 기생 같다고 생각할 때가 가끔 있었다. 느물거리는 태도가 비위에 거슬리기는 해도 조병식은 그의 방문을 언제나 환영했다. 그가 왔다 가고 나면 금고가 채워지고는 했기 때문이다.

"나으리, 제 얼굴을 보십시오. 별일이 없는 사람 같은가."

양강태는 얼굴의 근육이라는 근육은 모두 늘어뜨리는 재주가 있는 사람 같았다.

"무슨 일인가?"

"아, 우리 객주들이야 물건을 사고팔면서 이문을 남기는 사람들 아닙니까?"

"그야 그렇지."

"그런데 사고팔 물건이 없어지면 어떻게 되겠습니까?"

양강태는 짜증 섞인 목소리를 내었다.

"사고팔 물건이 없기는 왜 없는가? 원산상회가 왜 있는데?"

"맨날 성냥이나 자잘한 농기구 따위를 팔아서야 목돈을 어찌 만질 수 있습니까?"

늘 가져다주는 돈을 받기만 했지 어느 품목에서 얼마가 남는지야 조병식이 알 바가 아니었다.

"아, 그럼 목돈을 만질 수 있는 품목으로 장사를 하면 될 거 아닌가?"

"감사님도 참, 바깥 사정을 통 모르시네요. 흉년이 들었는데 일본인들이 어찌나 약삭빠른지 쌀을 사는 게 아니라 벼가 자라고 있는 논을 통째로 거래를 해 버린답니다. 그러니 가을에 추수를 해서는 논에서 바로 배로 실어 가 버리니 우리가 어떻게 장사를 할 수가 있겠습니까?"

"그래? 그럼 내가 어떻게 하면 되겠나?"

조병식이 양강태 앞으로 몸을 바싹 기울이며 물었다.

"방곡령을 내려 주시면 우리가 우리 손으로 들어온 쌀을 마음대로 거래를 할 수가 있을 테지요."

"방곡령은 함부로 내릴 수가 없네."

조병식이 기울였던 몸을 바로 세웠다.

"에이, 무슨 말씀을. 방곡령은 황해도에서도 있었고 아산에서도 수십 군데에서 있었다던굽쇼. 한 달 전에만 일본에 통고를 하면 곡식 수출을 막을 수 있다던걸요."

"아니, 자네가 어떻게 그런 걸 그렇게 잘 알아?"

"우리 객주들이야 물건을 사고파는 데 귀신 아닙니까? 이문이 생기는 곳이라면 물이 높은 데서 낮은 데로 흐르는 것처럼 어디라도 다니고 어떤 정보라도 얻어 내는 게 우리들이지요."

"알았네. 그럼 방곡령을 내리고 쌀을 일본에 파는 농민들은 엄벌에 처한다고 방을 내겠네."

"아이구, 이래서 우리 나으리가 최고라니까. 그럼 나으리만 믿고 돌아갑니다."

양강태는 저만치 서 있던 일행을 불렀다. 젊은 남자가 두둑한 가죽 보따리를 두 팔로 안고 왔다.

"약소하지만…."

양강태가 배시시 웃으면서 보따리를 조병식의 뒤로 밀어 놓고 떠났다.

조병식은 급하게 일본에 함경도의 방곡령을 통지하고 곡식의 매매를 금하는 방을 선포했다.

'일본에 곡식 매매를 협력하는 자는 엄벌에 처할 것이다.'

조병식은 방곡령을 어기고 일본에 곡식을 매매한 농민은 목에 칼을 씌우고 등에 북을 매단 채로 동네를 돌게 했다. 포졸이 따라가며 북을 치니 원산항의 모든 사람들이 안 볼 수가 없었다.

그러나 어떤 연고인지 조병식이 보낸 방곡령 예고 통지문은 일본에 뒤늦게 전달되었다. 일본은 조약에 있는 1개월 예고기간을 어겼다며 이에 반발하여 조병식의 해임을 요구했다. 또한 약속을 어긴 것에 대한 손해배상금으로 교통비 통신비까지 넣어 14만 원이 넘는 어마어마한 돈을 조정에 요구했다. 배상이 늦어지자 배상일자를 어겼다며 이자까지 붙여 조선 정부를 악착같이 압박했다. 정부는 변변하게 협상도 제대로 못해 보고 11만 원이라는 거금을 일본에 내어주고 말았다. 그뿐인가? 조병식은 3개월 감봉 처분을 받고 강원도 감사로 쫓겨나고 말았다. 이렇게 최근 몇 년 사이에는 망신만 당하고 목돈도 벌어 보지 못했던 것이다.

조병식, 다시 시작이다

쌀이 많이 나서 장전(臟錢, 부정으로 생긴 돈)을 많이 챙길 수 있는 건 전라도 감사가 으뜸이지만, 충청도는 논이 넓고 양반이 많아 옆에 눈치 빠른 아전만 끼고 있으면 쏠쏠한 재미를 볼 수 있는 곳이었다. 그는 이번 기회에 이전의 불운을 털어 버리자고 마음을 단단히 먹었다.

이제 69세. 40년 넘는 관직 생활에 머리를 쓰면 그까짓 것쯤 회복 못 하겠는가.

아전 몇몇을 불러 이러저러한 일을 시켜 보았다. 그중 단연 발군의 실력을 나타내는 이는 쉰 살이 넘은 아전 서신보였다. 고기도 먹어 본 놈이 먹는다고 하지 않았던가. 그를 가까이 두기로 했다. 그에게 충청 지역의 관직이 없고 재산이 많은 부민 이름을 두루 조사해 적어 오라 일렀다. 한편으로 손병희를 포함한 동학도들의 동태를 살피게 하는 것도 잊지 않았다.

일은 빠를수록 좋았다. 그는 부임한 지 한 달이 지나 12월로 접어 들자마자 일을 시작했다. 첫 작업으로 점찍은 것은 공주 청소에 사는 오연근, 오덕근의 집안이었다. 서신보의 아들 한익과 홍순 형제가 가족관계며 재산 등을 살펴 왔다. 그 근처에 오연근의 일가붙이가 수십 호가 모여 산다는데 모두 재산이 쏠쏠했다. 엉터리 고발장을 만드는 것은 일도 아니었다. 조병식은 오연근과 인근의 친인척들을 모조리 체포하라 명했다. 한 번에 빠르게 치지 않으면 후환이 생길 수도 있다. 줄줄이 엮여 들어와 감영 뜨락에 꿇어 앉혀진 오연근 일행을 조병식이 직접 심문하였다.

"그대의 죄를 아는가?"

"예? 도무지 무슨 영문인지 모르겠습니다. 마른하늘에서 날벼락이 떨어진 것 같이….."

"이놈이 진짜 벼락을 맞아 봐야 정신을 차리겠구나. 여봐라. 형틀을 준비하라!"

"네가 무슨 짓을 했는지는 여기 소장에 쭈루루루룩 적혀 있느니라. 우선 불효죄! 네가 부모에 불효하다는 것이 사실이렷다!"

"아니 무슨 말씀을⋯. 아침저녁 봉양 잘하고 더위나 추위에 근심 없이 보살펴 드리고⋯."

"이놈이 말이 많구나. 그런데 어찌 불효하다고 이웃 동네까지 소문이 자자했겠느냐!"

"아니 세상에 이럴 수가⋯."

"그뿐이더냐. 네가 형제간에도 화목하지 못하다면서?"

"아니 그건 또 무슨 말씀이신지? 우리 형제들은 우애가 깊으며 수시로 왔다 갔다 하며 잘 지내고 있사온데⋯."

"이놈, 어느 안전이라고 거짓말을 하느냐. 이 소장에 뚜르르르 씌어 있단 말이다, 이놈아."

"아니 대체 누가 무슨 연고로 그런⋯."

"다음은 오연근이 동생 오승근이! 너 또한 불륜을 많이 저지른다고 이웃 동네까지 소문이 자자하니 이놈의 집안이 아주 막 나가고 있구나. 내 조선에 강상의 도를 세우기 위해 아주 네놈들의 집안 뿌리를 모조리 뽑아 놓으리라!"

조병식은 재판을 하는 둥 마는 둥 하고 벌을 내렸다.

"오연근 교수형, 오덕근 정배, 오승근 정배, 오치근 정배, 오병태 정배, 오병관 정배, 오병노 정배, 오병진 정배, 각 가의 재산은 모두 몰수한다!"

서신보가 급히 달려와 조병식의 귀에 속삭였다.

"나으리, 오연근 교수형은 피하셔야 하옵니다. 그것은 조정에 보고가 올라가야 하고 그렇게 되면 문제가 시끄러워질 수가 있사옵니다."

"그러나 살려 두면 나중에 말썽을 부릴 것 아닌가?"

"그건 나중 문제이옵고 당장 사달이 생기니 죽이는 건 참으시옵소서."

"골치 아픈 일이 생기지 말아야 하는데…, 그럼 정배 5년으로 할까?"

"예. 일단 그리하시옵고 빠른 시일 내에 제가 후환이 안 생기도록 조용히 처리하겠사옵니다."

"틀림없이 해야 하네!"

두 사람의 속닥임이 끝난 뒤 조병식이 말했다.

"오연근의 죄는 사형이 마땅하다 할 것이나 사형을 면하게 해 달라는 어진 진정이 있으므로 사정을 밝게 살펴 정배 5년에 처하노라!"[17]

죄를 만들어 일족 모두에게 덮어씌우고 그 재산을 몰수하는 방법은 깔끔한 방법이었다. 일단 힘을 쓸 만한 남자들은 모조리 멀리 내쫓고 재산을 압수하니 엄동설한에 속수무책으로 당하는 자들은 감히 반격할 생각도 하지 못했다.

그렇게 공주, 은진, 홍주, 홍산, 아산, 연산, 예산 등지에서 재산을 빼앗고 악행을 저질렀다.

말이 많아지고 탈이 많아질 것을 염려한 서신보가 말했다.

"얼마 전에 조정에서 동학 금단령을 내리지 않았습니까? 재산이 많은 사람들을 후려칠 때 동학도라고 뒤집어씌우면 어떻겠습니까? 실제 동학도이면 말할 것도 없고 말이지요. 나으리께서 동학도를 늘 께름칙하게 여기시니 일석이조 아닙니까요?"

조병식이 무릎을 쳤다. 그것이 최고의 방법이라는 데에 두말할 여지가 없었다. 이것은 조정에 보고하기에도 손색이 없을 뿐만 아니라 오히려 점수를 얻을 수 있는 완벽한 방법이 아닌가. 실제로 동학도라면 후환도 없을 것이니 이 이상 쉬운 먹잇감이 있을 수 없었다. 탈이 안 나게 하려면 우선 재산을 가진 동학도들을 털어야 했다. 준엄한 국법에 따르는 일이라는 것을 보여주기 위해 가끔은 재산이 없는 동학도도 맛보기로 넣으면 될 것이었다.

그들이 슬슬 행동을 개시하자 충청도 전역, 특히 영동 옥천 청산[18] 동학도들 사이에 아우성들이 터져 나오기 시작했다. 말로 표현할 수 없는 참혹한 탄압이 이어지고 있었다. 충청도뿐 아니라 전라도에서도 비슷한 일들이 벌어지고 있었다. 충청도 도인들은 보은 장내리로, 전라도 도인들은 금구 원평으로 모여들었다. 동학을 못하게 금하는 것뿐 아니라 금령을 빙자해서 재산을 빼앗고 온 가족을 길거리로 나앉게 내몰았다.

준법투쟁-공주 집회, 삼례 집회, 광화문 복합 상소

서인주와 황하일은 그림자처럼 조용히 장기간의 호남 포덕을 끝내고 청주와 보은으로 돌아왔다. 그들이 일 년 넘게 발로 호남을 누비는 동안 걸출한 인물들을 많이 만나게 된 것은 큰 수확이었다. 김개남, 손화중, 전봉준은 그들의 눈을 사로잡은 인물들이었다. 황하일 서인주의 방문으로 그들 서로 간의 결속을 다지게 되면서 포덕이 더욱 활발해질 수 있었다. 무엇보다 관의 탄압을 저어하여 소극적이던 전라도 지역 동학 포덕의 흐름을 적극적인 방향으로 돌려놓은 것이 이번 순행의 큰 성과였다.

임진년(1892) 7월에 서인주는 충주의 대접주 서병학과 함께 해월을 만나러 충주 손천민의 집으로 갔다. 손천민과 해월이 그들을 맞았다.

"선생님, 평안하셨습니까?"

"어서 오시게들. 최근에 동학에 대한 탄압이 너무 심해져 가는 것 같아 자네들을 불렀네. 어떻게 자네 여독은 좀 풀리셨나?"

해월이 애정어린 눈빛으로 서인주에게 물었다.

"그럼요. 벌써 꽤 되었는데요."

"사돈 덕에 호남이 이제 아주 탄탄해졌네. 호남 입도자가 급증하는 건 평야가 넓으니 교통도 편하고 그래서 그런가."

"작년 봄에 호남에서들 공주 신평으로 선생님을 찾아가지 않았습니까?"

"그랬지. 그래서 내가 두 달 후에 또 호남을 두어 달 돌았고…."

"그래서 그런지 호남의 활동이 아주 활발해지고 있습니다. 인물들도 많으니 앞으로 큰 기대가 됩니다."

"그래 모두 자네들 덕분이네."

해월이 진심을 담아 서인주에게 감사의 말을 건넸다.

"진실로 자네들 덕분에 호남 걱정은 이제 덜었네. 그런데 또 그게 화근이 되고 있기는 하지만…."

해월의 얼굴이 잠시 어두워졌다.

서병학이 허리를 곧추세우고 말했다.

"예, 전국에 교도들이 늘어나니 조정에서도 신경을 곤두세우는 모양입니다. 게다가 작년 겨울에 조병식이 충청 감사로 오지 않았습니까? 16년 전인 병자년(1876)에도 그 작자 때문에 동학도들이 탄압을 많이 받았다고 들었습니다."

"그랬지. 2년 동안 충청 감사를 하면서 어찌나 탐학이 심했는지 그 때문에 다음 해에 어디 먼 섬으로 귀양을 가기도 했었지. 그랬는데 다시 나타나서는 이전과는 비교도 할 수 없을 정도로 학정을 하고 있으니…."

"최근 경상, 충청에 이어 전라까지 동학도들이 늘어나니 올 1월 들어서서 조정이 동학 금단령을 내리지 않았습니까? 그러니 그걸 빙자해서 탐관오리들이 동학 교도 탄압에 더욱 기승을 부리고 있는 게지요."

서인주가 말했다.

"동학 금단령 이후 아주 노골적으로 부민을 동학도로 덮어씌우거나 또는 잘사는 동학도를 목표로 해서 인명을 해치고 재산을 갈취하고 있다고 합니다. 온 가족이 거리로 나앉는 사례가 비일비재하다고 합니다. 동학도 색출이라는 이름하에 재산도 빼앗고 공도 세우는, 꿩 먹고 알 먹기 식의 탐학입니다."

분노어린 얼굴로 서병학이 말했다.

"그래서 걱정이라네."

해월이 얕은 탄식을 내뱉었다.

"선생님, 제 생각을 말씀드려도 되겠습니까? 탐관오리가 꿩 먹고 알 먹기로 백성을 못살게 군다면 꿩도 빼앗고 알도 빼앗을 방법을 찾아야 할 것입니다. 그래서 생각한 것이, 대선생님 신원운동입니다."

서인주가 신원운동이라는 단어를 힘주어 말했다.

"신원? 말하자면 수운 대선생님의 억울한 죄를 풀어 주자는 운동을 하자는 것인가?"

"예. 수운 대선생에게 죄가 없다고 조정이 공인하면, 이는 곧 동학을 승인하는 것이니, 조병식은 지금과 같은 짓을 할 수 없을 것입니다. 그러자면 좌도난정이라는 누명을 쓰고 처형된 수운 대선생의 죄를 풀어 주는 신원운동부터 시작해야겠지요."

서병학이 보충 설명을 했다.

"그렇지. 나도 결국은 그 방법 외에는 없다고 생각하고 있었네. 그러나 자네들도 지난 신미년(1871) 이필제 이야기는 들어서 알고 있겠지만, 신중해야 하네. 어떤 방법으로 해야 할까?"

"그때와는 다르게 해야지요. 우리가 의젓하고 당당하게 동학 선비로서 의관을 정제하고 모여서 수운 대선생을 신원할 것과 동학도에 대한 탐학을 멈추라는 소장을 써 가지고 조병식에게 들이밀면 어떻겠습니까? 대선생의 신원은 포교의 자유를 달라는 말이고, 동학과 관련한 일체의 행위를 불법으로 몰지 말라는 것이지요."

서인주가 눈을 빛내며 말했다.

"그거 좋은 방법일세. 우리는 늘 피해 다니기만 했는데 이제 그렇게 공개적으로 요구해도 될 듯싶으이. 우리 숫자가 많다면 저들도 만만하게 보지는 못할 것 아닌가?"

"그렇지요."

서인주 서병학이 스승의 흔쾌한 동의에 흐뭇한 표정으로 마주 보며 함께 답했다.

"그렇다면 8월에 각지의 접주들에게 덕망 있는 인사를 선발하여 주소 성명을 기록한 후 법소로 보낼 것과 명부를 가지고 9월 10일까지 직접 여기 손천민가로 찾아올 것을 지시해야겠네. 충청 감영이 있는 공주로 모이는 것은 10월 20일경이면 될까?"[19]

"그러면 당분간 선생님이 여기 계실 것이니 이곳을 도소로 삼고 여기에서 10월 공주 집회[20]를 준비하고 각 접주들이 취할 행동 지침을 정하면 되겠습니다."

서병학이 말했다.

"선생님, 그런데 충청도뿐 아니라 전라의 김제, 만경, 무장, 정읍, 여산 등에서도 동학 금단령 때문에 같은 현상이 일어나고 있다고 합니다.[21] 이번 기회에 전라도 감영에도 소장을 제출하는 것이 어떨까요? 공주에서 전라도 감영이 있는 삼례까지 50리 길이니 우리가 더불어 준비하는 것도 그리 어려운 일은 아닐 것입니다. 삼례에는 전라도 접주들을 좀 더 참여케 하면 될 터이고요."

전라도 접주들과 탄탄한 인맥을 가지고 있는 서인주가 말했다.

"그것 참 좋은 생각이네. 이곳에 모여 필요한 준비들을 하세나."

도차주 강시원, 김연국, 손천민, 손병희, 임규호, 서병학, 서인주, 황하일, 조재벽, 장세원 등 지도부가 발 빠르게 모여 공주 집회와 삼례 집회를 준비해 나갔다.

10월 20일 각지로부터 공주에 모인 동학도들은 〈각도동학유생의 송단자〉를 준비해서 다음 날 충청 감사 조병식에게 제출했다. 그 내용은 동학은 이단이 아니라 유교, 불교, 도교의 장점을 취한 것이니 유교와 다르지 않다는 것, 그러니 이단의 무리로 간힌 교도들을 석방하고 좌도난정으로 처형된 수운 스승의 죄명을 풀어 줄 것을 조정에 전해줄 것, 일본 상인들로 인한 조선 백성의 피해를 살펴 줄 것, 관리들의 탐학을 처단할 것 등이었다.

충청감사 조병식은 동학도들의 뜻밖의 소장에 뜨끔했다. 그들이

낸 의송 단자의 내용은 자기에게 비수를 들이대는 것 같았다. 동학도들은 더 이상 밟으면 밟히는 무지렁이들이 아니었다. 의송 단자를 받은 다음 날 가장 시급한 것은 이들을 해산시키는 것이라 결론 내렸다. 저들이 나름대로 의관을 정제하고 저만한 숫자가 몰려든 것으로 보아, 무력을 동원하여 억지로 흩어 버리려다가는 더 큰 사달이 날게 불 보듯 뻔한 일이었다. 얼른 저들을 내쫓는 방법은 '들어줄 터이니 돌아가라'고 달래는 것일 터. 그러나 모두 들어주고 약속할 수는 없는 것이었다. 무엇보다 의송 단자의 내용 중에는 실제로 자신이 어쩔 수 없는 사안도 포함되어 있었다.

그는 답신으로 '동학은 이단일 뿐이니 경거망동하지 말라. 최복술(최제우)에 관한 건은 조정에서 한 일이니 나로서도 어쩔 수 없다.'며 수운의 신원에 대해서는 발뺌을 한 뒤 '관리들이 동학을 단속하는 과정에서 저지르는 폐단은 금지시키겠다.'고 약속했다. 해산시킬 수 있는 최소한의 명분만을 내건 것이다. 조병식은 어쩔 수 없이 관내 관리와 기관에 동학 도인들의 생명과 재산을 함부로 다루지 말라는 감결을 내렸다.

동학의 지도부에서는 다음의 계획으로 관의 태도를 더욱 압박하기로 하고 5일 만에 공주 집회를 해산시켰다. 미진한 응답에 모두 불만을 갖기는 했지만 함께 모여 관을 압박할 수도 있다는 자신감을 갖게 된 것은 큰 성과였다. 지도부는 각처의 도인들에게 곧바로 삼례[22]로 모이라는 강력한 어조의 연통을 보냈다. 공주 집회를 해산한 지 닷새

만의 집회였다.

해월은 지도부가 모여 있던 청주 손천민의 집에서 삼례로 가는 길에 낙마 사고로 부상을 당했다. 손천민과 서인주에게 삼례 집회의 진행을 맡기고 해월은 청주 도인 서택순의 집에 머물렀다. 제자들이 삼례로 떠난 뒤 해월은 혼자 깊은 기도를 했다.

'한울님. 저희가 한울님의 뜻을 알고 있습니다. 한울님의 뜻을 이루고자 지금까지 허위허위 왔나이다. 이렇게 탄압이 극심해져 가는 것은 저희를 단련시켜 더 앞으로 나아가라는 뜻인 것도 아옵니다. 제자들은 삼례로 떠났지만, 전라 감사 역시 충청 감사와 같겠지요. 근본적인 것에는 발뺌을 할 것이고 우선 해산시키기에 급급할 것입니다.'

해월은 잠시 기도를 멈추었다. 그다음 일들이 어떻게 진행될지는 불을 보듯 뻔했다.

'근본적인 문제에 지방 관리들이 발뺌하는 것을 알게 되면 동도들은 한양에 올라가 임금에게 직소해야 한다고 하겠지요. 임금이 이를 받아들인다면 더할 나위 없을 것입니다. 조선은 태평성대로 가는 지름길에 들어서게 될 것입니다. 조선은 스스로의 힘으로 개벽세상을 만들게 되겠지요. 그러나….'

해월은 다시 기도를 멈추었다. 숨을 한참이나 골라야 했다.

'지금 조선의 임금은 그 길을 택할 만큼 지혜롭지 못할 터, 왕비 민씨와 더불어 부부가 모두 권력을 오래도록 쥐고 있으려는 탐심밖에 없으니 그 길을 택하지 못할 것입니다. 그렇게 되면…. 그렇게 되

면….'

해월은 기도를 하다가 고개를 떨구었다.

'동도들이 거세게 일어나 조선 전체가 흔들리게 될 것입니다. 엄청난 희생이 따르게 되겠지요. 그리고, 그리고….'

혜월은 흐르는 눈물을 주체할 수 없었다. 한참을 그렇게 앉아 있던 해월이 다시 허리를 곧추세웠다.

'우리가 가야 할 길이 그 길이라면 기꺼이 가겠습니다. 조선의 역사에, 인간의 역사에 우리의 피가 필요하다면, 우리의 목숨이 필요하다면 기꺼이 내놓겠습니다. 우리가 품고 가는 씨앗, 우리가 남겨 놓은 불씨…. 이제 그것은 한울님이 지켜 주셔야 합니다.'

11월 1일부터 1천여 명의 동학도들이 삼례로 모이자 전라 감사 이경직은 화들짝 놀랐다.

'며칠 전 충청 감사가 곤욕을 치렀다는 소문은 들었으나 잘 무마해서 해산시킨 줄 알았는데 이게 웬 난리인가?'

전라 감사는 자세한 정황을 알아보기 위해 충청 감사에게 아전을 급히 보냈다. 그 사이라도 저들이 해산할 수도 있으니 시간을 벌자는 계산도 있었다. 전라 감사에 소장을 전하는 대표로 고부 접주 전봉준과 남원 접주 유태홍이 앞에 나섰다. 그들이 앞에 나서 무릎을 꿇고 엿새를 보냈으나 아무런 대응도 하지 않았다.

'참으로 징하고 무서운 놈들이다. 상대를 안 해 주면 그냥 갈 것이지….' 이경직이 이를 악물었다.

동학 지도부가 다시 답을 촉구하는 소장을 냈다. 이경직은 줄어들기는커녕 점점 더 많이 모여드는 동학도들을 보고 기겁을 하여 이 눈치 저 눈치를 보다가 열흘 만에 답을 내놓았다. 조병식과 같은 내용이었다.

동학도들은 해산했지만 충청 감사와 전라 감사의 약속은 지켜지지 않았다. 해산을 위한 의례적인 눈가림이었을 뿐이었던 것이다. 어떤 지역은 그 이전보다 탄압이 더 심해졌다. 전라도 역시 더욱 심해졌다고 했다. 사후의 대책을 의논해야 했다. 이 정도로 뜨뜻미지근하게 끝낼 수는 없었다. 공주와 삼례 집회를 마치고 며칠 만에 손천민의 집에 지도부가 다시 모였다.

해월이 도차주 강시원, 김연국, 손천민, 손병희, 임규호, 서병학, 서인주, 황하일, 조재벽, 장세원 등을 향해 말문을 열었다.

"공주, 삼례 집회에 관하여 짚어 볼 것들을 이야기해 봅시다."

"우선 추운 날씨에도 천여 명씩 모여든 도인들에게 감사합니다."

"충청 감사 조병식이나 전라 감사 이경직은 우리의 행동과 요구 사항에 대단히 놀랐을 것으로 생각됩니다."

"일단 그들이 탐학을 중지하라고 각 현에 지시를 내렸다는 것은 반가운 일이고 우리의 성과라고 보아야 할 겁니다."

"그러나 실제로는 예전보다 탐학이 더한 곳도 있다는 보고도 있고 전라도 쪽은 더 심해진다고 하더군요."

"게다가 그들은 대선생님의 신원에 대해서는 중앙정부에 미루고 있어요."

"그것은 우리가 예상했던 바요."

"그렇다면 이제 남은 것은 한양으로 올라가는 방법뿐이네요."

"한양으로 올라가는 것은 반드시 해야 할 일이지요. 그 방법밖에 없는 것은 아닐 겁니다."

"쇠뿔도 단김에 빼랬다고 한양에는 연초에 올라가는 것이 어떨까요?"

"광화문 앞에 천여 명이 엎드려 상소를 올리자면 엄동설한은 피해야 할 것입니다."

"광화문 앞에 천여 명이 엎드릴 장소가 있을까 모르겠습니다. 게다가 그렇게 많이 모이면 경군이 어떻게 나올지도 모르고요."

"경군을 자극해서 희생자가 생기게 해서는 절대로 안 됩니다."

"무력을 동원하지 않고서 예의와 절차를 엄중히 하여 우리가 문제를 일으키는 삿된 무리가 아니라는 것을 보여주어야 합니다."

"그러면 일부만 광화문 앞에 엎드려 비답(批答)을 기다리고 나머지는 그 주변에 행인처럼 서 있으면 어떨까요?"

"미리 조정에 상소문을 올려 반응을 살펴보는 건 어떨까요?"

"옳지. 그렇게 하는 게 좋겠습니다."

모두의 의견이 모아지자 해월이 정리를 했다.

"오늘 내일 상소문을 마련하고 조정에 보낸 뒤에 그에 대해 어떤 반응을 보이는지 확인해 보고 광화문 앞에서 복합 상소하는 것을 다시 의논해 보기로 하지요."

동학 지도부는 12월 초, 몇 번이나 가다듬고 가다듬은 진정서를 정부에 보냈다.

"도란 것은 사람으로서 공정히 행하는 것을 이르는 것이며, 그릇된 것도 있고 바른 것도 있고 같은 것도 있고 다른 것도 있게 마련인데, 모두가 마음으로 사리를 가려 알맞은 것을 따르자는 것이니 헛된 명분에 그쳐서는 안 됩니다.

고로 공맹의 도를 행하는 사람은 양주(楊朱)와 묵적(墨翟)을 가리켜 이단이라 하고, 양묵의 도를 행하는 사람은 공맹을 가리켜 이단이라 하나, 공맹이 바르고 양묵이 삿되거나 양묵이 바르고 공명이 삿되거나 하기 때문이 아닙니다. 이단이라는 것은 그 당세에 숭상하는 도와 같지 않음을 이른 것입니다.

이러므로 옛날에도 또한 유가(儒家)라 하면서도 묵적의 도를 행하는 사람이 있었으니, 이것은 유(儒)를 숭상하는 세상에서는 자신의 착하지 않음을 마음으로 속여 세상을 잘못되게 하는 것입니다. 공평하고 엄정하게 보면 반드시 이름이 다르고 같다는 것만으로써 그 마음의 어질고 어질지 못함을 분별하지 못할 것이니, 지금 불도와 선도 또한 그 일단(一端)이 있습니다.

지난 경신년(1860)에 경주 최제우 선생께서 한울님 말씀을 들으시고 도를 창도하시니 그 학을 동학이라 합니다. 동학이란 동쪽 나라의 학이란 뜻으로 유불선 삼도를 합한 이름입니다. 말세의 유도는 문구(文具, 정령과 율법)를 잃었으며 근세의 유도도 역시 문구를 찾아볼 수 없습니다. 말세의 불도도 무멸(無滅, 인연을 극복함이 없다)의 원리를 잃었으며 근세의 불도도 역시 무멸을 찾아볼 수 없습니다. 유도는 유도답지 않고 불도는 불도답지 않게 되니 한갓 헛된 명의일 뿐입니다. 고로 동학은 지나친 점을 덜어 내고 미급한 점을 더하여 그 단점을 버리고 그 장점을 취한 것입니다.

유도는 오륜과 삼강을 바로 세워 공자와 맹자를 높이 공경하며 오직 마음의 기준을 다스리도록 합니다. 불도를 보면, 유도에는 전수하는 심법이 없으나, 불도에는 오히려 전수자가 있어 가히 흩어진 마음을 다잡게 할 수 있습니다. 유도와 불도를 합한 것을 이름하여 선도라고 합니다. 모두가 착함을 따르기를 물 흐르듯 하게 하고 지성으로 하늘을 섬기니 이름은 비록 다르나 하늘의 도를 섬기기는 하나입니다.

진실로 천명을 들으려 하고 하늘의 위엄을 두려워하고 천시(天時)에 따라야 합니다. 아버지를 섬기되, 지성으로 하늘을 섬기듯이 힘을 다하면 효도를 할 수 있습니다. 임금 섬기기를, 지성으로 한울님을 섬기듯 하면 목숨을 바쳐 충성할 수 있습니다. 사람을 가르침에 충효로 하는 것은 스승님의 공입니다. 전(傳)에 이르기를, 살아가는 데 군사부(君師父) 섬기기를 여일하게 하라 하였습니다. 이와 같이 아니하면 이것은 곧 하늘의 죄를 얻는 것이 되므로 빌어 볼 곳이 없게 됩니다. 부질없고 각박한 세상 풍속은 속내도 모르고 생각도 않고 없는 일을 꾸며내어 인물 중상하기를 좋아합니다. 공사(公事)를 빙자하여 사리(私利)를 도모하며 민정을 어지럽혀 재물을 탈취하는 자가 스스로 유도니 정학이니 합니다. 옛날에 이른바 유도를 한다고 하면서 묵적(墨翟)을 행했던 자라 할지라도 이들과 같이 섞이는 것은 부끄러운 일이었습니다. 반대로 지성으로 경천하며 그 본심을 속이지 않는 동학하는 이를 이단이라 하니 어찌 동학 하는 이들이 그들을 우습고 한심하게 여기지 않겠습니까. 그들이 내세우는 명분과 그 행실이 같지 않음은 아래와 같습니다.

충청 감사는 단지 전 순천 군수 윤영기의 말만 믿고 사항을 엄금하라는 조령(朝令)을 핑계로 관문(關文)을 돌려 잡아 가두니 원성이 하늘에 사무쳤습니다. 돈을 바치는 이는 무죄방면하고 빈한한 이는 유배를 보냈습니다. 이러자 서로 고발하여 끌고 들어가니 죄가 없어도 마치 죄가 있는 것 같이 되어 백성들은 목숨을 지탱하기가 어려워 의송(議送)을 하기에 이르렀습니다.

충청 감영은 제음(題音)에서 '조령(정부의 명령)에 따랐을 뿐 나는 멋대로 하지 않았다.'고 하였습니다. 만일 조령이 있었다면 팔도가 같을 것인데 어찌 유독 충청 감영에만 있었겠습니까. 만약 조령이 내리지 않았다면 윤영기의 감언이설이 조령이 되었다 할 것입니다. 신하의 임금을 섬기는 도리가 이와 같아서는 아니 됩니다. 영동, 옥천, 청산의 수령은 백성을 괴롭혀 재물을 탈취하니 고을마다 많은 이가 가산을 탕진하고 고향을 떠나 흩어졌고, 또한 남아 있는 사람들도 이런 처지입니다. 전라도는 김제, 만경, 무장, 정읍, 여산 등지에 치우쳐 탐관오리의 화를 입어 장사 지내는 일이 그치지 않아 서로 환난에서 구명하고자 스승님의 신원을 이루고자 나섰습니다.

주희와 율곡 두 선생이 만든 향약 일조를 보면, 도의로 사귀며 마음에서부터 서로 화합하자는 것이요, 무리를 모으려는 것은 아니라고 하였습니다. 송나라 인종은 정자(程子, 송나라의 유학자 정호와 정이 형제를 이르는 말)의 무리라면 어찌 우환이 많으랴하였습니다. 서경에 이르기를 아까워할 것은 임금이 아니며 두려워할 것은 백성이 아니라고 하였습니다. 이제 조정이 나서서 무리의 살 길을 만들어 내야 합니다. 민심을 위무 진정시키고 다스리기를 마치 보부상을 본보기로 하면 백성들은 스스로 나라에 의지하여 돌아가 각기 그 직업을 편히 할 것이니 근심할 일이 어디 있겠습니까.

또한 도를 가진 사람으로서 임금을 섬기게 한다면 지성으로 한울님에게 축원하듯이 충성을 다하여 보국(輔國)하는 데 어찌 누구에 뒤지겠습니까. 이것이 바로 요직에서 직무를 맡아 일하시는 여러분의 급무이며 큰 정사일 것이니 허명의 동이(同異)로써 민정이 도탄에 빠져 있음을 살피지 않아서는 아니 될 것입니다. 공평하게 잘 살펴 알아 주기를 천만 기원합니다."

임진년(1892) 12월[23]

해월과 동학 지도부는 이 글을 조정에 보내고 매일매일을 기도하며 지냈다.

긴장 속에 계사년(1893) 날이 밝았다. 서인주와 황하일은 상주 공성 왕실촌에 머물고 있는 해월을 찾아 길을 떠났다. 신년 인사를 하러 가는 길이었다.

"지난번에 보낸 상소문에 답이 왔다던가?"

황하일이 물었다.

"답이 있었다면 벌써 급한 연통이 있었을 테지."

"지난번 상소문 내용을 짤막하게 요약해 보게. 똑똑이 서인주!"

"얼마 지나지도 않았는데 다 잊었나?"

"그게 좀 길지 않았나? 그리고 너무 궐 안의 양반들을 생각해서 그런지 유학을 너무 추켜올린 것두 같구⋯."

"하하, 이 사람아. 그들 눈높이에 맞추어야 대화가 될 것 아닌가? 그들은 동학을 모르고 우리는 유학을 아니까 그들의 언어로 써 주어야지. 문제는 그 작자들이 우리가 보낸 그 상소문을 거들떠보지 않을 수도 있다는 거지."

"뭐야?"

"우선 그 내용부터 간단히 설명해 보겠네."

"글쎄, 아까부터 내가 그 이야기를 해 달라 하지 않았나."

"우선 동학의 정당성을 인정하라는 것, 그리고 동학도에 대한 박해를 중단하라는 것과 관리의 탐학을 금하라는 것, 그렇게 백성을 어루만져 주면 백성은 각자 돌아가 생업에 힘쓰게 될 것이라는 게 우리의 주장이야."

"궐 안의 작자들은 참말 바보들이네. 그렇게 쉬운 것을 말이야, 그걸 실행하기가 그렇게 어려울까?"

"우리에겐 지극히 당연하고 쉬운 일이지만 그들에게는 쉽지 않은 이유가 몇 가지 있지."

"그게 뭔데?"

"첫째로 그들은 백성들의 고통을 몰라. 백성들이 어디에서 누구에게 어떻게 당하며 사는지 알려고 하지 않지. 아우성을 쳐도 듣는 귀가 없는 게 문제야."

"그다음은?"

"둘째는… 저들이 설령 우리의 뜻을 살핀다 해도 받아들이기 힘들 것이네."

"어째서?"

"우리 동학이 유불선을 아우르고 그것을 넘어서는 것이라 해도, 저들은 상하 주종의 위계질서가 깨지는 것을 원치 않네. 그 위아래를 따지는 질서가 깨지면 자기들이 현재 누리는 모든 부귀영화가 사라지게 되거든. 혹시 귀가 열려도 마음을 여는 것은 쉽지 않으니까."

"그럼 어떻게 되는가?"

"가장 이상적인 방법은 그들이 귀도 열고 마음도 여는 것이지만,

이건 지혜가 높아야만 가능한 것이야. 그러니 저들에게는 불가능한 것이지. 저들에게는 귀도 없고 열린 가슴도 없을 테니까."

"그럼 저들이 가지고 있는 건 뭔가?"

"권력욕이지. 지금 자기들이 누리는 권력을 마치 하늘이 자기들을 위해 내린 것인 양 여기며, 그곳에 오래도록 머물려고 하는 욕심!"

"그러면 광화문 앞에서 엎드려 비는 복합 상소도 실패할 가능성이 높은 건가?"

"나는 그렇게 보네."

"그렇다면 왜 하는 거지?"

"필요한 관문이니까. 공주나 삼례에서 집회를 한 것 역시 모두 필요한 관문이야."

"실패할 줄 알면서도 통과하는 관문?"

"그렇지. 내리막길로 가는 것처럼 보이는 관문."

"내리막길로 가는 것처럼 보인다는 건 또 무슨 말인가?"

"길게 보면 그게 오르막길이거든."

"대체 무슨 말인지 알 수가 없네. 내리막길이 오르막길이 된다니 말이야."

서인주가 잠시 호흡을 골랐다.

"잘 듣게, 하일이. 우리는 당분간 내리막길을 가게 될 거야. 점점 더 깊어지는 내리막길. 엄청난 희생이 따르겠지. 그런데 우리가 모두 죽고 난 뒤 아주 오랜 세월이 흐른 뒤에 사람들은 자기들이 오르막길을 걸고 있다는 것을 알게 될 걸세. 우리가 피로 다져 놓는 내리막길이 우리 후세의 사람들에게는 오르막길이 되는 거지. 그걸 알기 때문에 우리는 내리막길이라도 안 갈 수 없는 거야."

황하일이 고개를 떨구고 가던 길을 멈추었다.

서인주가 다가서자 황하일은 두 눈에 차오르는 뜨거운 눈물을 얼른 손으로 닦으며 말했다.

"고마우이. 정말 자네는 똑똑이야."

집으로 돌아가면 베풀어 주리라

보은 도소에서 새벽 일찍 길을 떠난 두 사람은 상주 왕실촌까지 100리가 넘는 길을 부지런히 걸었다. 어느덧 둘 다 마흔 고개를 넘어 중년으로 치닫고 있었지만 걷는 것에는 이골이 난 두 사람이 아니었던가. 깜깜한 밤이야말로 해월 선생님 집을 드나들기에는 편안한 시간이었다.

"아이구, 사돈어른이랑 황 접장이 오셨네!"

툇마루에서 오줌을 싸는 아들 봉조(동희)의 바지를 추켜주며 손씨 부인이 소리를 죽이고 말했다.

"예, 사모님, 별고 없으셨어요?"

모두들 소리를 죽이며 방으로 들었다. 새끼를 꼬고 있던 해월에게 큰절을 올리고 마주 앉았다.

"아가, 너 몇 살이냐?"

아이들을 좋아하는 황하일이 뒤따라 들어온 아이에게 물었다. 아이는 대답 없이 제 어미 뒤로 숨었다.

"이제 설 쇠면 네 살이 되지요."

"그런데 왜 자꾸 뒤에 숨는 거야? 우리가 무섭니?"

황하일의 질문에 손씨 부인이 웃으며 말했다.

"아버지가 늘 집에 안 계시다가 얼마 전부터 집에 계시니까 '저 사람은 누군데 자기 집에 안 가고 우리 집에 있는 거유?' 이렇게 묻더라니까요.[24] 사람들이 낯선가 봐요."

말을 마친 손씨 부인이 아이를 데리고 딸 윤이 호롱불 밑에서 바느질을 하고 있는 건넌방으로 건너갔다.

"선생님, 한양에서 기별이 없던가요?"

서인주가 물었다.

"음…. 아직 기별이 없네."

"인주, 자네 말이 맞구먼. 아마 읽어 보지도 않을 거라더니…."

황하일이 감탄하는 눈빛으로 서인주를 바라보았다.

"그렇다면 일단 다음 수순으로 넘어가 일을 해야 할 것 같습니다."

"그렇게 해야 할 것이야. 초순이 되기 전에 청원 솔뫼 손천민 집으로 모이자고 연통을 해야겠네."

"청원 용곡에 사는 권병덕[25]의 처남이 궐 안에서 일한다고 들었습니다. 그곳에 가면 소식을 좀 더 자세히 들을 수 있을 것입니다. 권병덕 집은 솔뫼 손천민 집 가는 길에 있으니 그곳으로 먼저 가시지요."

황하일이 말했다.

"그렇게 하지. 내일 아침 모두 같이들 떠나세."

세 사람은 다음 날 새벽 청원 권병덕 집으로 향했다.

청원 용곡의 권병덕 집에서 며칠 유하며 궐 안의 소식을 알아보았다. 모두가 예상한 대로 그들이 그렇게 정성을 들여 써 보낸 상소문이 그대로 서고에 처박혀 있다는 이야기가 들려왔다. 모두들 허탈해했다. 예상했던 최악의 결과가 나타난 것이다. 권병덕 집에 합류한 서병학도 이제 다음 단계는 광화문에서 복합 상소를 하는 것이라 의견을 내었다.

이번에도 글을 잘 쓰는 손천민이 1월 10일 상소문 안을 완성했다. 2월 8일은 왕세자 탄신일을 맞아 별시(別試)를 치르는 날이었다. 그것을 구실로 하면 많은 인원이 상경해도 눈에 띄지 않을 것이었다. 복합상소 일자를 2월 11일로 정했다. 상소의 우두머리, 소두(疏頭)는 박광호로 정했다. 만일의 경우 소두는 처형을 받을 수 있기 때문에 박승호라고 이름을 고치고 해산할 때는 가장 먼저 안전하게 도피할 수 있도록 계획을 짰다. 도인들은 모두 10일까지 상경을 마치라고 연통을 넣었다. 2월 1일 서병학이 선발대로 상경했다. 한양은 토박이들 외에도 과거를 치르기 위해 전국에서 모인 유생들과 그 하인들, 상인들, 그리고 수많은 양인과 왜인들로 넘쳐나고 있었다.

2월 11일 아침, 춥지만 날씨는 화창했다. 두루마기 차림의 9명의 대표들이 붉은 보자기에 싼 상소문을 받들고 경복궁의 정문인 광화문을 향해 나아갔다. 그들은 오후 다섯 시가 되도록 엎드려 상소문을 받아 가기를 기다렸지만 정부는 아무 반응을 보이지 않았다. 이틀, 사흘이 지났다. 가끔 등청하고 퇴청하는 관원 몇이 이것저것을 물어보았을 뿐이다.

겉으로 무심한 듯하였지만, 사실 조정에서는 급히 회의를 열고 있었다.

"저들의 주장이 무엇이오?"

"동학 하는 자들인데 갑자년(1864) 좌도난정으로 처형당한 죄인 최복술(최제우)을 사면하고 동학에 대한 금령을 풀어 달라고 저런다오."

"동학이 무엇이관대?"

"주문을 외우고 영부를 태워 물에 타 먹으면 병이 낫는다고 믿는 삿된 작자들이오. 모두가 평등한 존재라며 위아래가 없는 세상을 꿈꾼다 하오."

"정신없는 작자들이구먼."

"언제까지 저러고들 있을 작정일까요?"

"상소문을 받아들일 때까지 저러고 있을 듯하오만…."

"그렇다면 상소문은 받아 주면 안 됩니다.

"맞소. 상소문을 받아주면 그다음 일을 또 요구하게 될 것이오."

"그냥 묵살하고 해산시키는 방법이 제일이오."

"저들도 어떤 약속을 받아야 돌아갈 명분이 생길 것 아니오?"

"일단 돌아가고 나면 다 들어준다고 하면 됩니다. 그것도 아침에 말고 해질 무렵에…."

"다 들어준다고 하라고요? 무슨 그런 큰일 날 소리를…."

"하하…. 이런 일 한두 번 겪소? 문건을 받거나 주는 것은 절대 안 되지요. 사알을 시켜 그렇게 한마디 뱉게 하면 됩니다."

"그 정도로 해산할까요?"

"그 말을 던진 즉시 포도청의 포리들을 대거 투입해서 잡아들이기 시작하면 혼비백산하여 흩어지지 않겠소?"

"그 전에 누가 소두인지 확인하라 법부에 이르시오."

백성들이 주장하는 바를 들어 보아야 한다고 말하고 싶은 대신들도 몇 있었지만, 거세게 흘러가는 여론에 제동을 거는 것은 자칫 위험할 수도 있었다. 그들이 침묵을 지키는 사이에 조정의 방침은 결정되었다.

사흘째 되던 2월 13일 오후 조정에서 왕의 심부름을 하는 정6품 잡직 사알(司謁) 하나가 엎드려 있는 동학 대표들에게 다가왔다. 그는 정면으로 서지도 않고 옆으로 비껴 서서는 삐딱하게 한마디를 던졌다.

"어명이다. 너희들은 집으로 돌아가 그 업에 임하라. 그러면 소원에 따라 베풀어 주리라!"

대표들이 자리를 미처 치우기도 전에 좌우포도청의 포리들 수백 명이 새까맣게 몰려왔다. 주위에 서 있던 동학도들 수백 명이 대표들을 보호하기 위해 그 앞을 가로막았다. 대표들은 겉에 걸친 의관을 얼른 벗어 배낭에 넣고 자리를 빠져나갔다. 포리들은 웅성거리는 동학도 중 백여 명을 체포했다. 14일, 15일을 기해 동학도들은 한강을 넘어 속속 한양을 빠져나갔다. 그 와중에 서인주가 좌포청에 체포되었다.[26]

유림과 권력층의 반격

광화문에서 사흘간 차가운 땅바닥에 엎드려 상소문을 올리려던 수많은 무리들을 적지 않은 사람들이 지켜보고 있었다. 처음에는 호기심에 들여다보았으나 내용을 알수록 그들의 눈에는 황당하기 짝이 없었다.

관학 유생 이건중, 대사간 윤길영, 성균관의 유생들은 '동학도들을 엄히 다스려 섬멸하라, 죄상을 밝혀서 난도의 싹을 끊어야 한다'고 상소문을 올렸다. 그 자리에 엎드려 조정을 압박한 그들에 형벌을 내려야 하며 특히 소장에 적힌 대표자인 박승호(박광호)를 체포해 엄벌을 내리라 상소를 올렸다. 그들은 동학이 신분 질서를 깨려 한다는 것을 알고 대단한 위기의식과 불쾌감을 느꼈다. 고종은 2월 28일 소두 박승호를 체포하라는 명령을 법사와 지방관에 내렸다.

조선 정부는 많은 군중이 어떤 불만을 토로할 때 그들의 의견을 들어주는 척 하면서 한편으로는 반드시 소장의 대표인 소두를 처벌했다. 그것이 사사로이 소장을 만들어 조정을 괴롭히는 짓거리들을 막는 방편이라고 생각했던 것이다. 실제로 소두가 항상 책임을 지고 처벌을 받게 되므로 누구라도 소두가 되는 것을 꺼려했다. 정부가 노린 것은 바로 그런 겁박으로 누군가가 소두로 나서지 못하게 하는 것이었다. 그래야 무리를 지어 조정에 문제를 들고 나오지 못할 게 아닌가.

경상도 함양 안의 사람인 전 사간(司諫) 권봉희는 조정의 잘못을 통렬히 지적하고 도탄에 빠진 나라를 구하기 위해 관리들의 탐학과 사치를 금해야 한다고 7개조를 들어 간곡히 진언했지만, 이런 상소를 반복하자 정부는 그를 흑산도로 정배 보냈다.[27]

5. 보은 집회

청산현 거포리 김연국 집

3월 10일은 수운이 순도한 날로 동학 도인들이 일 년 중에 가장 중하게 기리는 날이었다. 계사년(1893) 3월 10일 옥천 청산현 갯밭에 있는 김연국의 집에 제례를 위해 모두들 모였다. 해월과 손병희, 이관영, 권재조, 권병덕, 임정준, 이원팔, 조재벽 등 10여 명이 모였다.

"아니, 이 산속에 있는 동네 이름이 왜 갯밭인 거요?"

멀리서 집을 찾아오느라 애쓴 사람들이 집에 들어서면서 한결같이 똑같은 질문을 했다.

"예전에는 대나무가 많아 대밭이라고 불렀고, 대밭이 어느 결에 개밭, 갯밭이라 불리게 되었다고 합니다."

그 집 안주인인, 해월의 딸 연화가 답했다. 김연국과 연화는 혼인한 지 10년이 다 되어 가는데도 아이가 없었다. 해월의 뒤치다꺼리를 해야 하는 두 사람이라 사람들은 아이가 없는 것이 오히려 다행인지 모른다는 생각을 했다.

"아버지, 어서 오세요. 윤이랑 봉조랑 아이들은 잘 크고 있지요? 보고 싶은데…."

"네가 음식 장만이랑 하느라고 애썼다. 아이들은 아마 곧 보게 될지 모르겠구나."

해월이 웃었다. 둘째 부인 김씨가 11살 난 딸 연화를 데리고 단양에 왔을 때, 처음부터 친아버지처럼 따라 주었던 연화가 고마웠다. 연국과 혼인한 뒤로는 늘 집을 비우는 연국을 대신해서 농사도 짓고 바느질을 하는 틈틈이 해월의 어록을 필사본으로 정리하는 일, 여기저기 문서들을 가지고 연통을 다니는 일들로 한시도 쉴 틈이 없던 연화다. 연화는 궂은일을 도맡아 하는 가운데서도 자기와 남편 연국을 친딸과 사위로 여기고 아껴 주는 아버지를 위해 늘 감사의 마음을 되새겼다.

"아이구, 그런데 웬 진달래가 이 집 주변에만 이렇게 몰려 피어 있나요?"

"이 사람이 꽃을 좋아하니 내가 자주 집을 비우더라도 외롭지 말라고 이태 전 이사 올 때부터 내가 틈틈이 옮겨 심어 놓았지요."

김연국이 머쓱하게 말했다. 보잘것없는 집이지만 집 주변에 활짝 핀 진달래 때문에 꽃 대궐 같았다.

꽃 이야기로 잠시 분위기가 녹어지긴 했으나 모인 사람들의 가슴속 긴장감은 그 어느 때보다 팽팽했다. 항상 명쾌한 계책을 내놓던 서인주가 광화문에서 허망하게 체포되어 버리고 정부의 동학도에 대한 탄압은 어느 때보다 더 심해졌다. 무엇보다도 재산을 잃고 떠도는 동학도들이 더욱 많이 생겨나고 있었다. 이들은 떠돌다가 결국은 보은 장내리, 삼례, 금구 원평으로 모여들었다. 돌아가서 기다리면 베풀어 주겠다는 정부의 약속은 동학도들을 철저히 기만한 것에 다름 아니라는 것을 모두들 뼛속 깊이 체득하게 되었다. 구중궁궐 조정 안에는 털끝만큼도 백성을 생각하는 자가 없으니 가만히 있어서는 안 된다는 생각이 모두의 머리끝부터 발끝까지 차고 넘쳤다.

밤에 제례를 마치고 해월을 중심으로 손병희, 이관영, 권재조, 권병덕, 임정준, 이원팔, 조재벽, 박인호, 이관영 등이 둘러앉아 회의를 시작했다.

해월이 입을 열었다.

"광화문 상소 때 애들 많이 써 주었소. 감사하오."

"서인주가 걱정입니다."

"영민한 사람이니 곧 풀려나올 겁니다."

"어떻게요? 지난번에도 곤욕을 치렀는데…."

"그러니 어찌하면 벌을 덜 받는지도 알고 있을 겁니다. 이름도 당연히 거짓으로 바꾸었을 것이고…."

"아…."

"그래도 해는 넘겨야 나오지 않겠소?"

"어찌 되었든 무사하기만을 바라야겠습니다."

"모두 식고(食告) 전후에 그를 위해 기도해 주시오."

"예."

"광화문 상소 건을 정리해 봅시다."

"우선 그 먼 길을 천여 명 동덕(同德)들이 모여 주어 감사합니다."

"추운데도 길바닥에 엎드려 정말 애들 쓰셨어요."

"우리가 얻은 것은 무엇일까요?"

"아무것도 없지 않습니까?"

"그렇지 않습니다. 조정이 진실로 무능하다는 것을 알게 된 것이 큰 소득이지요."

"조정은 어떤 생각을 했을까요?"

"일본 신문을 보았다는 사람의 말을 들으니 왕실은 연일 중신 회의를 열었다고 합니다."

"연일 중신 회의를 열어요? 그런데 어째 상소문도 받지 않고 답신도 안 했다는 겁니까?"

"그게 그들의 간교한 꾀이지요. 모르쇠가 그들의 방책입니다."

"그래서 무책임하게 사알을 통해 책임지지 못할 말만 던지고 간 걸까요?"

"그들의 간교한 술책이 바로 그런 거라니까요. 너희들 따위는 안중에도 없다는 것을 천명하면서 한편으로는 포졸들을 풀어 무력으로 해산하는 것은 앞으로도 계속 변함없이 동학도들을 탄압하며 기존의 문제를 어떠한 것도 해결하지 않고 자기들이 만든 질서를 고수하겠다는 겁니다."

"우리는 그 간교한 말을 잊지 말아야 합니다. '돌아가면 베풀겠노라.'는 말…."

"더러운 놈들이 언제 우리에게 무엇을 베풀었다는 말이며 앞으로도 무엇을 베풀겠다는 말입니까?"

"그러니 눈가림이지요. 신의를 저버리는 일이 몸에 배어 있는 자들이 늘상 던지는 말입니다. 우선 소통이 되어야 할 것 아닙니까? 먼저 귀를 열어 들어야 할 것이 아니냐는 말이오. 귀를 닫고 있는 놈들이 무얼 할 수 있다는 말입니까?"

"자자, 흥분들 하지 마시고. 그래서 무엇을 어찌할지 그걸 의논하자는 자리 아닙니까?"

"충청 감영과 전라 감영에 등소한 일은 우리가 지방관을 찾아가 상대한 것인데 아무것도 얻은 것이 없고, 광화문 앞 복합 상소도 우리가 임금을 찾아가 상대해 주기를 바랐던 것인데 그것도 실질적으로는 아무것도 얻은 것이 없으니 이제는 그들이 우리에게 오도록 해야 합니다."

"우리에게 오도록?"

"예. 한양성을 나와 한강을 넘어올 때 모두들 같은 생각이었을 겁니다."

"맞습니다. 돌아가면 베푼다고 하더니 포졸들을 떼로 풀어 잡으려 하다니요."

"저들에게 우리의 힘을 보여주어야 합니다."

"예. 서양에도 민회라는 것이 있다고 들었습니다."

"민회요?"

"서양 나라 중에 불란서라는 나라가 있는데 벌써 백 년 전에 왕을 몰아내고 양반들을 대부분 다 죽이고 백성들이 주인이 되는 나라를 만들었다고 합니다."

"백성들이 모여 정치를 한다는 말입니까?"

"백성들이 대표를 뽑아서 그 대표들이 민의를 대변한다는 것이겠지요."

"아, 바로 수운 대선생께서 말씀하신 개벽세상이라는 것이 그런 것 아닐까요?"

"임금이 없는 나라가 있다니, 참으로 기이합니다."

"서양에서 온 선교사들에게 들으니 서양의 많은 나라들이 이미 그렇게 산다고 합니다. 백성들이 모두 참여해서, 정해진 기간 동안 일할 대표를 뽑는다고 해요. 대표를 자꾸 바꾸어 가는 거지요. 그러니 진실로 백성이 나라의 주인이 되는 것 아니겠습니까? 일본도 이태 전에 벌써 국회라는 것을 만들었다고 합니다. 백성들이 뽑은 대표들이 모여서 회의를 하고 나랏일을 의논한다는 거지요. 왕은 왕대로 따로 옆으로 비켜서고 말이지요."

"그런데 그런 나라들이 어째 또 남의 나라를 침략한다는 거지요? 영국이라는 나라도 중국에 아편을 팔다가 아편전쟁이 일어났다지 않소? 그게 벌써 3,40년 전 일이라고 하오."

"이번에 광화문에 가 보고 깜짝 놀랐습니다. 한양이 온통 왜인, 양인으로 넘쳐나지 않았습니까!"

"그러니 청나라 장사꾼, 왜인 장사꾼 등쌀에 우리 백성이 터지고 밟히고 하는 거 아닙니까?"

"세상이 어찌 한꺼번에 개벽이 되겠소? 미개한 나라에서 발전하는 나라로 바뀌려면 백성들이 끊임없이 노력해야 할 겁니다. 짓밟으려는 자들을 넘어서야지요."

"자, 아까 정부가 우리에게 오도록 해야 한다는 말씀을 누군가 하셨지요?"

"예. 언제, 어디에서, 어떻게 할지에 대해서 이야기들 해 봅시다."

"빠를수록 좋다고 봅니다."

"많이 모일수록 좋다고 봅니다."

"저들에게 우리의 위력을 최대한 보여주어야 합니다."

"그렇다면 바로 전국에 연통을 넣어 당장 시작하는 게 좋겠습니다."

"전국에서 모이자면 시간이 걸릴 터인데요."

"한양에서 파견되는 관리가 오자면 그도 시간이 걸릴 터이니 우리가 지금 바로 연통을 내리면서 모이기 시작하면 얼추 맞게 될 것입니다. 최대로 모여 있는 모습을 정부에서 파견된 대표에게 보여주는 것이 필요할 테니까요."

"그러자면 들이 넓은 장내리가 여러 모로 적당하겠습니다. 도소도 옆에 있으니 우리가 수시로 모여 계획을 짤 수도 있을 테지요. 마치 이날을 위해 도소를 만든 것 같군요."

"이번에는 최대한 성과를 끌어내야 합니다."

"추위도 곧 풀릴 테니 한 달이고 두 달이고 각오를 단단히 합시다."

"전국의 접주들에게 모두 연통을 넣읍시다."

"수만 명이 모여야 하니 아낙들과 아이들도 모여 함께 밥을 해 먹어야 할 것입니다. 행장들을 단단히 꾸리도록 하지요."

"쌀은 어떻게 조달할까요?"

"각 접에서 각각 식량을 준비해야 할 것입니다."

"무기는 절대 금해서 우리가 손에 아무것도 들고 있지 않다는 것을 보여주어야 합니다."

"그렇지요. 저들이 무력을 동원할 어떤 구실도 주어서는 안 될 것입니다."

"정부에 내세울 우리의 요구 사항을 제대로 정해야 합니다."

"간단명료한 문구를 찾아봅시다."

"대선생 신원!"

"척왜양!"

"보국안민!"

"탐학 척결!"

"그중에서 하나를 집중적으로 내거는 것이 좋지 않겠습니까? 대선생님 신원은 우리가 바라는 바이지만 어쩐지 우리를 아쉬운 처지에 떨어뜨리는 것 같고….”

“지나가는 백성들이 보아도 지지를 할 수 있는 구호라면 더 좋겠습니다.”

“그렇지요. 나라를 위해서, 백성을 위해서 무언가를 요구하는 공세적인 구호를 택하는 것이 좋겠습니다.”

“그렇다면 척왜척양과 보국안민이 어떻겠습니까?”

“그게 좋겠습니다.”

“대표로 나설 사람들을 정합시다.”

“풍채, 말솜씨, 글솜씨, 판단력이 모두 좋은 사람들로 추천들을 해 보시지요.”

“우선 이 자리에 있는 조재하(조재벽), 손병희를 추천합니다.”

“허연, 이중창, 서병학을 추천합니다.”

“이희인, 이근풍도 빠질 수 없지요.”

열띤 의논이 끝나자 만족한 표정으로 해월이 말했다.

“좋습니다. 나는 곧바로 보은 장내리로 떠나겠습니다. 도소에 가서 통유문을 준비할 것이오. 통유문에는 ‘도를 지키고 스승을 존경하기 위함’이라는 이유와 ‘나라를 바로잡고 백성을 편안하게 하는 계책을 마련하기 위한 것’이라는 목적을 분명히 적어 넣어야 하겠지요.”

“그럼 저희는 여기에 남아 경상, 전라, 충청 감영에 보낼 글을 적겠습니다. 관문이나 거리에도 붙여야 할 터이니 넉넉하게 베껴 써서 가지고 가겠습니다.”

"그럼 모두 준비들 하고 보은 장내리에서 만납시다. 자기 접에 돌아가서 도인들을 모아 올 사람들은 먼저 부지런히 출발하세요."

캄캄한 밤이지만 달빛에 의지해 해월과 일부 접주들은 보은으로 떠나고 남은 이들은 호롱불 밑에서 꼬박 밤을 새워 보은 관아 삼문 밖에 게시할 벽보를 작성했다. 먼저 한 장을 의논해 작성하고 여럿이 덤벼들어 베껴 쓰느라 동이 터 오는 것도 몰랐다.

'지금 왜놈, 양놈 도둑들은 이 나라의 중심부에 들어와….'

그들이 김연국의 집에 남아 글을 준비하는 동안 3월 11일 보은에 먼저 도착한 해월은 곧바로 아래와 같은 통유문을 써서 전국의 동학 도들에게 급히 보은으로 당도하라는 연통을 보냈다.

〈통유문〉

대저 우리 도는 음양으로 곧 하늘의 체로 하고, 인의로 곧 사람답게 하며, 천인합덕으로 자연스럽게 이루어지게 하는 것이다. 그러므로 자식 된 자로서 힘써 어버이를 섬겨야 하고, 신하로서 목숨을 다해 임금을 섬겨야 하니 이것이 사람으로서 지켜야 할 큰 도리인 것이다. 우리나라가 단군 기자에서 오늘에 이르기까지 예의를 숭상하며 익혀 왔음은 천하가 알고 있다. 그런데 근자에 이르러 안으로는 덕을 닦아 바르게 다스리는 정사를 펴지 못하고 밖으로는 침략 세력이 더욱 떨치게 되었다. 관리들은 더욱 빗나가 포악 방자해져서 멋대로 위협하여 굴종시키게 되었고, 힘센 자들도 서로 다투어 토색해 거두어들이니 기강이 문란해졌다. 학문에서도 경망스럽게 지리멸렬하여 제각기 문화를 세우고 있다. 백성들의 형편은 움츠리고 움츠러들어 버틸 여력이 없다. 벗겨내 없애는 그 재앙과 거듭되는 화가 조석으로 닥치니 평안할 수가 없다. 참으로 뜻이 있는 이라면 가슴을 치며 탄식할 일이다.

우리 모두 사문의 화에서 살아남았으나 아, 스승님의 억울함을 풀지 못한 채 그때가 오기를 기다릴 뿐이다. 우리 성상께서는 자애롭게 각기 생업에 충실하면 큰 혜택을 베풀어 소원을 들어주려 했으나 어찌하여 지방 관속들은 임금님의 홍은을 입은 생각은 않고 여러모로 침탈함이 전보다 더해 가고 있다. 우리 모두가 서로 빠져서 망하게 하려 하니 비록 편안하게 살려 하여도 어찌할 수 있으랴. 생각다 못해 다시 큰 소리로 원통한 일을 진정하고자 이제 포유하니 각 포 도인들은 기한에 맞추어 일제히 모이라. 하나는 도를 지키고 스승님을 받들자는 데 있으며, 하나는 나라를 바로 도와 백성을 평안하게 하는 계책을 마련하자는 데 있다.[28]

김연국의 집에 있다가 뒤에 보은으로 도착한 지도부는 밤을 새워 작성한 글을 가져왔다. '합하에게 업드려 빈다.'는 그 글은 충청 감사, 전라 감사, 경상 감사에게도 보내고 보은 삼문 밖에도 붙였다. 모든 일이 일사천리로 진행되고 있었다.

지금 왜놈과 양놈들이 이 나라 중심부에 들어와 난동을 피우고 있
다. 참으로 오늘의 한양을 보면 오랑캐 소굴이 되어 버렸다. … 우리
들 수만 명은 다 같이 힘을 모아 왜인과 양인을 쓸어버리는데 죽기로
맹세하고 나라에 보답하는 의리를 다하고자 일어났다. 바라건대 합
하도 뜻을 같이하여 협력해서 충의의 선비와 관리들을 추려 모아 같
이 나라를 바로잡기 바라오니 천만번 간절히 비는 바이다.

계사 3월 초10일 묘시 동학창의유생 등 백배 상서

이렇게 척왜양창의, 보국안민이 집회의 이유임을 내외에 천명하였
으니 이제 지도부는 정부에서 파견할 관리가 올 때까지 그를 상대할
문건을 차분하게 만들면 될 것이었다.

800리 길도 멀지 않다

보은은 충청, 경상, 전라 등 삼남 지방 각지로 통하는 길목에 있다.
정해년(1887)에 도소를 짓고 해월이 수시로 포교 활동을 하였으며 주
변 100리 안에 비밀 포교지들이 많이 있었다. 동학도들의 성지와 같
은 구심점이었기 때문에 장내리에서 모이는 것은 여러 가지 장점도
있었고 그 의미가 컸다.

해월이 도착하기 전에도 장내리에는 이미 많은 사람들이 웅성거렸

다. 광화문에서 흩어진 지 한 달도 안 된 때여서 가산을 **빼앗기고** 오
갈 데 없는 도인들이나 정부의 기만에 분노한 도인들이 지도부의 다
음 행동을 기다리며 그곳으로 모여들었던 것이다.

시일을 정하지 않고 한시바삐 모이라는 연통에 강원도, 경기도, 충
청도, 경상도, 전라도 등지에서 동학 도인들이 끊임없이 모여들었
다.[29]

전라도 진도에서 보은까지는 800리. 강진 광양 하동에서는 모두
600리가 넘는 거리다. 쏟아져 들어오는 도인들을 지켜보면서 대접주
들은 크나큰 감동에 젖어 들었다. 저들의 힘을 모아 정부의 탄압을
넘어서야 한다. 개벽세상으로 한 걸음 나아가야 한다!

동서남북에서 모인 도인들은 또 서로를 보고 놀랐다. 태어나서 처
음 보는 인파였다. 산골짜기 집에 앉아 숨죽이며 외웠던 시천주 조화
정 영세불망 만사지 주문을 함께 외울 수 있는 사람들이 이렇게 많이
하늘과 땅을 가득 메우고 있을 줄이야! 힘들게 몇 날 며칠을 걸은 노
독이 일시에 다 사라지는 듯했다.

그들은 해월을 비롯한 대접주들의 역량에도 놀랐다. 지목을 피해
가며 얼마나 오랫동안 산과 강을 넘나들며 피와 땀으로 동학을 일구
었으면 조선 팔도에서 이렇게 많은 도인들이 생겨날 수 있었겠는가?
후천개벽은 이미 시작되고 있었다!

청주의 권병덕은 3월 10일 청산 갯밭 김연국의 집에서 제례를 지

내고 함께 집회 장소에 걸어 둘 괘서를 작성한 뒤 청주 집으로 돌아
갔다. 돌아가자마자 접 내의 도인들에게 상황의 급박함을 알리고 짐
을 꾸려 13일 장내리로 들어오니 이미 모인 사람이 수만 인에 달한
것을 보고 깜짝 놀랐다. 자기 접이 가장 가까우니 다른 이들보다 일
찍 도착하리라 생각했던 것이다.

3월 10일 시작된 보은의 대집회의 경과는 다음과 같았다.

3월 10일부터 보은 관아 관문과 도처에 동학도들이 붙인 방문(榜文)
이 보였다. 3월 12일에 보은 군수 이중익이 동학도의 방문 내용을 충
청 감영에 보고하였다. 보고문에는 '각처 동학인들이 모여들어 낮에
는 장내리 뒤쪽 천변에 머무르다가 밤이 되면 본동 민가나 부근 민가
에 유숙하였고 날마다 모여드는 사람이 끊이지 않는다.'라고 했다.

이러한 정황을 정리하여 3월 14일에는 충청 감사가 조정에 급보를
올리는 한편 보은 군수로 하여금 더 상세한 내용을 매일매일 보고할
것을 지시했다. 보은 군수 이중익은 구실아치들을 보내 탐지해 오도
록 지시하였다. 그들은 외지에서 온 사람들 속에 섞여 들어 돌아가는
이야기들을 속속 수집해 들였다.

그러는 중에도 동학 도소에서는 더 많은 도인들이 모일 수 있도록
연일 참석을 독려하는 통문을 각 접으로 날려 보냈다.

3월 16일, 드디어 조정의 첫 반응이 나왔다. 조정에서는 충청 감사
에게 동학도들을 즉시 해산케 하고 '명에 따르지 않으면 군율로 다스

리겠다.'는 엄포를 놓았다.

17일, 보은에는 하루 종일 비가 내렸다. 모두들 인근 인가에 나뉘어 들어 비를 피하였다. 한편, 정부는 3월 17일 자로 호조참판 어윤중을 양호(충청 전라)도어사로 임명하여 보은으로 파견 명령을 내렸다. 어윤중은 이튿날 임금을 뵙고 바로 보은으로 출발했다.

18일에는 돌담 쌓기가 시작되었다. 사방 수백 보도 넘는 돌담을 따라 색색의 깃발들이 내걸리기 시작했다. 처음에는 색색의 깃발만 내걸리던 것이 19일 대접주들이 새로 임명되면서 각 접의 깃발이 주종을 이루게 되었다.

19일부터는 2차로 통문을 받은 도인들이 속속 도착하면서 장내리 일대 10여 리가 사람들로 넘쳐나고, 몰려든 장사치들로 큰 장터가 형성되었다.

3월 20일, 마침내 이번 보은 집회의 핵심 요구 사항으로 내세우는 척왜양창의(斥倭洋倡義)를 적은 대기가 도인들이 쌓은 돌담 안쪽 한가운데에 내걸렸다.

돌담과 사방 논두렁마다 충의포를 시작으로 새로 부여된 포의 이름이 적힌 중간 크기의 깃발 20여 개, 그 밖에 작은 깃발이 수없이 많이 내걸려서 장관을 이루었다.

3월 21일 동학 도소에서는 비용에 충당코자 매 1인당 1푼씩을 거두기 시작했다. 그렇게 해서 며칠 사이에 모인 돈은 230냥. 내지 못한 사람이 있는 걸 감안하더라도, 최소 2만 3천 명이 모였다는 뜻이었다.

도소가 직접 나서지 않아도 도인들은 서로 의논을 모아 아침저녁 기도를 챙기는 것은 물론, 경전을 읽고 암송하는 시간도 있었고 각지의 도인들이 제각각 자기 지역의 접내 활동을 소개하고 이야기하는 자리가 수시로 만들어지고 있었다. 그 사이사이 보이지 않는 곳에서 질서 유지와 청결 유지에 묵묵히 참여하는 도인들도 많았다.

3월 23일에는 보은 군수 이중익이 장내리 입구에 당도하여 대접주들을 호출한 다음, 즉각 해산할 것을 종용하였다. 대접주들은 이미 회집의 대의를 밝혔으므로, 적절한 답이 있기 전에는 응할 수 없다며 이를 단호히 거절하였다. 그러나 그날 오후 어명을 받은 도어사가 올 것이니 대표를 뽑아 만날 준비를 하라는 어윤중의 통지가 도소에 당도하였다.

3월 24일, 큰비가 내려 개울가에 쌓은 돌담까지 물이 넘쳤다. 매일매일의 참가자 숫자는 줄어들기는 했으나 여전히 하루에 수백 명씩 새로운 인원이 불어나고 있었다.

이날 오후, 군중들 속에서 조정이 군대를 동원한다는 소문이 나돌았다. 도소에서는 즉각 접주들을 요소요소에 배치하여 근거 없는 소문이 더 이상 나돌지 않도록 방비하고, 날랜 도인들을 뒷산 옥녀봉과 동쪽 구병산 자락의 한 봉우리에 올려 보내 망루를 세우고 관의 움직임을 주시하였다. 도소와 돌담 안에서도 산봉우리의 망루가 눈에 띄게 하고, 깃발 신호도 정해 두었다.

3월 25일, 고종은 중신들과 보은에 모인 동학도들의 문제를 의논하던 중에 청국군을 불러올 뜻을 은근히 내비쳤다. 그러나 청국군이 들어오면 그 폐해가 막심할 것이므로 절대 불가하다는 중신들의 진언이 빗발쳤다.

이날 도어사 어윤중은 보은에 도착하여 관아에 머물면서 다음 날 동학 도인 대표와 만나겠다는 통지를 보내왔다.

3월 26일, 도어사 어윤중이 장내리에 도착하여 대표자와의 면담이 진행되었다. 도인들은 동학 도인들이 처한 상황과 동학의 본지를 자세히 설명하고, 척왜양의 대의를 설파하였다. 어윤중은 그 뜻을 조정에 전하겠다는 말과 더불어, 해산하라는 말을 남기고 돌아갔다.

3월 27일, 보은 관아에서는 다시금 해산 명령이 내려왔다. 도소는 겉으로 요지부동의 입장을 재확인했다. 지도부는 임금의 답변을 요구했다.

3월 28일부터 돌담 주변에서 깃발을 거두어들이기 시작했다. 한편에서는 참여하는 도인들, 다른 한편에서는 정리를 준비하는 도인들이 엇갈리며, 장내리 인근이 다시 분주해지고 있었다.

3월 29일에는 어린이, 노약자 등이 일거에 각자의 고향 또는 의탁할 수 있는 지역으로 흩어지도록 했다. 만일의 사태에 발 빠르게 대처하기 위한 조처였다. 그동안에도 여전히 새롭게 참가하는 도인들이 있었다.

3월 30일, 하루 종일 비가 내리는 가운데 500여 명의 도인들이 새로 참가하였고, 조정에서 내려보낸 윤음이 어윤중에게 도착하였다.

이튿날인 4월 1일, 어윤중은 장내리로 가 왕의 윤음을 낭독하였다.

왕의 답변을 통해 그날 저녁, 기관포까지 갖춘 경군 600명이 청주에 도착했다는 소식이 도소에 전해졌다. 청주의 관병 100명은 선발대 격으로 보은에 도착했다는 소식도 들려왔다.

4월 2일, 도소에서는 신속히 도인들의 해산을 결정하고, 차례대로 도인들을 흩어 보내기 시작했다. 해산을 지휘할 접주들을 남겨 두고, 도소의 대접주들은 그날 저녁에 보은을 떠났다.

4월 3일, 어윤중이 왔을 때, 장내리는 고요한 정적에 잠겨 있었다. 사방으로 군사를 보내 도인들이 흩어져 가는 것을 확인한 어윤중은 '동학도들이 모두 흩어져 갔다.'는 장계를 올렸다.

보은 집회에 참석한 57개 도별 군현은 아래와 같았다.

강원도 원주, 경기도 광주 송파 수원 안산 안성 양주 여주 용인 이천 죽산, 경상도 김산 상주 선산 성주 안동 인동 지례 진주 하동, 전라도 나주 남원 무산 무안 순창 순천 영광 영암 장수 전주 태인 함평 장흥 익산 여산 진도 임실 부안 고흥 강진 광양, 충청도 공주 덕산 목천 비인 연산 영동 옥천 직산 진잠 진천 천안 청산 청안 청주 충주 태안.

6. 돌담을 쌓으며

3월 17일(양 5.3)에는 하루 종일 비가 왔다. 낮에는 냇가에 머물던 사람들도 밖에 나가지 못하고 지붕이 있는 곳을 찾아들었다.

순망이와 망개

특별히 할 일들이 없었다. 조용히 주문을 외우는 이들이 많았다. 주문을 외우다가 망개는 겨드랑이께가 가려워 안 저고리 고름을 풀고 솔기를 뒤적거렸다. 이가 있나 싶어 잡으려고 했지만 입은 채로 하려니 수월치 않았다. 몸을 비틀어 솔기를 뒤적거리며 이를 잡으려다 보니 한쪽 발이 내뻗어졌다. 순간 망개가 내뻗은 발에 지나가던 한 남자가 걸려 넘어지고 말았다. 망개가 얼른 발을 거두어들이며 말했다.

"어이쿠. 미안합니다요."

이전 같으면야 따귀를 맞거나 멱살을 잡힐 만한 일이었다. 더군다나 상대는 작달막해도 딱 벌어진 어깨를 가지고 있는 게 아닌가. 망개는 잔뜩 긴장을 했다.

"아, 예."

넘어진 남자는 일어서더니 아무렇지도 않은 듯 잠깐 미소만 짓고 지나갔다. 아니, 이렇게 싱거울 데가….

그러나 생각해 보면 싱거운 일이 아니었다. 어려서부터 얼마나 맞고 살았던가. 별일 아닌데도 주인집 아들한테 따귀를 맞고, 주인집 딸한테 물세례를 받았다. 나이 많은 종한테 발길로 걷어채이고, 무거운 나뭇짐을 지고 산비탈을 내려오다가 넘어져 온몸이 만신창이가 되어도, 대갓집에 심부름 갔다가 개에 물려도 누구도 거들떠보는 이가 없었다.

그런데 주인은 동학에 입도하고 나더니 사람이 완전히 바뀌었다. 집안의 노복들에게도 입도를 권하여 모두들 동학도가 되었다. 그 뒤로 망개의 세상은 완전히 뒤집어졌다. 주인집 누구도 자기를 함부로 대하지 않았다. 그 집안 전체에서 다반사로 일어났던 난폭한 언어와 행동이 모두 사라졌다. 참말 이렇게 세상이 뒤집어질 수도 있는가? 이렇게 쉽게 뒤집어져도 되는 걸까? 자다가도 고개를 갸웃갸웃했던 망개다.

지난 11일 저녁 말을 타고 온 사람이 주고 간 해월 선생의 통유문에는 보은으로 급히 모이라는 내용이 씌어 있었다고 했다. 주인은 쌀이며 행장을 달구지에 넉넉히 챙기려면 시간이 걸리겠다고 급한대로 우선 망개에게 먼저 집을 떠날 채비를 차리라고 했다. 12일 새벽 망개는 솥단지와 소금, 집 안에 있던 종이들을 주인이 챙기라는 대로 꾸려 지게에 지고 먼저 보은으로 떠났다. 다행히 남에서 부는 봄바람이 전주에서 지게를 지고 떠나는 망개를 뒤에서 밀어 주었다.

나흘 만인 15일 점심 무렵 보은 장내리에 당도한 망개는 신천지를 보았다. 세상에 이렇게 많은 사람들이 있었나? 이게 모두 새로운 세상을 함께 가는 동학 도인들인가? 입을 벌리며 바라보고 있는 망개의 눈에 눈물이 핑그르르 고였다.

소금이며 솥단지를 밥을 담당하는 사람들에게 넘겨주고 종이뭉치는 도소에 갖다 주었다. 그러고 나니 할 일이 없었다. 세상에 이렇게 노는 날도 있네. 16일에는 냇가에 나가 돌 밑에서 다슬기를 주웠다. 깨진 바가지에 주워 담으니 꽤 묵직했다. 도소에서 식사를 준비하는 여자들에게 장석(해월)에 끓여드리라며 내밀었더니 함박웃음으로 반겼다. 사람들은 어디에서들 몰려오는지 점점 많아지고 있었다.

17일에는 비가 내려 냇가에 나가지 못하고 처마 밑에서 이를 잡다가 아까처럼 실수를 했던 것인데 멱살을 안 잡힌 것이 참으로 대견했다. 참, 이게 무슨 횡재람. 망개는 턱을 괴고 물끄러미 비를 받아들이고 있는 들판을 바라보고 있었다.

누군가 옆에 앉더니 엿 한 조각을 내밀었다.

"입 심심하실 테니 잡숴 보슈. 많지는 않아도⋯."

아까 망개의 발에 넘어졌던 그 사내였다.

"아니, 뭐, 이런 걸 다…."

입에 엿을 넣고 우물거리며 망개가 그에게 말했다.

"비가 하루 종일 올려나 봅니다."

그도 엿을 먹느라 우물거리며 말했다.

"그러게나 말입니다. 봄비는 고마운 비지요. 씨앗을 뿌려 놓고 왔는데 마침 잘되었네요."

"어디서 오셨는데요?"

"나는 김산에서 왔습니다."

"거기는 경상도요? 나는 전라도 전주에서 온 망개라고 합니다."

그가 쿡쿡 웃으며 답했다.

"나는 순망이라고 합니다."

"아니 왜 웃수?"

"둘 다 이름에 '망'이 들어가니 우습네요."

"그렇군요. 그런데 왜 이름이 순망이오?"

"우리 어머니가 나를 낳으실 때 둥그런 달을 보셨답니다. 첫아이라서 그런지 산고가 심해 밤부터 다음 날 밤까지 꼬박 하루 동안 진통을 하셨다고 해요. 그때 아기를 낳기 전날 밤, 낳느라 애를 쓴 밤 달이 그렇게 둥그렇더래요. 그래서 순망이가 되었지요."

"아버지가 이름을 지으셨나요?"

순망이 얼른 고개를 외면했다. 괜한 걸 물었나 싶었다. 망개가 얼른 자기 이야기를 했다.

"우리 어머니는 노비의 딸로 태어나 어렸을 때부터 노비로 사셨지요. 우리 아버지도 마찬가지고. 어느 날 주인집에서 잔치를 하는데 찹쌀떡 안에 팥고물을 넣고는 서로 달라붙어 쩔쩔맸다는군요. 우리 어머니가 일곱 살이었는데 얼른 망개 덩쿨에서 잎사귀를 뜯어다가 떡을 감싸니 보기도 좋고, 향기도 좋고, 보관하기도 좋고…. 그래서 주인아주머니한테 사랑을 많이 받았답니다. 그래서 떡 만들 때마다 어머니가 간섭을 하게 되었고, 나중에 혼인을 한 뒤에는 우리 어머니한테 망개댁이라고 이름이 붙었대요."

"그래서 아들 이름이 망개가 되었군요?"

순망이 물었다.

"그런데 어머니 품에서 오래 자라지 못했어요. 그 집에 흉사가 겹쳐서 노비들이 뿔뿔이 팔려 나갔지요. 저는 열 살에 스무 냥에 팔렸다고 하더군요. 그 뒤로는 어머니가 만든 망개떡 맛을 보지 못했어요. 그저 내 이름에 어머니의 흔적이 묻어 있을 뿐이지요."

"어머니와 헤어질 때 섭섭했었겠어요?"

"섭섭하기만 한가요? 하늘이 노랬지요. 이 세상 끝인 것만 같구…. 어머니 통곡 소리가 아직도 귀에 쟁쟁하네요."

망개가 고개를 숙였다. 눈물방울이 툭 떨어졌다.

"제길, 비 오는 날 바람도 안 부는데 흙먼지가 들어갔나?"

망개가 옷자락으로 눈을 닦았다.

"내가 오는 날도 바람이 엄청 불더군요. 흙먼지가 말도 못했어요."

순망이가 얼른 망개 편을 들어 주었다.

"그럼 이 비가 그치면 또 바람이 불겠지요?"

망개가 고개를 들어 먼 하늘을 보고 말했다.

"그렇겠지요. 봄바람은 반드시 거세게 불기 마련이니까요."

순망이도 먼 산을 바라보고 말했다.

"그럼 우리 내일부터 길게 돌담을 쌓으면 어떨까요? 도소에 가서 대표들에게 말씀드려 봅시다."

망개가 눈을 반짝이며 말했다.

"그럽시다. 이 많은 사람들이 냇가에서 돌을 날라다가 담을 쌓으면 시간도 얼마 안 걸릴 테고, 일거리도 생기고 심심치 않겠네요. 임금님이 사람을 보내긴 할 텐데 며칠 걸릴 거 아니우? 그때까지는 뭐라도 하면서 기다려야 할 테니까."

순망이도 찬성이었다.

"우리 그럼 지금 같이 도소에 가서 말하기로 합시다."

망개가 일어나며 순망의 손을 잡아끌었다.

도소에 들어가니 대접주들로 보이는 몇 사람이 모여 의논들을 하고 있었다. 그중에 한 사람이 일어나 이들에게 가까이 왔다.

"안녕하세요? 저는 김산에서 온 순망이고요…."

"저는 전주에서 온 망개라고 합니다."

"반갑습니다. 두 분 이름은 잊을 수가 없겠네요. 순망, 망개!"

셋은 다 같이 웃음을 터뜨렸다.

"나는 손병희라고 합니다."

"다른 게 아니고 내일 비가 그치면 옥녀봉 아래로 길게 돌담을 쌓으면 어떨까 합니다. 돌은 냇가에 지천으로 있으니까요."

망개가 말했다.

"높이는 반장(半丈)으로 허리 정도로 오게 쌓고요."

순망이 설명을 보탰다.

"아, 그럼 옥녀봉 아래 동서남북으로 쌓고 각각 가운데는 터서 출입이 가능하게 하면 되겠네요. 그러면 바람도 막고, 깃발도 세울 수가 있겠습니다."

손병희가 손뼉을 치며 말했다.

18일 아침부터 돌담 쌓기가 시작되었다. 일부는 곡괭이로 돌을 앉힐 고랑을 파고 일부는 돌을 날라 돌무더기에 던졌다. 나이가 서너 살은 차이가 날 것 같았지만 순망과 망개는 나이는 묻지 말고 동무가 되기로 했다.

사람들이 던져 놓고 가는 돌무더기에서 맞춤한 돌을 골라 돌담을 쌓던 순망이 빙글빙글 웃으며 옆에서 돌을 쌓고 있는 망개에게 이야기를 시작했다.

"머슴을 사는 어떤 떠꺼머리총각이 있었대. 늦도록 장가도 못 가고 심술이 나 있었는데 하루는 주인이 산에 가서 나무를 해 오라고 시키더라는구먼."

"나도 많이 해 본 일이여."

망개가 심드렁하게 말했다.

"산에 가서 지게를 내려놓으려는데 옆에서 부스럭 소리가 나더라는 거야."

"뭐가?"

"까치 두 마리가 옆에 사람이 있는 것도 모르고 뒤집어졌다 바로 섰다 마른 잎사귀를 뒤집어쓰고 그렇게 엉켜서 한참을 장난질을 하더라는 거지."

"좋은 계절이었구먼."

"그걸 보는데 이 떠꺼머리총각 거시기가 불뚝 서더라는 거야."

"흐흐, 그랬겠네."

"그래서 어쨌겠나. 용두질을 하고는 잎사귀들을 뜯어서 닦고 일어섰다지."

"그랬는데?"

"위에 올라가 나무를 베어 가지고 지게 있는 곳으로 끌고 왔는데 지게 옆에 아까 씻고 던진 잎사귀 위에 방아깨비가 올라앉아 있는 거라."

순망은 들고 있던 돌멩이가 마땅치 않았는지 버리고는 돌무더기에서 이것저것을 뒤적거리다가 하나를 골랐다.

"내가 어디까지 했지?"

"방아깨비가 풀 위에 있더라고…."

"아, 그렇지. 그래서 이 총각이 손으로 방아깨비를 잡아 쥐고서는

지게 옆에 주저앉아서 이모저모를 뜯어보았다네. 그러더니 하는 말이 '두 귀 쫑긋한 것은 네 증조부 닮았고, 이마빡이 훤한 것은 네 조부 닮았고, 툭 불거져 나온 눈은 네 애비 닮았고, 두 가랑이 사이 밋밋한 것은, 밋밋한 것은…. 네 에미 없이 태어난 탓이로고.' 그랬다는…."

"푸하하…."

순망이 말을 그치기도 전에 망개가 돌을 집어던지고 뒤로 벌러덩 자빠져서는 배를 움켜쥐고 데굴거리며 웃었다.

"어잇, 여보게. 얼른 일어나게. 다들 우리를 이상하게 쳐다보고 있지 않나!"

순망이 짐짓 점잖은 모습으로 돌변해서 망개를 일으켜 세웠다. 그모습이 더 우스워 망개는 한참을 정신을 못 차리고 웃었다. 속이 깊으면서도 한없이 재미있는 순망을 보면서 망개는 정말 좋은 친구를 얻었다고 생각했다.

"여보게 망개, 자네는 봄바람이 왜 그렇게 거세게 분다고 생각하나?"

망개는 순망이 뭐 또 재미있는 소리를 하나 해서 돌을 쌓으며 귀를 쫑긋했다.

"왜 그리 세게 부는데?"

"봄이 되면 나무에 잎이 나야 하지 않나?"

"그렇지 물이 올라야 하지."

"바로 그걸세. 마른 가지에 물이 올라가야 하지. 꼭대기까지."

"아, 듣고 보니 이상하네. 물이 어떻게 그렇게 높은 꼭대기까지 올라갈 수 있지?"

"그렇지. 그게 이상한 일이라는 거지. 우리가 낮은 개울물을 건너다 보면 어느 정도까지는 옷이 젖어도 물이 허리랑 가슴까지 젖어 올라오지는 않지 않던가?"

"맞아. 물이 밑에서 위로 올라오다가 그치고 말지."

"나무도 그렇게 되면 꼭대기까지 물이 못 올라갈 거 아닌가. 그런데 나무가 꼭대기까지 물을 올려 보내려고 애를 쓸 때에 바람이 불면 나무가 흔들리면서 물이 위로 위로 올라가게 된다네."

"뭐야? 가만히 있으면 물이 꼭대기까지 안 올라가는데 몸이 바람에 흔들리면 물이 나무 꼭대기로 올라가게 된다고? 세상 이치가 그렇게도 오묘한가? 그래서 봄에는 바람이 부는 게야? 새 생명들을 싹 틔우려고?"

놀란 망개가 질문을 퍼부었다.

"그래. 알고 보면 자연은 그렇게 오묘하고 현묘하다네."

"현묘하다는 건 무슨 뜻인가?"

"바로 그런 거…."

아무렇지도 않다는 듯이 대꾸하면서 돌담을 쌓고 있는 순망을 망개는 존경스러운 눈초리로 쳐다보았다.

돌담은 점심 무렵이 지나자 완성되었다. 워낙 일손이 많으니 순식간에 가능했던 것이다.

세상에 이렇게 훌륭할 수가! 힘을 모으니 어려울 것이 없었다. 지붕이 없어도 모두들 집이 생긴 것 같이 좋아했다! 함성을 지르고 박수를 쳐 댔다. 얼싸안고 둥글둥글 돌기도 했다.

소변을 보러 갔던 두 사람은 다시 도소를 찾아 손병희를 찾았다. 여럿이 모여 깃발을 만들고 있었다.

"돌담은 다 쌓았습니다. 그런데 돌담 출입구마다 그 옆에 호미나 괭이를 몇 개씩 놓아두면 좋겠습니다."

순망이 말했다.

"무엇하게요?"

손병희가 의아해서 물었다.

"입구에 놓아두면 대소변 볼 때 가지고 드나들기가 쉽지 않겠습니까? 땅을 파고 덮을 수 있게….'"

망개가 얼른 대답했다.

"아, 좋은 생각이오."

손병희가 박수를 쳤다.

순망이 주저하며 말했다.

"저, 돌담을 쌓았으니, 정해 놓은 시간에 함께 한목소리로 주문을 외우면 어떨까요?"

"아, 그것도 참 좋은 생각이오."

손병희가 거듭 감탄했다.

망개도 신이 나서 말했다.

"접 단위로 끼리끼리 모여 앉아 있게 될 터이니 그중에 한두 명의 대표를 뽑아 옆의 무리로 차례차례 옮겨 다니며 서로에 대해 아는 시간을 갖는 것도 좋겠습니다. 서로 주고받는 이야기가 재미도 있고, 지역별 사정을 서로 이해도 할 수 있게 말이지요."

"참으로 좋은 생각이네요. 우리가 다른 일로 바빠 미처 생각지 못하고 있는 일을…."

손병희는 두 사람에게 박수를 쳐 주었다. 그러고는 이 두 사람을 애정 어린 눈빛으로 주의 깊게 바라보았다.

깃발 휘날리다

돌담을 쌓은 이틀 뒤인 20일에는 돌담을 따라 깃발이 나란히 늘어섰다. 척왜양창의(斥倭洋倡義)라고 쓴 큰 깃발이 한가운데서 나부꼈다. 오색 깃발이 다섯 군데에 세워졌다. 중간 크기의 깃발에는 충의포(忠義布), 선의포(善義布), 상공포(尙功布), 청의포(淸義布), 수의포(水義布), 광의포(廣義布), 광의포(光義布), 홍의포(洪義布), 청의포(靑義布), 경의포(慶義布), 함의포(咸義布), 죽경포(竹慶布), 진의포(振義布), 옥의포(沃義布), 무경포(茂慶布), 용의포(龍義布), 양의포(楊義布), 황풍포(黃豊布), 금의포(金義布), 충암포(忠岩布), 강경포(江慶布)라는 포 이름이 새겨졌다.[30]

동학의 조직 단위는 오래도록 접(接)이었고, 그 중심인물을 접주라 했다. 비밀리에 조직을 확대해야 했으므로 처남 매부지간 같이 믿을 수 있는 친인척 중심의 포덕을 해야 했다. 그래서 처남 포덕이라는 말이 있었던 것인데, 1890년 들어서면서 포덕이 폭발적으로 늘어나자 마당 포덕, 우물 포덕이 되었다. 방에 들어갈 새도 없이 마당에서 우물을 청수 삼아 입도식을 하게 되었던 것이다.

접이 워낙 많아지니 상위 조직인 포(包)가 만들어지게 되었고, 그 중심인물을 큰 접주 또는 대접주라 하게 되었다.

도인들이 밖에서 돌성을 쌓는 동안 도소 안에서는 포의 중심인물이 될 대접주를 새로 임명하고 20일에는 포의 깃발을 써서 내걸게 된 것이다.

완성된 돌담을 따라 깃발이 나란히 세워져 펄럭이는 광경은 장관이었다. 깃발이 나부끼자 모두의 가슴에도 벅찬 희망이 나부끼게 되었다. 개벽의 세상이 뚜벅뚜벅 다가오는 것 같았다.

손병희, 임규호, 손천민, 임정준, 박석규, 이원팔, 남계천, 이관영, 김덕명, 손화중, 김낙철, 김기범, 김낙삼, 김석윤, 김방서, 장경화, 서영도, 김지택, 박치경, 성두한, 차기석, 심상훈, 김치운, 박희인, 유시헌, 이인환, 손은석, 이방언, 안교선, 김인배, 김연국, 서장옥, 박인호⋯.[31]

이들이 포의 우두머리들로 접주와 도인들을 책임감 있게 이끌어 나가게 될 것이었다. 21일, 도소의 결정에 따라 참석한 사람들에게 1

인당 1푼씩을 거두었다. 모두 230냥이 걷혔으니 도소에서는 21일 당시 모인 숫자가 2만3천 명은 되리라고 판단했다.

대접주들은 늘 회의를 한 뒤에 자기 포의 접주들에게 설명을 해 주고, 접주들은 다시 자기의 연비들에게 회의 내용을 전달해 주었으므로 그곳에 모인 도인들은 모두 일사불란한 소통이 가능했다. 도소와 대접주들의 의견은 도인들에게 즉각 전달되었고, 도인들의 제안은 도소에 즉각 전달되었다.

도인들은 공주 집회에서, 삼례 집회에서, 광화문 앞 복합 상소에서 조정이 어떻게 이들을 기만해 왔는지 모두 알고 있었다.

'돌아가라, 돌아가면 베풀리라!'

그 말은 조정의 무능함과 뻔뻔스러움을 제일 정확하게 드러내는 말이라는 것을 모두 알게 되었다. 조정이 얼마나 낯 두껍게, 수치심 없이 백성들을 속이고 그 위에 군림하는지 그들은 분명하게 깨달았다. 조정은 빛을 갈구하는 백성들에게 빛을 밝히지 못했고, 갈증을 호소하는 백성들에게 물을 대어 주지 못했다. 믿을 수 있는 것은 우리들 자신뿐이다!

동학 도인들은 언제나 청결을 중요히 여겼으므로 대소변은 물론이고 가래침도 허투루 뱉지 않았다. 돌담 밖에는 엿장수와 쌀장수, 떡장수 그리고 구경꾼들이 즐비했다. 그들은 동학 도인들을 보고 놀라움을 금치 못했다.

"글쎄, 내가 어제 떡 광주리를 이고 왔거든요. 하나에 1푼짜리 절편을 만들어 500개를 헤아려 가지고 왔는데 내려놓자마자 덤벼들어 제각기 집어 가더라고요. 아유, 세상에…. 불한당들한테 다 털리고 장사 망했나 보다 했지요."

"그랬는데요?"

"나중에 놓고 간 돈을 헤아리니 500푼, 닷 냥이 딱 맞더라고요. 한 푼도 틀리지 않았어요. 세상에 이런 사람들 처음 봤네요."

옆에 있던 엿장수가 거들었다.

"그래요? 나도 1푼짜리 엿가락을 350개 잘라 왔는데 순식간에 동이 났지요. 빈 엿판의 돈을 헤아려 보니 350푼이 딱 맞더라구요. 못 미더워서 두 번이나 헤아려 봤는데…."

그는 혀를 내둘렀다.

"그래서 오늘은 광주리를 내려놓고 저만치 물러나 있었다니까요?"

"그뿐인가요? 저렇게 많은 사람들이 모였는데 똥오줌 흔적이 어디에도 없어요."

"호미, 괭이를 가지고 다니면서 바로바로 묻는대요."

"참말 깬 사람들이네요. 소문대로…."

"어떤 소문을 들었는데요?"

"동학 하는 사람들은 흉년이 되면 곡식을 나누어 먹어 얼굴에 빛이 나고, 괴질이 돌아도 평소에 청결하니 병이 비껴가서 얼굴에 빛이 나고, 늘 마음을 신선처럼 갈고 닦으니 얼굴에 빛이 난대요."

"그런데 왜 여기에 모여서 이러지요?"

"아, 왜 동학 한다면 잡아가지 않았수? 비적이니 뭐니 하면서. 그러니 동학 하는 사람들이 '우린 죄 짓는 사람이 아니다, 동학을 금하지 말라.' 이러는 거지요."

"감사한테 가서 하소연하면 될 것을."

"거기도 다 가서 할 만큼 했대요. 소용이 없으니 지난달에는 한양까지 올라가 그 추운데 궐문 밖에서 임금님한테 상소문 올리느라고 엎드려서 며칠도 있었다던걸?"

"그런데도 해결을 안 해 주었나 봅니다그려."

"'돌아가 기다려라. 베풀어 주리라' 이래 놓고 바로 포졸을 풀어 잡아들였다던걸요."

"세상에나 '돌아가라. 베풀어 주리라.' 요래 놓고?"

"그러니 이 사람들이 이렇게 많이 모여 조정에 뜨끔한 맛을 보여주려고 하는 거 같수."

"조정에서 이제 곧 누군가가 오겠군."

"오겠지요. 하지만 이렇게 모인 걸 보면 함부로 못 할걸입쇼!"

"여기 모인 사람들의 우두머리는 누구라우?"

"최보따리라고 하는 노인이랍디다. 저 위에 도소가 있는데 거기에서 여기 모인 곳으로 왔다 갔다 할 때면 수백 명이 옆에 늘어서서 호위를 한다더면요."

"아, 나도 봤어요. 사람들이 하도 만나 보고 싶어 하고 만져도 보고

싫어 하니까 그렇게 호위하나 봐요."

"참 대단하신 분인가 보오."

"그래도 비단옷도 마다하고 모시옷도 마다하고 무명옷만 입는다 던걸입쇼."

"포졸들이 잡으러 다닌다고 해서 나쁜 사람들인 줄 알았는데 행실들을 보니 선비도 이런 선비들이 없습디다."

"그렇다면 잡으러 다니는 조정이 나쁜 거 아니우?"

"사실 터진 입으로 바른말을 하자면, 못돼 먹은 관리들이 얼마나 많수?"

"정말 비적들이라면 저렇게 조용히 앉아서 주문만 외우고 있겠어요? 그런데 그 중얼중얼하는 주문은 뭐라는 거지요?"

"시천주 조화정 영세불망 만사지(侍天主 造化定 永世不忘 萬事知). 자기 안에 하늘을 모시고 있으니 조화가 정해지고 죽도록 잊지 않으면 만사를 알게 된다는 뜻이랍디다."

"저 사람들은 지금 왜놈들, 양놈들이 조선 사람들한테 못되게 구니까 나라님한테 왜놈들 양놈들 쫓아내고 조선 사람 살리라고 저렇게 하는 거라는데요."

"주인하고 노비하고도 같이 동학 도인이 되면 서로에게 존대하고 맞절도 한다고 합디다."

"주인하고 노비가 맞절을?"

"세상에 참말 개벽일세."

"정말 세상이 달라지려나?"

"우리도 이참에 동학도가 될까 봅니다."

"어떻게 하면 동학 도인이 될 수 있나요?"

"저 깃발 펄럭이는 거 보시우. 정말 천지가 개벽하려나 봐요."[32]

윤이, 연화, 태희

해월은 집안의 여자들도 모두 모이도록 연통을 했기 때문에 상주 왕실촌에 있던 가족들도 모두 보은 장내리로 모였다. 각지에 흩어져 있던 친인척들은 오랜만에 만나게 되니 기뻐 어쩔 줄을 몰랐다.

해월의 부인 손씨 외에 아들 덕기와 그 아내, 열여섯 살이 된 딸 윤이, 이천 앵산 신택우의 며느리가 된, 큰 손씨 부인 소생 딸 난이, 난이의 딸 열다섯 살 태희 등 집안의 여자들이 모두 나와 모여든 사람들 뒤치다꺼리를 맡아 하느라 소맷자락을 동동 걷어붙였다. 처음 보는 얼굴들도 있었으나 해월의 피붙이들이라 모두 곧 친해졌다. 연화와 윤도 오랜만에 만나 회포를 풀었다.

"언니이~."

윤은 오랜만에 만난 연화에게 뛰어가 안겼다.

"윤아아~."

연화가 윤을 꼭 끌어안았다.

"언니, 많이 까칠해졌네?"

"그럼 이제 서른인데…. 덕기는?"

"덕기 오빠는 도소에 있어. 아버지 심부름 하느라구. 형부도 아마 같이 있을걸."

"우리 삼남매가 함께 있어본 것도 참 오래되었다. 그지?"

연화가 윤의 등을 쓰다듬으며 말했다.

"그래, 엄니 장사지낼 때 보고 못 보았으니 6년 만일세."

"여기 있는 동안 우리 삼남매 열심히 얼굴 보고 살자!"

"그래 여기 얼마나 있게 될지는 모르지만…."

연화가 동생 덕기를 보러 자리를 뜨고 난 뒤 웬 처녀 아이 하나가 윤에게 쭈뼛쭈뼛 다가왔다.

"윤이 이모, 인사 여쭙니다."

"어머, 나이도 비슷한데 이모라구?"

"저는 태희라고 해요. 우리 엄니가 돌아가신 손씨 할머니 딸이거든 요. 그러니까 우리 엄니하구 이모가 자매간이고 내게는 이모가 되는 거라고 우리 엄니가 가르쳐 주셨어요. 우리 엄니는 저쪽에 계셔요."

"그랬구나. 내가 네 할머니 돌아가실 때 옆에 있었거든. 벌써 4년 전 일이네."

"아…. 나는 외할머니 이야기는 엄니한테 말로만 듣고 한 번도 못 뵈었는데…."

"그래. 기침 때문에 고생하셨지만 돌아가실 때는 편하신 표정으로 가셨어. 작은 손씨 어머니하고 내가 기도 많이 해 드렸구."

"고마워요. 그런데 이모, 정말 사람들이 엄청나지요?"

태희가 한 바퀴 휘둘러보고 말했다.

"그래, 나도 처음 도착했을 때 얼마나 놀랐는지 몰라. 여기저기 이사를 다니면서 아버지를 찾아오는 사람들을 많이 보기는 했지만, 그리고 아버지가 늘 바쁘게 여기저기 다니시는 건 알고 있었지만 이렇게 많은 사람들이 동학 도인이라는 건 상상도 못했어."

"정말 우리 할아버지 대단하시잖우?"

"그래. 우리 아버지지만 정말 자랑스러워."

"저, 이모…."

"응?"

"새어머니 손 씨 말이우…. 언니한테 잘해 줘요?"

"그럼. 어머니가 되신 지 벌써 5년이나 지났는걸? 우리는 아주 친한 사이야."

"다행이다. 아들도 아주 예쁘게 잘생겼더라고요."

"그래. 이름이 봉조(동희)야, 네 살이라도 삼촌이니까 잘 돌봐줘야 한다!"

"그럼요. 나는 아이들 돌보는 건 아주 좋아해요. 울던 아이도 나한테만 오면 금방 멈춘다니까요."

"너는 앵산에서 뭐하고 지냈어?"

"여자 형제가 없어서 심심했지요, 뭐. 이모, 나 여기 끝나면 이모네 집에서 이모하고 같이 지내면 안 될까요? 엄니한테 허락 받고."

"그럼. 우리는 늘 손님이 많아서 일손이 많이 필요한데 잘됐다. 나도 동무 생겨서 좋고."

"동무라니요, 조칸데…."

"조카라도 동무 못 할 거 없다. 서로 의리 지키고 서로 돕는 동무가 되면 좋지."

"네, 이모, 저도 좋아요."

이렇게 둘이 반가운 인사를 나누고 있을 때 웬 남자가 깨진 바가지에 다슬기를 잔뜩 담아 왔다. 그는 장석(丈席 우두머리. 해월)께 국이나 한 번 끓여 드리라며 수줍게 바닥에 놓고는 가 버렸다.

"감사합니다아~."

저만치 가는 그의 뒤에 대고 두 처녀는 큰 소리로 인사를 했다.

"참 고마운 사람이네요. 그러나저러나 이 많은 사람들이 뭘 먹고 지내지요?"

"도인들마다 자기들 먹을 건 가지고 왔을 거야. 어떤 사람들은 돈을 가져와서 떡이나 엿을 사 먹기도 하고…."

"그래도 이 많은 사람들이 굶지 않으려면 쌀이 많이 필요할 터인데요."

태희가 계속 근심스런 얼굴로 걱정을 했다.

"아버지한테 말씀 들으니 전라도 김덕명 포에서 달구지 여러 대에 쌀을 싣고 올라온다더라. 운반을 책임지는 운량도감이 고부 접주라던데…. 그밖에도 형편이 되는 접에서 양식 가마니 실은 달구지를 여럿 가지고 왔단다."

"우와! 그래요? 그러면 정말 잘됐다. 아웅…. 든든하네요. 나는 내심 양식 걱정을 많이 했거든요. 이렇게 많이 모여도 살아날 방도들이 다 있으니 정말 얼마나 좋아!"

태희가 뱅그르르 돌았다.

해산하라고? 천만에!

3월 23일.

보은 군수 이중익이 장내리로 나왔다. 많은 인파라고 이미 보고는 받았지만 실제로 와 보니 산자락 아래 논두렁에는 돌성까지 쌓고 그 안에 깃발을 빼곡히 세우고 정연하게 앉아서 주문을 외우는 사람들, 그리고 장내리 일대를 오가는 헤아릴 수 없이 많은 동학 도인들을 보고는 놀라지 않을 수 없었다. 그동안 위험한 짓을 하고 있지는 않다고 보고는 받았으되 나라의 녹을 받아먹는 사람으로서 이들을 해산시키지 못하고 있다는 것은 정말 낯이 서지 않는 일이었다. 그러나 와서 보니 자기가 나서서 해산시킬 규모는 이미 넘어서 있었다. 18일 한양에서 떠났다는 도어사는 아직 당도하지 않았다. 그러나 무언가라도 일단 부딪혀 보아야 했다. 그는 큰 소리로 무리를 향해 말했다.

"나는 보은 군수 이중익이다. 여기 대표는 누구인가?"

군수 일행을 막아섰던 젊은이 중 몇몇 도인들이 나서서 잠시 기다리라 말하고 사라졌다. 도인들은 힐끔힐끔 쳐다보고는 대수롭지 않다는 듯이 주문을 계속 외웠다. 잠시 후에 도소에서 대접주 몇이 나와서 군수 일행을 맞았다.

"너희가 의를 위해 나섰다고 하지만 조정에서 엄히 퇴산하라 명하는데도 말도 듣지 않고 도당을 자꾸 모아들이니 이를 어찌 창의라 하겠는가?

"예, 황공하기 그지없습니다. 그러나 우리의 실정을 위로 알릴 방법이 없으니 이렇게 모일 수밖에 없었습니다. 우리는 오로지 왜놈과 양놈을 물리쳐서 충성을 다해 나라를 도우려는 것뿐입니다."

말은 공손히 하였으되 그들은 고개를 뻣뻣이 들고 있었다. 보은 군수는 어이가 없었다.

"너희들이 어떤 재능이 있어 왜놈과 양놈을 물리친다는 거냐?"

"우리 도는 바로 세상을 살리는 궁을(弓乙)도이며 다른 사람들이 이해할 수 없으니 동학도가 아닌 군수님에게 어찌 긴 말을 하겠습니까? 폐일언하고, 지금 나라의 곳간을 축내고 민간의 이익을 앗아 가는 왜양을 시원히 물리칠 수 있는 도이기에 이처럼 모인 것입니다. 우리 도중의 삼척동자들은 척왜양창의 말만 들어도 흔쾌히 따라나설 사람들입니다. 우리 도에 들어온 팔도 사람들이 몇 백만인지 알 수 없지요. 그중에는 사대부 집안 사람도 수만 명이고 관작(官爵)에 있는 이도 또한 수천 명입니다. 정부에서 우리를 요사스러운 무리라고 무시하지만, 설사 사술이라 할지라도 임금이 욕을 보면 신하는 죽기로 충의를 다하는 것은 같을 것입니다."

"더 이상 말할 것도 없으니 어서 해산하라!"

"전국 각지에 있는 도인들은 하나같은 의지로 충성을 다하고자 죽기로 맹세했습니다. 감영에서 공문이 내려오거나 관리가 타이른다고 어찌 그만두겠습니까?"

"그래서 어찌하겠다는 건가?"

"지금에 이르러 민중들은 깊은 구렁에 빠지기에 이르렀습니다. 수령들이 부정부패하고 세력 있는 부호들이 힘으로 억압하니 민중들은 도탄의 경지에 이르렀습니다. 만약 지금 깨끗이 하지 않는다면 언제 국태민안이 될 수 있겠습니까?"

꼿꼿하게 한 치의 물러섬도 없이 답하는 그들을 보고 보은 군수 이중익은 낭패스러운 얼굴로 돌아서고 말았다.

그날 아직 당도하지 않은 양호도어사 어윤중이 장내리 동학 도소로 한 통의 공지문을 먼저 보내왔다.

3월 24일.

큰비가 쏟아졌다. 사람들이 너무 많으니 어디 피해 있을 곳도 마땅치 않았다. 그런데도 사람들은 계속 각지에서 밀려들어 오고 있었다.

"어이구, 이 비를 맞고서도 어디서 이렇게 사람들이 쏟아져 들어오는가?"

"글쎄, 오늘 당도하는 사람들도 몇 백 명은 되어 보이는구먼."

"그런데 소식 들었소?"

"무슨?"

"관군이 쳐들어올지도 모른다던구먼."

"어제 보은 군수가 왔다 갔다더니 그예 관군을 동원하는 거여?"

"그럼 우리도 방책을 세워야지!"

사람들은 도소에 제안해서 뒷산 옥녀봉과 동쪽 구병산 자락의 한 봉우리에 망루를 세우기로 했다. 굵은 장대비를 헤치고 망루를 세우고 보니 멀리 관기, 탄부, 서원으로 통하는 길까지 한눈에 들어왔다. 각 망루에 깃발을 세우고 감시원을 배치하기로 했다. 지원자를 모으자 각각 40~50명씩 모여들었다.

"모두 잘 들으시오. 혹시 내일이라도 관군이 우리를 공격하러 올지 모르오. 무섭고 겁이 나는 사람들은 돌아가도 좋소!"

그러나 어느 누구도 돌아가려 하지 않았다. 동쪽 귀퉁이에 자리 잡은 접에서 수군거리는 소리가 들렸다.

"관군이 쳐들어온다면 우리도 방비를 해야 될 거 아니오?"

"우리가 뭐 가진 게 있어야지."

"나무를 베어다가 몽둥이라도 준비해야 하는 거 아닐까요?"

"그럼 같이 준비하러 갑시다."

그들은 돌담을 빠져나가 구병산 자락에 가서 맞춤한 나무들을 골라 몽둥이를 만들어 왔다. 그들이 몽둥이를 만들어 가지고 들어오자 누군가가 도소에 이를 알렸다.

도소에서 대접주들이 곧바로 뛰어왔다.

"여러분들이 불안한 마음에 몽둥이를 준비한 것은 잘 알겠소. 그러나 우리는 애초부터 절대로 무장을 하지 않기로 작정을 했소. 그래야 저들에게 폭력 진압의 빌미를 주지 않기 때문이오. 우리가 맞아 죽는다면 잘못은 그들에게 있소. 그러나 우리가 대항한다면 저들은 우리가 폭력을 먼저 휘둘러 대응하느라 무기를 썼다고 항변할 것이오. 절대로 구실을 주면 안 되오. 모두 내다 버리시오. 여기 서서 지켜보겠소."

"예. 우리가 생각이 짧았습니다. 내다 버리고 오지요. 모두들 내다 버립시다."

"고맙소."

무리들 속에 섞여 이 모든 과정을 지켜보던 세작(細作)은 이를 보은 군수에게 보고했고, 보은 군수는 이를 다시 충청 감사에게 보고했다.

3월 25일.

보은에서 수만 명의 동학 도인들이 모여 있다는 이야기를 듣고 조정은 17일 어윤중을 양호도어사로 임명했고, 어윤중은 18일 보은으로 출발했다. 그러나 고종은 불안하기 짝이 없었다. 고종은 25일, 영의정 심순택, 좌의정 조병세, 우의정 정범조를 불러 회의를 했다.

"지금 보은에 모였다는 놈들은 지난달 광화문 앞에서 며칠씩이나 엎드려 상소문을 올리겠다고 했던 그놈들 아니냐?"

고종이 물었다.

"예, 맞습니다. 송구하옵니다."

영의정 심순택이 말했다.

"그래서 내가 뭐랬나? 싹을 잘라 버리라고 했지!"

고종이 양미간을 잔뜩 찌푸리고 말했다.

심순택은 속으로 생각했다.

'그때 그들을 불러다가 왜 그렇게 해야만 했는지 사정을 물어보았으면 좋았을 것입니다. 그러면 일이 이렇게 크게 되지 않았을 거 아닙니까?'

그러나 겉으로 내색은 하지 않았다.

"사태가 지금 이 지경에 이르렀으니 어떻게 처치해야 되겠는가?"

고종이 안절부절못하며 말했다.

"어윤중이 도어사의 명을 받들어 내려갔습니다. 설득해서 귀가시키면 다행입니다. 아니면 토벌하여 제거해야 할 것입니다."

심순택이 말했다.

"어윤중이 설득해서 해산시킬 수 있으려나?"

고종이 초조하게 말했다.

"우선 믿어 보는 수밖에요."

"설득 못해서 바로 쳐들어오면 어떻게 하려구?"

"그래서 어윤중을 보냈습니다. 그는 보은 출신에 지혜로운 자이니 일을 그르치지는 않을 것입니다."

"한양으로 올라오는 중요한 길목이 되는 곳은 모두 몇 곳이나 되는가?"

고종이 짜증을 부리며 물었다.

심순택이 답했다.

"수원과 용인이 바로 올라오는 길목입니다."

"수원, 용인과 보은은 거리가 몇 리나 되는가?"

"350리 정도 됩니다."

"350리? 그러면 수원이나 용인까지 사나흘이면 올라올 수 있다는 말이 아니냐? 수원에서 여기까지는 하룻길이니까 궐에서 보은까지 너댓새 걸린다는 말이냐? 그렇게 지척에서 지금 수만 명이 모여 있다는 게야?"

안색이 파랗게 질린 고종이 물었다.

"강화의 병력과 평양의 군사들을 옮겨 수원과 용인에 파견하고 그중 훈련이 잘되어 있는 한양의 군사들을 보은으로 내려보내는 것이 어떻겠습니까?"

심순택이 말했다.

고종이 버럭 소리를 질렀다.

"뭐야? 안 된다! 어찌 궁을 지키는 군사들을 빼간다는 말이냐?"

"다른 방도가 없습니다."

영의정 심순택이 난처한 표정으로 말했다.

"다른 방도가 없다구?"

손톱을 깨물던 고종이 눈을 반짝이며 말했다.

"다른 나라의 군사를 빌려 쓰는 일은 다른 나라에서도 볼 수 있는 일이라 들었다. 병사를 빌려 오면 어떨까?"

"아니 되옵니다. 다른 나라의 군사란 청국을 말씀하시는 것일 터인데, 그들이 군대를 보내오면 군량이며 그 뒷바라지를 모두 우리가 해야 합니다."

심순택은 그러한 일이 나중에 얼마나 일을 복잡하게 만들지 잘 알고 있었다.

고종이 표정을 엄하게 바꾸었다.

"앞서 중국에서도 영국 군인들을 빌려다 쓰지 않았더냐?"

잠자코 있던 우의정 정범조가 말했다.

"청나라 병력을 빌려다 쓰는 것은 비록 다른 나라와는 다르지만 처음부터 염두에 두지 않는 것이 좋을 듯합니다."

고종이 화를 내며 말했다.

"저들을 설득하는 효유문을 내린 뒤에도 해산하지 않으면 마땅히 초토할 것은 초토하고 평안케 할 자는 평안케 해야 한다."

우의정 정범조가 다시 말했다.

"만일 초토하려면 어떻게 하면 되겠습니까?"

고종이 신경질을 부리며 말했다.

"우두머리만 무찔러 죽이면 저절로 해산하게 될 것이야."[33]

영의정 우의정이 모두 반대하니 고종은 외국의 군사를 빌려 오려는 계획을 중단할 수밖에 없었다. 아니 중단하는 척했다. 고종은 칠순 노인인 심순택은 무기력하고 환갑이 넘은 정범조는 복지부동의 달인이라고 생각했다. 젊고 진정으로 왕실을 생각하는 충성스런 신하라면 자기가 하는 말에 토를 달지 않을 것이었다.

안절부절못하던 고종은 몇 시간 뒤 30대의 호조참판 박제순을 불렀다. 젊은 박제순은 늙고 고집스러운 심순택이나 정범조 따위와는 다를 것이었다.

"지금 보은에 도둑의 무리가 수만 명 모여 있다는 이야기는 들었는가?"

"예, 들었사옵니다."

"보은에서 예까지 사나흘이면 온다는데 일각이 급하거늘 영의정 우의정은 모두 천하태평이구려."

"글쎄 말입니다."

"세상에…. 한양 궁궐을 지키는 군사들을 빼내어 보은으로 보내라는군. 아니, 여기는 어떻게 하라고…."

"한양 방비가 가장 중요하기는 하지요."

"늙은 대신들이 어쩌자고 그렇게 생각들이 짧은지…. 짐을 호위하는 군사들에 어찌 공백이 있을 수 있다는 말이오?"

"그건 그러하옵지요."

고종은 반론의 여지가 없도록 강력한 어조로 명령했다.

"청국 총리교섭통상사의 원세개에게 가서 군사를 빌려 오는 방법을 협의하여 보시오. 아무에게도 소문 내지 말고 극비리에 알아보라는 말이오. 빨리 떠나세요."

고종의 밀명을 받은 박제순은 원세개를 찾아갔다.

"우리 전하께옵서 보은에 모여 있는 도적의 무리들 때문에 걱정이 많으시어 귀국의 군사들을 빌려 보라 하셨습니다."

"글쎄요. 우리 군사를 빌리는 것보다야 경군과 강화에 있는 병사 1천 명을 보은에 파견하는 것이 낫지 않겠소?"

원세개가 다소 뜻밖이라는 표정을 지으며 나름대로의 제안을 했다.

"영의정, 우의정이 그렇게 비슷한 제안을 해 보았지만 임금께서는 다른 생각을 하고 계십니다. 경군이 자리를 비우는 것이 불안하신 모양이지요. 어떻게 안 될까요? 참, 신식 무기를 지원해 달라고 간곡히 말씀하셨습니다."

박제순의 매달리는 모습이 안돼 보였던지 원세개는 이홍장에게 연락을 취했다.

"북양해군제독 정여창에게 해군함정을 출동시켜 동학당을 억지할 필요가 있는지 확인해 보시오. 함선 두 대를 끌고 인천으로 급히 가라 하고, 갈 때 대포 8문과 소총 500정, 그리고 탄약을 넉넉히 함께 가지고 가도록 하시오."[34]

박제순은 곧 고종에게 달려갔다.

"원세개도 경군과 강화 병사 1천 명을 보은에 보내보라고…."

박제순이 말을 마치기도 전에 고종이 말을 막았다.

"아, 아, 알았다구. 못 빌려주겠다 이거지."

고종은 원세개의 견해가 심순택의 의견과 흡사한 것에 찔끔했다.

"그래 그럼 강화군은 여차하면 한양으로 올 수 있으니 놓아두고 경군 일부하고 청주병하고 함께 보내면 되겠군. 대포를 보내 준다니 무기를 단단히 챙겨 가라 하게."

"예."

"그리고 어윤중이 지금 도어사로 보은에 간 것이지? 도어사(道御使) 하지 말고 선무사(宣撫使) 하라고 하게. 지금 바로 선무사로 제수하라는 말일세."

"선무사요?"

"그래. 선무사! 재난을 당했을 때 급히 전권을 휘두르는 해결사가 선무사 아닌가! 보은에 지금 난리가 난 것으로 봐야 하는 거 아니냐고? 그래야 군사들이 움직이기도 쉬울 것 아니냔 말일세!"

25일 저녁, 18일에 한양을 떠났던 양호(충청, 경상)도어사 어윤중은 공주의 충청 감영에 들러 사정을 파악한 이후 보은에 도착했다.

동학 도소에도 어윤중이 보은에 도착했다는 소문이 당도했다. 어윤중은 이틀 전인 23일 동학 도소에 공문을 보낸 바 있으니 장내리에는 곧 도착할 모양이었다. 그가 보낸 글에는 '…의거의 명분이 없으니 몰지각한 이는 해산시켜 돌려보내고 특별히 두령으로서 사리를 좀 아는 이로서 진정할 사유를 알차게 갖추었다가 나의 면유(面諭)를 기다리도록 하라.'[35]고 씌어 있었다.

'어윤중, 이자는 우리에게 사유를 준비하라고 미리 기별을 했다. 그것도 알차게 갖추라고 했다. 우리의 사유를 들어 보겠다고? 그런데 자기의 타이름을 기다리라는 건 또 뭐지? 이자는 과연 우리의 말을 들을 준비가 되어 있을까?' 도소의 대접주들은 바짝 긴장을 하지 않으면 안 되었다. 한편으로는 이처럼 기대가 된 적도 없었다. 우리의 말에 귀를 기울이겠다는 건 이번이 처음이다. 왕이 보낸 사신 어. 윤. 중.

7. 선무사 어윤중

어린 아기가 자지러지게 울어 대고 있었다. 대여섯 살 되어 보이는 오른쪽의 두 아이는 후줄근하게 서서 왼쪽의 어린 아기가 우는 것을 바라보고 있었다. 어린 아기는 이제 막 돌이 지났을까? 그 아이가 천지가 떠나도록 울고 있었던 거였다. 그 소리에 놀라 잠에서 깨었다. 꿈이었다. 밖은 아직 깜깜했다.

먼 길을 가야 했으므로 어윤중은 다시 잠을 청했다. 다시 똑같은 꿈을 꾸었다. 문과 문 틈에 갇힌 세 아이 중에 왼쪽의 아기가 세상이 떠나도록 울고 있었다. 그 소리에 다시 놀라 잠이 깨었다. 뿌옇게 동이 터 오고 있었다. 아니, 무슨 이렇게 똑같은 꿈을 거푸 꿀 수가 있단 말인가? 전에 없던 일이었다.

길 떠나는 어윤중

어제(3.17) 왕은 보은에 동학 비도들이 수만 명이 모여 있다며 그들을 해산시키라는 분부를 내렸다. 보은은 자신의 고향이기도 하다. 아침이 되자 어윤중은 행장을 꾸려 말에 올랐다. 한양에서 보은까지는 450리. 말을 타고 가면 사흘이면 도착할 것이다. 그러나 보은에 가기 전에 할 일이 있었다. 공주에 있는 충청 감영과 청주목에 들러 사전에 조사를 해야 했다. 200리쯤은 행로가 더 늘어나게 되니까 보은 장내에 도착하는 시일이 며칠 더디어지겠지만 효과적인 문제 해결을 위해서는 꼭 필요한 일이었다. 충청 감사 조병식에 대한 조사를 확실히 해야 했다.

백성은 아무 때나 들고일어나지는 않는다. 살다 살다 너무나 힘이 들어 죽을 것 같을 때, 그때 일어나는 것이 백성 아니던가?

어윤중은 아홉 살에 어머니를 잃고 열여섯 살에 부친을 잃었다. 낮에는 농사를 짓고 밤에는 공부를 했다. 머리가 나쁘지 않아 스물한 살에 칠석제에서 장원급제를 했고 다음 해에 문과에 급제했다. 승정원 주서로 관리 생활을 시작하였다.

서른 살 때인 정축년(1877), 전라우도의 암행어사가 되어 아홉 달 동안 전라도를 샅샅이 뒤졌다. 당시 충청도 쪽에서도 갖가지 비리 이야기가 들려왔다. 그때도 충청 감사는 조병식이었다. 아홉 달 동안 농민들의 생활을 살폈던 어윤중은 충청도나 전라도나 농민들의 생활이 상상 이상으로 비참하다는 것을 알게 되었다. 무거운 세금이 그들의 등에 쌓이고 쌓여 갔다.

그는 돌아가 고종에게 준비한 개혁안을 내밀었다. 개혁안을 본 왕과 대신들은 놀랐다.

첫째, 잡세 혁파. 둘째, 지세 제도의 개혁. 셋째, 궁방전과 아문둔전 제도의 개혁. 넷째, 환곡 제도 폐지. 다섯째, 삼수포세의 폐지. 여섯째, 재결 감세. 일곱째, 도량형의 통일. 여덟째, 지방 수령 5년 이상 임기 보장. 아홉째, 조운선 제도 개혁. 열째, 역로 제도 개혁.

고종과 대신들은 오랫동안 논의했다. 그리고 결국은 어윤중의 건의를 채택하지 않았다. 어윤중은 기득권을 가진 자들의 불안을 보았다. 그들은 백성을 포함한 나라 전체를 보지 못했다. 오직 권력을 부여하고 있는 궁중이 그들의 나라였다.

어윤중이 서른네 살 되던 신사년(1881), 정부는 60명의 소장 관리들을 일본에 파견해 일본의 국정을 견문하라는 임무를 주었다. 김홍집이 황준헌(황쭌셴. 일본 주재 청나라 공사관 참사관)이 쓴 『조선책략』을 가지고 와서 나라의 발전 시책에 대한 논의가 활발하던 때였다. 일본에는 그해에 왕이 10년 후 국회 개설을 약조하면서 근대적 정치 형태가 싹이 트고 있었다.

유생들의 위청척사 주장이 끓어오르던 때라서, 어윤중은 동래 암행어사로 발령받아 비밀리에 일본으로 출국했다. 일행 속에 끼어 어윤중은 나가사키, 오사카, 교토, 고베, 요코하마, 도쿄를 돌아보았다. 일본은 비 온 뒤 대나무 죽순이 솟아오르듯 신문명을 받아들여 빠른 속도로 발전하고 있었다. 중국은 미국과 일본을 받아들이고 함께 손

잡고 러시아를 경계하자고 부추겼다.

9월에 상하이와 톈진을 거쳐 이홍장 등과 회담했다. 중국 역시 조선의 종주국으로서의 자기들 위치를 계속 확보하려는 속보이는 충고를 할 뿐이었다. 조선은 바짝 정신을 차려야 한다. 이것이 어윤중이 내린 결론이었다. 일본 중국 시찰 복명서를 제출했다.

계미년(1883), 그는 20개조로 된 과감한 정부 기구 개혁안을 내놓았다. 역시 채택되지 않았다. 임오군란(1882)을 겪으며 군인들 손에 왕비가 살해당할 뻔했던 한심한 조정이 말이다. 그 무렵에도 어윤중은 조병식의 못 볼 꼴을 보았다.

왕비 민씨, 진령군, 조병식

어윤중이 과거에 급제하기 전해인 병인년(1866)에 열다섯 살의 왕은 열여섯 살인 민씨 처자와 혼인을 했다. 대원군이 외척의 발호를 염려하여 일가붙이 없는 처자를 골랐다고 했다. 자기도 열아홉이던 그해에 혼인을 하였으므로 기억하고 있는 일이다.

그런데 그 왕비 민씨가 해가 갈수록 눈이 찌푸려지는 일을 하고 있었다. 시아버지인 대원군이 고종을 업고 권력을 휘두르는 걸 못마땅하게 생각하던 왕비 민씨는 기회를 호시탐탐 노리다가 결국은 시아버지를 몰아내었고 그 뒤로는 자기가 마음대로 권력을 전횡했다. 민씨 성을 가진 자가 인척이라고 주장하기만 하면 자기 마음대로 관직을 주었다.

민비 오빠 민승호는 병조판서, 민승호 아들 민영인은 우영사, 민태호는 우찬성, 민겸호는 호조판서, 민규호는 우의정, 민영소는 병조판서, 민영규는 의정대신….

조선은 얼마 안 가 민비와 민씨 천하가 되어 버렸다. 후일 민족(閔族) 세 도둑이라 일컬어진 자는 경성의 민영주, 관동의 민두호, 영남의 민형식으로, 민영주는 민망나니, 민형식은 악귀 또는 미친 호랑이(狂虎), 민두호는 어찌나 긁어 대었는지 민쇠갈구리라고 불리었고, 그아들 평안 감사 민영준은 수레 모양을 본뜬 금덩이를 고종에게 진상하기도 했다. 그가 갑오년에 추수한 곡식이 13만 석이라 했으니 그들이 왕비 민씨를 등에 업고 얼마나 많은 비리를 저질렀는지 가히 짐작할 수 있다. 민비는 부정이야 하건 말건 친인척들이야말로 자기의 권력을 에워싸는 안전한 울타리가 될 것이라고 굳게 믿었고, 고종 역시누구라도 자기의 권력을 유지하는 데에 도움이 된다면 문제 삼지 않았다.

임오군란이 터지고 화가 난 군인들이 민겸호를 비롯해 부정을 저지른 민비 일족을 처단하고 민비 역시 잡아 죽이려고 했을 때 그녀는홍계훈의 도움으로 궁을 빠져나갔다.

나루터를 힘들게 빠져나와 건너편 암사동을 지나 광주에 들러 잠시 쉬는데 동네 노파가 와서 '중전이 음란해서 생긴 난리 때문에 낭

자가 여기까지 피난 오게 되었나 보다.'고 위로의 말을 건넸다. 속으로 이를 갈던 민비는 몇 달 뒤 환궁할 때 그 동네를 불태워 없애 버리고 말았다.[36]

왕비 민씨는 음성의 민응식 집을 거쳐 충주시 신흥리의 나뭇꾼 이시영 모자 집으로 피신을 갔는데 인근에 용하다는 점쟁이 여자가 있다는 소식을 듣게 되었다. 점쟁이는 50일간의 피신 기간이 끝나면 팔월 보름, 궁으로 돌아가게 된다고 예언을 했는데 과연 그녀의 말대로 되었다.

민비는 환궁하라는 교지를 전달한 이용익에게 감관 정6품 벼슬을 내렸다. 궁에서 빠져나갈 때 도움을 주었던 홍계훈은 장위영 영관, 훈련대장을 시켰다. 당시 가마를 앞에서 메었던 성택은 전라 병사에 임명하고, 뒤에서 메었던 억길은 낙안 군수에 임명했다. 피신처를 제공했던 나뭇꾼 이시영은 음성 군수에 제수했다. 대하증을 치료해 주었던 최석두를 고산 군수와 남원 부사에 임명했다가 대하증이 도로 심해지자 한양에 끌고 와 사약을 내렸다. 감기를 낫게 해 준 보성 사람 정순묵은 영평 군수에 임명했다. 환궁 날짜를 맞춘 무당은 한양으로 데려와 명륜동에 북관묘를 지어 살도록 하고 수시로 불러 점을 쳤다. 민비는 그녀에게 진령군 여대감이라는 벼슬을 내렸다. 그 아들은 당상관 옷을 입고 다녔다.

민비는 진령군이 양아들로 삼은 무당 이유인을 소개받고는 점을 잘 쳤다고 비단 100필에 만 냥을 주었고, 세자 전담 무당으로 고용된

맹인 무당에게는 정이품 대우를 해 주었다. 진령군은 왕비 민씨가 죽는 날까지 12년 동안 궐을 마음대로 드나들며 온갖 권력과 호사를 누리고 살았는데 진령군의 말 한마디가 곧 민비의 말이 되고는 했으므로 그에게 아부하는 재상들이 많았다.

어윤중이 임금에게 보고를 하고 나오는 길이었다. 눈부신 햇살이 궁전 마당을 비추고 있었다. 대비전 모퉁이를 돌던 어윤중은 급히 발걸음을 멈추고 전각 뒤로 몸을 감추었다.

"아이구… 진령군 대감, 잠깐 시간 좀 내어 주시지요."

시도 때도 없이 고종과 민비를 만나기 위해 궐을 들락거리는 무당 진령군 앞에 허리를 조아리고 있는 자들은 형조판서를 지내다가 유배를 다녀왔던 조병식, 전라 감사를 지냈던 윤영신, 황해도 감사, 강원도 감사를 지냈던 정태호였다. 그들은 보다 나은 벼슬자리, 수탈하기 쉬운 벼슬자리를 잡기 위해서 가장 효과적인 방법이 무엇인지 알고 있었다. 진령군은 호사스러운 붉은 금박이 한복에 요란한 머리장식을 올리고 있었다.

"오…. 대감들이 웬일이시오?"

진령군이 살짝 미간을 찡그리며 멈추어 섰다.

"어이구, 뵙기가 어찌나 힘든지…. 허허허."

윤영신이 굽힌 허리를 펴지 못한 채 말했다.

"요즘은 어떻게들 지내시나?"

진령군의 말에 그중 나이가 많은 조병식이 나섰다.

"아이구, 다 아시면서 뭘 그러십니까? 우리 답답한 사정이야 진령군 대감이 더 잘 아실거면서…."

"호호. 조 대감이야 돌아가시기 전까지 관록을 먹을 텐데 뭘…."

"그렇습니까? 모두 진령군 대감님 덕분일 테지요. 그래 요즘 뭐 필요하신 건 없수?"

죽기 전까지 관록을 먹을 거라는 무당의 말에 들뜬 조병식이 손을 비비며 물었다.

"호호. 글쎄, 내가 뭐가 필요하지?"

진령군이 손가락마다 번쩍거리는 반지를 끼고 있는 손을 들어 올려 바라보며 말했다.

"그럼 내가 오라버니가 되어 드릴까? 아니면 동생 하라면 동생 하지요, 뭐."

그러자 옆에 있던 윤영신과 정태호가 이구동성으로 말했다.

"어이쿠, 그럼 우리는 양자를 삼아 주시지요."

"오호호호호호. 졸지에 오라버니, 아들이 마구 생겨 버리네. 오호호호. 뭐 피붙이처럼 서로 돕고 살아서 나쁠 거야 뭐 있겠수? 나중에 북관묘로 조용할 때 찾아들 오시구려. 오호호호."

진령군은 웃음을 날리며 몸종들을 데리고 대비전 계단을 올라갔다.[37]

전각 기둥 뒤에서 그 꼴을 지켜보던 어윤중은 잠시 조정을 떠나 고향 보은 봉비로 돌아가 쉬었다. 참으로 나라 꼴이 걱정이었다. 백성들의 삶은 피폐한데, 그들을 등쳐 먹고 사는 궁궐과 그곳을 드나드는 중신들의 생활은 호화롭기 그지없었다. 아래에서 뜯어 위로 바치면 위에서는 무당 따위나 끼고 호화로운 생활을 오래도록 영위할 궁리들만 하고 있었다. 많이 가져다 바치는 관리가 충신으로 대접받았다. 진령군의 폐해를 상소한 안효제는 추자도로 유배되었다. 물 위에 뜬 군기름 같은 존재들이 백성들의 숨통을 막고 있었다. 그들을 위한 심부름이나 하고 있는 자신이 딱했다.

왕은 어윤중의 개혁적 정책들은 수용하지 않았지만, 을해년(1875) 4월 울산의 민란과, 연달아 일어난 8월 김해의 민란을 원만하게 해결한 어윤중을 깊이 신뢰하고 있었다. 왕은 이번에도 어윤중이 잘 해결할 수 있을 것이라는 희망을 갖고 싶어 했다.

어윤중은 왕의 명령을 받고 길을 나서기는 했지만 내용은 이전에 일어난 민란과 다르지 않을 것이라 생각했다. 관의 탄압과 착취, 그 밑에서 신음하던 백성들이 용기를 내어 뭉친 것일 터. 왕의 명에 따라 일을 해야 하는 자기가 해야 할 일은 뻔한 것이었다. 해산시키는 것. 그것이 자기가 해야 할 유일한 일이었다. 해산시키려면 무엇이 필요한가? 탐학한 관리가 조병식뿐만은 아니지만, 제일 먼저 해야 할 일은 그의 비리를 드러내는 일이었다. 공주에 있는 충청 감영으로 가는 그의 걸음이 빨라졌다. 칠순의 노회한 정치가 조병식, 그의 비리를 밝히는 것은 어렵지 않을 것이었다.

사전조사

노회한 조병식을 직접 상대하는 것은 시간 낭비일 터. 21일, 공주에 있는 충청 감영에 도착한 어윤중은 마중 나온 조병식의 인사를 물리치고 감영 안으로 들어가자마자 영장에게 장부를 가져오라 일렀다.

대충만 보아도 부정의 규모가 적지 않았다. 그는 평복으로 갈아입고 감영 밖으로 나가 여기저기를 들러 민심을 살펴보았다. 충청 감사의 악랄한 탐학이 속속 드러났다. 하늘 무서운 줄 모르고 저지른 죄과들을 듣고 난 뒤 돌아서서 조용히 기록했다.

지난해 10월 동학도들 천여 명이 충청 감영 앞에 모여 소장을 제출하였으며 그들이 연이어 11월 초에 삼례의 전라 감영 앞에 가서 전라 감사에게도 소장을 올린 이야기도 상세히 들었다. 어윤중은 그들이 충청 감사와 전라 감사에게서 받은 약속이 이후 지켜지지 않은 것에 대한 분노로 한양에 올라가 광화문 밖에 엎드려 있게 되었는데, 조정이 이들의 긴박한 간청을 묵살해 온 것이 이번 보은에서 집회가 열리게 된 이유라는 것을 확실히 알게 되었다. 보은뿐만이 아니었다. 원평에도 수많은 동학도들이 모여 있다고 했다. 이들은 단순한 도둑의 무리가 아니었고, 단순히 생존에 허덕이게 되어 일어선 무리도 아니었다.

그는 23일 청주목으로 떠나며 보은 장내리에 모여 있다는 도소의 대표들에게 공문을 보냈다. '뜻밖에 양호에서 무리를 모아 일어나게 되어 조정은 이로 인해 우려하게 되었다. 혹시 백성을 거짓말로 부추김이 있을까 하여 이 사람을 도어사로 삼아 내려가서 진정시키라는 어명을 받았다. 특별히 두령으로서 사리를 좀 아는 이로서 진정할 사유를 알차게 갖추었다가 나의 면유(面諭)를 기다리도록 하라.'

청주목에 가서는 만약의 사태에 동원할 수 있는 병력을 알아보았다. 고작 100여 명. 그것도 훈련도 제대로 받지 못하고 장비도 갖추지 못한 병력이었다. 24일은 하루 종일 비가 내렸다. 25일 보은으로 가서 군수 이중익을 만나 장내리 소식을 소상히 들었다. 그들이 쌓은 돌성, 그들이 내건 깃발들에 대해서도 들었다. 몽둥이를 준비했다가 버린 이야기, 질서가 서 있더라는 이야기들을 보고받았다. 주변 장사치들의 이야기, 모인 무리들의 대소변 처리 방식도 들었다. 비가 억수같이 쏟아지는데도 사람들이 계속 보은으로 들어오더라고 했다.

어윤중은 한 손으로 얼굴을 감싸 쥐었다. 이들은 도적이 아니다. 이들은 난폭하지도 않다. 이들은 단결되어 있으며 스스로를 조율하고 관리하는 능력이 있다. 소통하고 싶어 하는 백성들과 소통이 무엇인지 모르는 닫혀진 문과 같은 정부. 나는 그 사이에서 무엇을 할 수 있을 것인가.

3월 26일 어윤중, 장내리에 오다

3월 26일 어윤중은 임금이 보내는 윤음을 받들고 공주 영장 이승원과 보은 군수 이중익, 순영군관 이주덕을 대동하고 양호선무사 자격으로 장내리에 도착했다. 도어사를 선무사로 직위를 바꾼 것은 정부가 동학도들의 집회를 난으로 규정했기 때문이었다. 청산 현감 조만희 등 인근 지역의 관리들, 유생들도 나섰다. 보은 장내의 동향은 이미 인근 지역 사람들의 초관심사가 되어 있었다.

보고를 받아 미리 알고는 있었지만 현장에 나간 어윤중은 그 어마어마한 군중을 보고 놀라지 않을 수 없었다. 그 역시 태어나 그토록 많은 백성이 한자리에 모여 있는 것을 보는 것은 처음이었다.

동학도들은 짚으로 만든 가마니 백여 장을 넓게 깔아 두었다. 이틀 전의 비로 땅이 젖어 있었기 때문이다. 관에서 나온 자들은 준비해 온 차일을 치고 붉은 탁자를 내려놓은 뒤 붉은 보자기를 그 위에 깔았다. 그 위에 비검(飛劍)과 임금의 글이 들어 있는 윤음 문서를 펼쳐 놓았다.

"대표들은 앞으로 나서라!"

어윤중이 일단 기선을 제압하기 위해 큰 소리로 외쳤다.

집회를 주도한 대표들이 앞에 나타났다. 대표들 뒤로 수많은 동학 도인들이 그들을 에워쌌다.

"우리가 대표요."

손병희, 조재하(조재벽), 이근풍, 이희인, 서병학, 이중창, 허연 등 일곱 명은 각자 자기의 이름을 말했다.

"임금이 계신 북향을 향해 사배를 한다."

모두들 북쪽을 향해 사배를 했다. 보은 군수 이중익이 임금이 보낸 유시를 읽었다. 다 읽고 나서 어윤중이 말했다.

"까닭 없이 무리를 모았구나. 창의란 대체 무엇을 위한 것인가? 명분이 없는 이 집회는 해산해야 마땅하다!"

그러나 대표들은 그럴 줄 알았다는 듯 눈도 껌뻑하지 않고 당당히 대꾸했다. 동학도와 어윤중 사이에 설전이 벌어졌다.

"병인양요와 갑신정변 때의 치욕스러움은 아직도 차마 말하지 못하겠소. 지금 왜인과 양인은 번갈아 침범하여 임금을 위협하고 있소. 우리는 그들과 같이 사는 것을 바라지 않아 이처럼 모인 것이오. 게다가 민씨 일족의 만행은 끝 간 곳이 없소. 탐관오리들의 학정이 도를 넘었소. 세금 문제도 혁파해 주시오. 무명옷을 입을 것이며 외국과 물산 통상을 하지 말 것을 요구하오."

"창의란 군주가 다른 곳으로 피난을 가서 한양을 잃은 뒤에나 필요한 일일 것이다. 너희가 보면 우리나라는 비록 오랑캐들과 화친하고 있으나 이는 만국에서 통상 있는 사례로서 우리나라에서 처음 있는 일이 아니다. 또한 나라가 위협받고 있다는 말은 잘못 전해진 것이다. 너희는 어찌 이를 빙자하여 구실로 삼으려는가. 너희는 미숙한 무리란 말인가. 오랑캐를 물리치려고 하는 그 도리와 이유가 무엇인가?"

"우리들 동류의 무리는 거의 80만이 넘습니다. 비록 창의하다가 그 깃발 아래서 죽을지라도 참으로 후회하지 않을 것이오."

"우리나라는 평소 글만 숭상하여 떨치지 못한 것이 걱정이었다. 너희는 과연 분발해서 일어나 나라를 위해 적에 대해 분개한다면 먼저 임금님을 어버이처럼 섬기는 것과 죽음을 넘어선 의리를 배워야 하며 또한 능력을 키운 연휴라야 적을 제압할 수 있다. 지금은 임금님의 뜻을 어겨 무지한 무리를 불러 모아 사지에 나가게 하려 하니 참으로 두렵구나."

"우리는 공주, 삼례에서 충청, 전라 감영에 호소도 해 보았고 광화문 앞에서 엎드려 빌기도 해 보았소. 돌아가면 베풀어 준다 하였으나 달라진 것은 하나도 없소. 우리는 비록 5척 동자라도 척왜양을 위해서라면 죽음을 아까워하지 않소."

"의리를 위해 삶을 버리고 죽는다는 것은 때가 있는 것이다. 지금은 적에게 죽지 않는 것이 의리이다. 너희는 조선의 백성이 되어 척화에 의탁해서 임금님의 명에 대항하려 하는가? 명에 따르면 길하고 명을 거스르면 흉하게 된다. 순종하든지 거역하든지 너희가 스스로 택해야 한다."

"나라에서 척왜양을 불허한다면 굳이 어찌할 바가 없소이다."

"그러니 너희들은 이미 둘러댈 명분이 없으니 해산해 물러가겠다고 하지 않았는가?"

"들리기는 우리가 척화한다며 군왕을 위협한다고 말들을 하고, 그래서 동학 도인을 쓸어버리라고 강청하는 목소리들이 있다고 합니다. 오랑캐들의 침략과 능멸함이 이에 이르렀는데 군자가 욕을 보면 신하는 의롭게 죽는 것이 당연하오. 어찌 가히 약자는 강자에게 대처할 수 없다고 하시오? 어찌 살기 위해서는 의리도 버려야 한다고 말하시오? 이에 대의로써 창의를 하는 것은 오랑캐의 침략과 능멸을 없애자는 것인데 요사스럽고 무함하는 사람이 헛소문을 퍼뜨리는 말은 신하된 자로서 차마 들을 수가 없소이다. 이는 필시 우리나라 서학배들이 지어 낸 것일 터. 위에서 하늘이 다 지켜보고 있는 일이오. 양호도어사가 물러가라고 우리를 회유하여 우리가 만일 오늘 왕명으로 물러난다면 잘못된 말이 사실이 되는 것을 면할 수가 없게 되오. 바라옵건데 창의한 사유를 들어 삼가 다시 임금께 올려 그 회답이 오기를 기다려 보면 비록 오랑캐를 물리치려는 본뜻은 이루지 못한다 해도 어찌 감히 물러가지 않겠소이까."

"너희는 이미 물러가겠다고 했으니 장계(보고)를 올려야 한다. 마땅히 너희들은 스스로 생각해서 물러가야 한다. 만일 조정의 처분을 기다려 보려면 일의 옳고 그름을 이해하는 몇 사람이 남아 기다리는 것은 가하니, 농사짓는 백성들은 모두 해산시켜 즉시 이곳을 떠나 귀향하도록 명령을 하라. 너희는 과연 두렵고 겁이 나서 견뎌 내기가 어려운가?"

"만약 죽음이 두렵다면 어찌 이처럼 거사를 하겠소?"

"나는 지금 양호도어사의 명을 받고 충청 전라 양도에 가히 영을 시행하여 너희를 보호하려 할 뿐이다. 나는 일찍이 내외직에 있으면서 백성을 속이지는 않았으니 너희는 나를 믿어야 된다."

"지금 비록 해산하고 일후에 만약 이루지 못하게 된다면 또다시 기약 없이 모일 것이오."

"너희들의 소위 동학이란 나로서는 어떤 학인지 알지 못한다. 나는 너희를 동학이라 칭하지 않고 민당(民黨)이라 칭하겠다. 너희는 반드시 알아야 한다. 사람은 한 태극의 이치에서 나왔는데 어찌 두 가지 도가 있겠는가?"

"동학이란 것은 서학과 대비해서 거론하여 나온 말이니 유학과 다른 도가 아니오."

"그러면 요순공맹의 도란 말인가."

"그렇소. 사람들은 동학을 이단으로 지목하기 때문에 배척하지만 이는 알지 못한 데서 나온 소위요."

"너희는 이에 대해서 의심스러움이 없는가. 너희들이 선왕의 말을 정성스레 외우며 선왕의 옷을 입으면서 한결같이 임금에 충성하고 나라 사랑에 마음을 다한다면 우리가 어찌하여 구차히 배척하는가. 너희가 준비한 문건은 조정에 올릴 것이다. 이만 해산하라."

동학 대표들은 왕에게 보내는 문건을 어윤중에게 전했다.
'황공하오나 살펴보소서. 저희들은 선왕조의 덕화로 살아온 적자

(赤子)들이며, 천지지간에 죄가 없는 창생들입니다. 도를 닦아 지켜야 할 도리를 분명히 알고 있으며, 마음으로 중화와 오랑캐들을 분별할 줄 알고 있습니다. 그러므로 왜놈과 서양놈을 개와 짐승처럼 여기고 있으며 비록 어린아이라도 알고 그들과 같이 사는 것을 부끄러워합니다. 사기(史記)에 오랑캐로써 오랑캐를 치게 하는 것은 중국의 장기라 하는데 지금은 조선으로써 조선을 치게 하는 것이 왜놈과 양놈들의 장기라 하니 통곡할 일이며 한심한 일입니다.

명찰하신 합하가 어째서 자세히 살피지 않고 있습니까. 왜놈과 양놈을 물리치려는 우리의 창의가 어떻게 큰 죄가 되어 한편으로 잡아 가두고 한편으로 쓸어버리려 하십니까. 천지와 귀신도 당연히 살펴야 할 일로서 거리에서 뛰노는 아이들까지도 옳고 그름은 알 수 있는 것입니다.

충청 감사 조병식의 병폐는 이미 심해져서 이 죄 없는 창생들을 모두 도탄 속에 빠지게 하였습니다. 목숨 귀하기는 같은데 어째서 이처럼 잔인합니까? 또한 왜놈과 양놈들이 위협하며 우리 임금에게 법도에 어긋난 행동을 하는데도 조정에는 한 사람도 이를 수치스럽게 여기는 이가 없습니다. 임금이 욕을 보면 신하는 죽어야 한다는 의리는 어디로 갔단 말입니까.

합하의 신망은 태산북두와 같습니다. 임금의 어명을 받들어 각 도의 선비를 설득하면 수만의 선비들이 옷깃을 여미고 바라보지 않는 이가 없을 것이니 큰 가뭄에 나타난 비구름과 같을 것입니다. 세상사는 무궁하여 의리를 찾아보기 어렵습니다. 오로지 약자가 강자를 쳐부수기 어렵다는 것은 만고의 이치이므로 곧 목숨을 버리고 의를 좇아야 할 것입니다. 저희들은 비록 시골의 천한 신분이지만 어찌 왜놈과 양놈이 강적임을 모르겠습니까. 그러나 열성조의 유학을 숭상케 하는 교화로써 모두가 왜놈과 양놈을 치다가 죽는다면 죽음은 오히려 현명한 삶이라고 말하였는데 이는 나라에서 칭찬할 일이지 걱정할 일은 아닙니다. 바라건대 합하께서 밝게 살피어 잘 이끌어 이 어리석고 충직한 우리로 하여금 의리의 분수를 깨닫게 하고 글을 올려 정사에 골몰하시는 우리 임금님에게 걱정이 없도록 하옵소서.

임금님의 회답으로 우리가 의리에 좇는 길을 열어 주신다면 어찌 감히 돌아가 생업에 안주하지 않겠습니까. 입을 모아 합하께 우러러 부르짖으오니 원컨대 살펴 주기를 빌어 마지않습니다.

창의유생 허연, 이중창, 서병학, 이희인, 손병희, 조재하, 이근풍.'[38]

어윤중은 이에 대하여 아래와 같은 답변을 문건으로도 전했다.

'너희들이 취당한 뜻이 오랑캐를 물리치자는 데 있다면 나라가 들고일어날 공공의 의리라 하겠는데 어찌 너희들 스스로만 깃발을 세웠는가. 장문 중에 왜양이 우리 군주를 위협한다 했는데 잘못 전해들은 것이다. 이미 설득한 바 있거니와 이러한 사연은 오로지 계문을 갖추어 상달할 길이 있으니 너희들도 또한 돌아가 생업에 전념하게끔 알려서 따르도록 하여 서로 평안 무사케 하라.

계사년(1893) 3월 26일 장내에서.'

어윤중은 보은 관아로 돌아가 급히 임금에 보낼 보고서를 썼다.

'…(전략) 내려오며 살펴보고 그 뿌리를 추구해 보니 이 무리가 이루어진 지 여러 해로 이미 팔도에 퍼져 당의 무리는 수만을 넘었습니다. 겉으로는 오랑캐를 물리친다 하나 속으로는 난을 꾸밀 생각을 품고 은밀히 움직이며 거짓말로 인심을 부추기고 있습니다. (중략) 그들의 뜻은 다만 같은 마음으로 척양척왜하여 나라를 위해 충성하려는 것뿐인데 방백과 벼슬아치들이 도적 따위로 몰아 침탈, 학대함이 너무나 지나치다 합니다. 만약 지금 갑자기 해산하면 사람들은 자기들을 진짜 도적으로 알게 될 것이니 오직 바라기는 이 실정을 조정에 알려 적자(赤子)로 인정한다는 분명한 지침[39]을 얻도록 베풀어 주면 응당 해산하여 생업에 안주하겠다고 했습니다. (중략) 신은 위엄과 덕망이 아직 부족하여 곧바로 퇴산시키지 못하고 황송하게도 삼가 처분이 있기를 기다리고자 급히 장계를 올리옵니다.'

어윤중은 민씨 일족에 대한 동학 도인들의 분노나 세금 혁파의 문제에 대해서는 보고서에 올리지 않았다. 방백과 벼슬아치들의 탐학 때문에 그러한 것 같다고 원인을 밝혔다. 동학 도인들을 비난하는 것 같으면서도 한편으로는 동학의 공인을 요청했는데 두루뭉술한 표현

가운데 어윤중은 '적자로 인정한다는 명쾌한 지침을 내려 줄 것(下情 於朝廷 獲蒙明旨 認爲赤子)'을 왕에게 청했던 것이다.

3월 27일. 어윤중은 관리를 보내 그들의 동태를 살펴 오라 했다.

돌아온 관리가 말했다.

"그들은 아직도 깃발을 휘날리며 흐트러짐 없이 그대로 있습니다."

"아니 어제 분명히 해산 명령을 내렸거늘 어찌 그대로 깃발을 휘날리며 계속 남아 있다는 말이냐?"

"돌아가기 위해서는 자기 접을 식별하기 위해 깃발이 필요한데 정 깃발을 치워야 한다면 등불로 만들어 바꾼 다음에 거두겠다고 합니다."

"인원은 줄었더냐?"

"웬걸요. 어젯밤에 수원과 용인에서 삼백 명이 또 왔고, 오늘 아침에는 호남의 영광 등지에서 일백 명이 또 와서 전날보다 오히려 늘었습니다."

"무엇을 하고 있더냐?"

"앉아서 주문을 외우면서 임금님의 답신이 내려올 때까지 기다리겠다고 합니다."

어윤중은 두 손에 얼굴을 묻었다. 세상에 어떤 무리들이 대표들의 동원 명령에 수만 명이 수백 리 길을 마다하지 않고 달려와 저렇게 요지부동으로 앉아 있다는 말인가! 벌써 저들이 모이기 시작한 지 보름이 지났는데도 말이다!

3월 28일, 어윤중은 이날도 관리를 보내 동학도들의 동태를 살펴오라 했다.

"오늘은 어떻게 하고 있더냐?"

"오늘은 모여 있지도 않고 깃발도 거두어들였습니다."

어윤중이 다시 물었다.

"인원은?"

"수원접에서 왔는데 장내리에 들어가지 못하게 하니 3마장 거리에 있는 장재평에 깃발을 세웠다고 합니다."

"오늘도 오는 자들이 있다는 말이냐?"

"예. 일부 노약자들은 돌아가다가 길이 저지당하여 돌아왔다고 하옵니다."

"이런 바보들 같으니라고. 동서남북 어디건 돌아가는 길은 절대로 막지 말라고 해라! 다만 돌아가는 숫자는 어느 곳에서 왔던 자들이 빠져나가는 것인지 확실하게 밝히고 헤아려 보고토록 하라!"

"알겠사옵니다."

한편 26일의 어윤중의 보고를 받은 고종은 28일 답신을 써서 보냈다. 그러나 답신만을 보낸 것이 아니었다. 고종은 친군 장위영 정령관인 홍계훈에게 병력 600명과 기관포 3문을 가지고 청주목으로 내려가도록 명령했다.

3월 29일, 오늘도 어윤중은 관리를 보내어 동태를 살폈다.

"오늘은 어떻게 하고 있더냐?

"경상도 상주 선산 쪽에서 백여 명이 새로 들어왔고, 내포의 태안에서도 수십 명이 더 들어왔다고 합니다."

"오늘도 또 들어왔다고?"

"장재뜰에 있던 수원 사람들이 장내리로 들어왔고 경기도 광주에서 수백 명이 수레에 돈을 싣고 왔더랍니다."

"돈을?"

"예, 그리고 천안, 직산, 덕산에서도 수십 냥의 돈 꾸러미를 지고 장내리로 들어왔다 합니다."

"노인과 아이들은?"

"예. 어린아이들, 노인들은 모두 돌려보냈다고 하옵니다."

"깃발은?"

"깃발들은 다 내렸는데 척왜양이라는 큰 깃발만은 남겨 두었고 간간이 등불을 내걸었습니다."

그날, 장내리 도소에도 600명의 경군이 청주에 도착했다는 소식이 전해졌다.

3월 30일, 비가 종일 내렸다. 어윤중의 보고에 대한 왕의 답신은 28일 한양을 떠나 30일 아침 보은에 있는 어윤중에게 전달되었다. 어윤중은 급히 답신을 훑어보았지만 자기가 찾는 대답은 없었다. 다시 찬찬히 들여다보았지만 문제를 원만하게 해결할 수 있는 실마리는 들어 있지 않았다. 적자로 인정한다는 것이 쉬운 일은 아닐 것이라고 예상하기는 했다. 그렇지만 그것이 없다면 이번에 해산을 성공시킨다 하더라도 장차 더 큰 문제가 생길 것이었다. 그는 크게 한숨을 쉬었다.

어윤중은 내일 장내리로 함께 가기 위해 청주 진영장 백남석과 보은 군수 이중익, 충청병영 군관 조기명을 불러들였다.

이날도 새로 늘어난 인원이 오백 명 정도는 되었다. 멀리서 왔으므로 돌아갈 수 없다고 우겼다.

4월 1일, 어윤중은 장내로 가서 임금이 보낸 윤음을 읽었다.

'왕으로서 이르노라. 아! 너희 무리들이여, 내가 이르는 말을 모두 들으라. 우리나라 열성조의 거룩한 덕이 대대로 이어져서 국가 대계의 교훈이 매우 밝으니 지켜야 할 도리를 밝혀서 사람으로서의 질서를 확실히 하였다. 유학을 숭상하는 것이 나라의 풍속이다. 집집마다 공자와 맹자의 가르침에 따르는 행실이요, 사람마다 정자(程子)와 주희(朱熹)의 글을 읽고 충효와 절개를 세상에 전하여 사농공상이 저마다 생업에 평안하도록 5백여 년이 된 지금에 이르게 하였다. 부족한 내가 외람되이 대를 물려받아 자나깨나 늘 두려워하면서 힘쓸 것은 삼가며 정사를 베푸는 것뿐이다. 어찌하여 세속이 퇴색해서 허황된 무리가 내 대에서 혹세무민으로 나의 백성을 그르치게 하며 빨리도 잊어버린 것을 깨우치지 못하게 함은 이 어찌된 연고인가.

하물며 너희들은 감히 돌을 쌓아 진을 만들고 깃발을 높이 달고 창의라 칭하며 글발을 띄우고 방을 내붙여 인심을 선동하니 너희들이 비록 사리에 어둡고 완고하나 어찌 천하의 대의라 하며 나라가 약속한 것도 믿으려 하지 않는가. 감히 구실을 붙여서 드디어 화를 떠넘기어 살고 있는 자의 가산을 탕진케 하고 농사를 망치게 하는가. 명분은 비록 창의라 하지만 이는 곧 창난(倡亂)이다. 너희들은 한곳에 들어 모여 무리들을 믿고 방자하게 나라의 명령을 지키지 않으려 하니 고금을 통해 이를 어찌 의거라 하랴. 이 모두가 내 한 사람이 너희들을 거느리지 못하고 너희들을 평안하게 하지 못한 데 있다.

또한 지방의 여러 관장들이 너희들의 재산을 꾀어내고 박탈하여 가난하고 고통스럽게 만들었기 때문에 탐관오리들은 징계하려 한다. 오로지 나는 백성의 부모가 되어 어린 아기가 불의에 빠지는 것을 보고 애처롭고 측은하게 여기어, 불사하고 혼미함을 깨우쳐서 밝은 도로 향하게 하리라. 내게 호소한 이것에 의하여 너희들의 충정을 이미 알고 있다. 이에 호군 어윤중을 선무사로 하여 나를 대신해 달려가 이에 깨우침을 펴는 것이니 이 또한 먼저 교화하고 후에 형벌하자는 뜻이다. 너희들은 부모의 말씀처럼 들었다면 진정으로 감동이 북받쳐 오를 것이니 서로 알려서 해산토록 하라.

너희들은 모두가 양민이다. 각기 스스로 물러나 돌아가면 당연히 헤아려 땅과 가산을 돌려주도록 하여 생업에 평안케 할 것이니 의심하거나 겁내지 말라. 이처럼 타이른 후에도 너희들이 뉘우치지 않고 해산하지 않으면 나로서는 큰 처분을 내릴 것이니 어찌 너희들을 천지지간에 다시 용납하겠는가. 너희들은 곧 생각을 바꾸어 스스로 범함이 없게 하라.

왕장(王章)[40]

어윤중은 저들을 적자로 인정해 주면 어떻겠는가, 동학을 인정해 주는 것이 어떻겠는가 하고 건의를 했지만 왕은 동학 도인들을 도둑이라 하지 않고 '양민'이라고 하는 선에서 끝내 버렸다. 탐관오리의 징계를 약속했다. 의심하지 말고 겁내지 말라고 했다. 그러면서 동시에 해산하지 않으면 큰 처분을 내리겠다며 한양에서 군사들을 급파했다. 겁을 먹고 있는 왕이 양민들에게 겁을 주고 있었던 것이다. 어윤중은 왕의 명령을 읽으면서 순간순간 동학 대표들의 표정을 살펴보았다. 앞으로 큰일이 벌어질 수도 있겠다는 불길한 예감은 여전히 떨칠 수 없었다.

어윤중은 왕명에 따라 조병식과 윤영기는 파직하고 벌을 내렸다고 말했다. 동학도들은 5일간의 여유를 달라고 했다. 어윤중은 당장 해산하라는 명을 누그러뜨려 3일의 여유 시간을 주겠다고 했다.

청주에는 대포를 가진 경군 육백 명이, 보은에는 청주병영 병정 백

명이 당도했다. 그들은 총포를 쏘며 위협했다.

그날 저녁 동학 도소에서는 대접주들 사이에 치열한 토론이 이어졌다.

'조병식과 윤영기는 이제 물러났다. 왕이 우리를 도둑으로 몰지는 않았지만, 적자로 인정하여 동학을 공인하는 데까지 나아가지 않았다. 이제 본격적인 농사철이 시작되고 있다. 이제 물러나면 다시 또 모이기가 쉽지 않다. 지난 20여 일간 도인들은 집을 떠나 불편한 생활을 해 왔다. 다시 탄압이 시작될지도 모른다. 식량 공급이 힘들어지고 있다. 무기를 가진 군사들이 가까이에 와 있다.'

새벽녘이 다 되어서 대표들은 최종적으로 왕의 답신이 만족할 만한 것은 아니지만 일단 어윤중의 약속을 믿고 받아들이기로 결정했다. 한편으로는 이제 평화적인 집회는 이것이 마지막일 것이라는 것을 모두 알았다. 탄압과 착취가 계속된다면 이제는 참지 못하게 될 것이었다.

4월 2일, 도소에서는 장내리에 모인 도인들에게 해산하기로 한 결정을 밝혔다. 어윤중에게는 만약 해산 후에 죄도 없는 도인들을 못살게 굴면 곧바로 다시 모일 것이라고 분명하게 그 뜻을 전했다. 해월과 대접주들은 도인들의 해산을 확인하고 그날 저녁 장내리를 떠났다.

보은과 인근 군현의 관원들은 북면 구치리, 남면 원암, 동면 관기, 서면 무서 등 동서남북 방향으로 돌아가는 인원을 기록하여 어윤중에게 그날로 보고했다. 그들이 정확하게 파악한 것은 11,665명. '다른 샛길로 가거나 밤중에 몰래 빠져나간 자가 그 수를 헤아릴 수 없다.'고 적었다. 관원들이 어느 곳에서 와서 어느 곳으로 돌아가는지를 헤아리고 있으니 흩어지는 동학도들이 굳이 그 앞으로 지나갈 이유가 없었던 것이다.

4월 3일, 어윤중은 동학도의 완전한 해산을 확인하고 황하일과 손화중이 집회를 주도하고 있다는[41] 전라도 금구 원평의 상황을 확인하러 떠나기 전에 고종에게 기나긴 장계(보고서)를 올렸다.

'신이 지난달 3월 26일에 민당(民黨)[42]을 찾아가 효유한 경위에 대해서 지난번에 이미 장계로 올렸습니다. 이달 29일에 전문으로 내리신 윤음을 청주진 영장 백남석과 병영 군관 조기명이 갖고 왔으므로 신은 보은군에서 제수하였습니다. (중략) 윤음을 받들고 민당들이 모여 있는 곳으로 달려가 임금님의 가르침을 다시금 그들에게 일러 주어 나라의 관대한 은혜를 보여주었습니다. (중략) 그 민당에 찾아드는 이는 집회를 시작한 이후부터 매일 수천 명에 달하여 골짜기의 물과 같았고, 요원의 불길과 같아서 막을 길이 없었다 합니다. 처음에는 부적과 주문을 가지고 사람들을 현혹시켰으며 세상일을 예언한 참위설을 전하면서 세상을 속이었습니다. 마침내는 지략과 포부와 재기를 안타깝게 펴지 못하는 자가 여기에 모였고, 탐관오리가 횡행하는 것을 분하게 여겨 백성을 위해 그 한 목숨을 바치려는 자가 여기에 들어왔고, 외국 오랑캐가 우리 이권을 마구 빼앗는 것을 통분하게 여겨 망령되이 그들을 내쫓는다고 큰소리치는 자가 여기에 들어왔고, 탐욕스런 장수나 부정한 벼슬아치의 학대를 받아도 아무 데도 호소할 곳 없는 자가 여기에 들어왔고, 경향에서 세력을 마구 쓰는 자들에게 위협을 받아 스스로 목숨을 보전할 수 없는 자가 여기에 들어왔고, 한양이나 지방에서 죄를 짓고 여기저기 도망 다니는 자가 여기에 들어왔고, 여러 고을의 관속 무리로 쫓겨나 쓸모없이 된 자들이 여기에 들어왔고, 농사를 지어도 집 안에 남는 곡식이 없고, 장사를 해도 손에 남는 이익이 없는 자가 여기에 들어왔고, 무지몽매한 무리도 풍문을 듣고 동학에 들어가면 즐겁게 살 수 있다는 소문을 듣고 여기에 들어왔고, 빚을 갚지 못해 모진 독촉을 견디지 못하는 자가 여기에 들어왔고, 상놈이나 천민의 적에서 몸을 빼기를 바라는 자들이 따랐습니다.

그들은 온 나라에 가득한 불평자를 규합하여 일단을 이룬 다음 무리 지어 팔을 걷어붙이고 눈을 부릅뜨고 죽음을 두려워하지 않으며, 유생의 관에다 복장을 하고 비록 병기는 지니지 않았으나 절의의 심정은 분명했습니다. 돌성에 내건 깃발을 멀리서 바라보니 그 밑에 깔린 기상은 진을 친 것과 매우 같았으며 정해진 대로 어김없이 행하였

습니다. 글을 보내오면 글로써 대접하고 무력을 쓰면 무력으로 대한
다는 스스로의 원칙을 세워 놓고 있었습니다. 성급하게 군대의 힘으
로 처리하려 함은 옳지 않습니다. 흉악한 자를 바로잡아 충성과 의
리를 갖게 하려면 많은 말보다 은혜와 신의를 베푸는 데 힘써 그들로
하여금 나라에서 적자로 여긴다는 참뜻을 알도록 해야 합니다.'

이쯤 썼을 때 어윤중은 한양에서 출발하는 날 새벽에 반복해서 꾸
었던 꿈을 떠올렸다. 아! 울던 아이. 그래서 그 꿈을 꾸었던 걸까? 꿈
속에서 그 아이 앞에 가로막혀 있던 방문은 결국 열리지 않았다. 고
개를 흔들며 불길함을 떨치고 그는 다시 붓에 먹물을 찍었다.

'그들 중에는 양반도 있는데 당에 들어간 몇몇 두령은 분명히 감동
되어 눈물을 흘리면서, 해산하라는 왕명에 따라 진심으로 흩어지기
를 원한다고 말을 하였습니다. 오랑캐를 물리친다는 그들의 명분은
한 나라의 한양에서 오랑캐들과 뒤섞여 우리의 이권을 축내고 있을
뿐만 아니라 어느 나라에도 없는 일이므로 온 나라에서 자발적으로
나서는 자들과 더불어 협력해서 물리치자는 것이 소원이라고 말했습
니다. (중략) 그들은 또한 탐관오리들이 활보하고 있으며, 외국과 교
섭한 이후 지금까지 거리낌 없이 잡배들이 무리를 지어 백성의 재물
을 약탈하고 있다 주장합니다. 비록 징벌하라는 명령이 있었을지라
도 실제로 실효가 없었으니 나라에 보고해서 탐관오리를 몰아내도록

해야 한다고 했습니다. 신이 말하기를 이런 것은 조정에서 처분할 것이니 너희들이 어째서 감히 이러는가 라고 했습니다. 또 말하기를 이 모임은 작은 병기도 휴대하지 않았으니 이는 곧 민회(民會)라고 하며, 일찍이 각국에서도 민회가 있다고 들었는데 나라의 정책이나 법령이 국민에게 불편함이 있으면 회의를 열어 논의하여 결정하는 것이 근자의 사례인데 어찌하여 도적 따위로 조치해 왔는가 했습니다. 신이 이르기를 너희들이 위에 소원할 일이 있다면 문건으로 작성해 가져오면 응당 전달해 줄 것이니 너희들은 한양으로 올라가 사람들을 놀라게 해서는 안 된다고 했습니다. 또 그들은 이르기를, 전 충청 감사 조병식과 영장 윤영기가 결탁하여 무고한 백성을 함부로 살해하고 백성의 재물을 가로채는 일이 심했기 때문에 이번 모임이 빚어지게 된 것이라 하였습니다. (중략) 원컨대 함께 살든지 함께 죽든지 할 것이라 했습니다.

신은 장담하기를, 이런 사정들은 내가 살펴 처리할 것이며 전라도와 충청도에 이미 공문을 띄웠으며 다른 도에도 역시 공문을 보내 시행하게 할 것이다. 임금의 말씀에도 생업에 평안하도록 하겠다는 뜻이 있으니 방백 수령이 어찌 영을 어기고 침해할 생각을 하겠는가 하였습니다. (중략) 이 당이 무리를 모은 사정은 막다른 지경에 이르러 헤아려 보기가 어려우나 종합하여 조사해 보니 당은 이미 번성하여 주도자와 추종자를 철저히 가려내기가 어렵습니다. 다만 임금님의 명을 받들어 각기 생업에 평안하게끔 타일렀습니다.

전 충청 감사 조병식이 불법으로 탐학한 사실은 신이 아직 자세히 알아보지는 못했으나 당민들이 고발한 요지로 보면 이 당이 무리를 모아 소동을 피운 것은 곧 이 사람 때문이며 실지로 이것이 화의 바탕이 되어 난이 되었습니다. (중략) 신은 이제 전라도 방면으로 직행하겠습니다. 이와 같이 장계를 올리오니 이 일을 정해진 순서대로 행할 바를 잘 가르쳐 주시기 바랍니다.'[43]

어윤중은 남서쪽으로 방향을 잡고 가는 길에 전라도 금구 원평에서 보은 장내로 오던 무리들을 만나 그들을 설득하고 해산시켰다. 그들이 하소연을 할 때 어윤중의 병사 중에도 눈물을 흘리는 자가 있었다. 어윤중은 다시 길을 떠나며 동학의 최고 지도자라는 법헌 최시형이라는 자가 누구인지 진심으로 알고 싶어졌다. 그는 보은 장내에서도 끝내 자기 앞에 모습을 드러내지는 않았다.

칠순이 다 되어 간다는 노인이 대체 어떤 인물이기에 수만 명을 며칠 사이에 보은 산골에 불러들여 20일 이상을 버텨 내게 할 수 있을까? 대체 어떻게 도인들을 지도해 왔기에 철저한 질서 의식과 공동체 정신으로 주변 장사치들까지도 칭찬을 아끼지 않을 정도가 되었을까? 대체 어떻게 수만 명에게 새로운 세상에 대한 희망을 불어넣어 줄 수가 있을까?

진실로 썩은 냄새가 진동하는 조정은 이런 새로운 의식을 가진 무리들을 품어 안을 능력이 있을까? 품어 안는다면 조선은 흥할 것이고

품지 못한다면 조선은 빠른 시일 안에 쇠퇴하게 될 것이다. 어윤중은 다시 떠오르는 꿈속 아이의 울음소리를 애써 지우며 전라도 금구로 향했다.

어윤중은 장내리에 모인 군중의 거의 절반 가까이 되는 1만여 명이 전라도에서 왔다는 것을 파악했다. 그런데 원평에도 1만여 명이 모여 있으니 전라도에서 거의 2만이나 되는 동학 도인들이 움직였다는 것을 알게 되었다. 화약이 터진다면 전라도에서 크게 터질 것이라는 불길한 예감이 들었다.

어윤중이 삼례에 도착했을 때 보은의 소식을 들은 동학도들은 이미 흩어져 가고 남아 있지 않았다. 어윤중은 전라도도 진정이 되었다고 판단한 뒤에 다시 조병식의 탐학 행위를 조사하기 위해 공주로 돌아가 조사에 착수했다. 재임 기간에 80여만 냥이나 부정을 한 것을 밝혀냈다.[44]

그러나 동학 도인들이 제기한 문제를 순리대로 풀어 가려 했던 어윤중의 이러한 노력들은 금세 수포로 돌아가고 말았다. 고종이 4월 10일 충청의 서병학과 호남의 전봉준과 서장옥(서인주)을 체포하라는 명령을 내린 것이다.[45] 돌아가면 생업을 보장해 주겠다는 말은 임금이 늘 상투적으로 해산을 목적으로 하는 거짓말이었음이 다시 드러났다. 세 사람을 체포하라는 명령은 정부가 동학을 난동으로 규정하고 있다는 것을 뜻하는 일이었으며, 지방관들에게는 다시 동학을 탄압해도 좋다는 명으로 이해되었다.

8. 모두 나가 싸우자

계사년(1893) 4월 2일 저녁 해월은 보은에서의 대집회를 마치고 상주 효곡리 왕실 집으로 돌아왔다. 며칠 머문 뒤 아들 덕기와 사위 연국을 데리고 경상도로 향했다. 전라도는 늦게 포덕을 시작했지만 동학의 불길이 들불처럼 번지고 있는데 반해 동학의 발원지인 경상도가 부진했기 때문에 더 보강해야 한다고 보았기 때문이다.

해월 일행은 낙동강을 건너 인동 배성범 집을 거쳐 칠곡 율림(왜관 금남) 곽우원의 집에서 3개월을 머물렀다. 김산, 성주, 칠곡, 의성, 군위의 도인들이 찾아와 만났다. 7월 중순 다시 인동의 배성범 집으로 가 찾아온 손병희, 손천민과 합류했다.

아들 덕기의 발병과 이사

"아버지, 왜 이리 어지럽지요?"

덕기는 이제 열아홉 살. 결혼한 지는 6년이나 되었지만 아직 팔팔

할 나이였다.

"어디 보자."

해월은 아들의 이마를 짚어 보았다. 열은 없었다.

"어제 꿈에 돌아가신 어머니가 보였어요."

덕기는 해월의 두 번째 아내 김씨가 낳은 아들이다. 김 씨는 열세 살 된 아들을 혼인시키고 한 달도 못 되어 갑자기 딴 세상 사람이 되었다.

"나보고 힘든 일이 닥칠 거라며 그 전에 어머니 계신 곳으로 오라고 하셨어요."

"네가 더위를 먹은 모양이구나."

"아버지, 제 손을 잡아 주세요."

덕기의 얼굴은 시간이 지날수록 창백해졌다. 진땀도 흘리고 있었다. 급히 손천민에게 덕기를 데리고 김산 참남골(김천시 어모면 다남)에 사는 편사언의 집으로 가서 요양하게 했다.

손병희와 함께 해월의 옆에 남아 있던 김연국이 말했다.

"아무래도 덕기가 걱정이 됩니다."

"그렇게 생각되나?"

"예. 제가 업어 키운 아이 아닙니까? 가끔 고뿔 들었던 것 외에는 자리에 누워 본 적이 없는 아이였습니다."

"그랬지."

해월도 걱정이 되는 눈치였다.

"아무래도 곧바로 뒤따라가는 것이 좋을 듯합니다."

처남 손병희도 거들었다. 세 사람은 인동에 남아 하려던 일들을 다음으로 미루고 낙동강을 건너 서쪽으로 백리 길을 걸어 김산 참남골로 향했다.

"보은에서 공성 집으로, 인동에서 칠곡으로, 다시 칠곡에서 인동으로, 인동에서 김산 편사언 집으로 아마 족히 600리는 되는 길인데 덕기가 많이 힘들었을 겁니다."

출생 때부터 지켜보아 왔던 덕기의 매부 김연국은 계속 걱정이 되는 모양이었다. 편사언의 집에 가니 손천민이 심히 걱정을 하고 있었다.

"인동에서 백리 길을 이틀간 그늘을 찾아 쉬엄쉬엄 왔지만 덕기가 여전히 힘들어합니다. 눈에 정기도 사라지고…."

해월의 얼굴이 어두워졌다.

서병학이 편사언의 집으로 찾아왔다. 서병학이 뒤따라온 이해관, 이국빈과 더불어 해월에게 간곡히 청했다.

"선생님, 보은에서 흩어진 지 석 달이 지나고 넉 달이 다 되어 갑니다. 조정에서는 우리를 적자로 받아 준다더니 저를 비롯해 전봉준 등을 체포하라는 명을 내렸다고 합니다. 우리가 속은 것 아닙니까? 다시 신원운동을 해야 할 것 같습니다."

해월이 고개를 저었다.

"우리가 20일 넘게 장내리에 모여 있지 않았나? 모두들 바쁜 봄철에 농사일도 뒤로 미루고 수만 명이 모여 주었네. 또 다시 도인들을 힘들게 할 수는 없네."

해월 주변의 손천민, 손병희, 김연국 어느 누구도 서병학의 주장에 찬동하지 않았다. 서병학 일행은 크게 낙담하고 편사언의 집을 떠났다.

7월 그믐, 해월은 넉 달간의 경상도 순회를 마치고 아들 덕기를 데리고 상주 공성의 집으로 돌아왔다. 덕기는 어지럽다고 말한 이후 보름이 지나자 헛소리까지 하고 있었다.

8월에 황간 대접주 조재벽이 찾아와 청산군 문암리(문바윗골) 김성원 집으로 이사하기를 권했다. 조재벽은 영동, 청산, 진산, 고산에 많은 포덕을 한 사람으로 그 지역에 밝았다. 보은 집회 이후 청산 현감 조만희는 동학도들에게 많이 너그러워졌다고 했다. 도소가 있는 보은과도 가깝고 딸 연화와 사위 연국이 사는 거포리 갯밭과도 가까웠다. 해월은 드러내 놓고 동학을 할 만한 청산으로 이사 갈 것을 결정했다.

덕기의 죽음과 부글부글 끓는 전라도

청산 한곡 문바윗골로 이사한 지 두 달도 안 된 10월 19일 새벽, 덕기는 아버지가 곁에서 지켜보는 가운데 숨을 거두었다. 세 살 어린

동생 윤은 오라버니의 숨이 멎는 순간까지 자기가 돕지 못했다며 크게 슬퍼하였지만 해월은 울지 않았다. 해월은 딸의 등을 토닥여 주었다.

"슬퍼하지 마라. 한울이 주셨다가 한울이 데려가신 것을 슬퍼할 까닭이 있겠느냐. 사람이 태어나는 것과 죽는 것은 똑같은 일이다. 태어나는 것은 기뻐하면서 죽는 것을 슬퍼할 이유가 없느니….."

제자들이 덕기의 주검을 수습해 문바윗골 위쪽 양지바른 곳에 묻었다.[46]

아이 없이 살아왔던 덕기의 아내(음선장의 딸, 서인주의 처제)는 남편이 죽은 뒤 친정으로 돌아갔다. 문바윗골에는 손씨 부인과 그녀가 낳은 아들 봉조(동희), 윤, 보은 집회에 참여했다가 윤을 따라 온 태희가 살게 되었다. 윤은 연화 언니와 형부 연국이 사는 거포리 집이 한층 가까워진 덕분에 그나마 오라버니를 잃은 슬픔을 달랠 수 있었다. 11월에 해월은 사위 김연국에게 구암(龜菴)이라는 도호를 내려 주었다.

세상은 여전히 시끄러웠다. 여름에는 청풍에서 3천 명이 들고일어나는 민란이 있었고, 가을에는 황간현에서 민란이 있었다. 그런 시끄러움 속에서도 해월은 동학도의 조직 강화를 위한 발걸음을 멈추지 않았다.

11월에 해월은 각 포마다 법소를 두게 했다. 김연국은 문암리에, 손병희와 이용구는 충주 외서촌(음성 황산리)에, 손천민은 청주 송산리에, 박석규는 옥천에, 임규호는 보은에, 박희인은 예산에, 박인호는

홍성에, 임정준은 문의에, 박태현은 청산에, 김낙철은 부안에, 손화중은 무장에, 김개남은 남원에, 성두환(한)은 청풍에, 차기석은 홍천에, 김치운은 인제에, 최맹순은 예천에, 이관영은 상주 공성에, 전봉준은 금구 원평에 주재하며 도소와 포소를 설치했다.

포소가 설립되어 교무를 집행하고 동학을 널리 알리니 입도자가 엄청나게 늘었다. 장소가 좁아 집 밖에 차일을 치고 30명씩 한꺼번에 입도식을 하기도 했다. 해월은 보은 장내리 대도소가 관의 지목이 심하므로 청산 문암리(문바위골)에 임시 대도소를 만들었다.

황현과 같이 뜻있는 선비들이 '절인 생선과 썩은 쥐처럼 더러운 냄새가 풍긴다'고 표현할 정도로 조선은 썩어 가고 있었다. 관직을 돈으로 사고팔며 일단 자리를 얻고 나면 지방관은 행정, 사법, 세무, 군사권 등 전권을 휘둘렀다. 국고가 텅텅 비어 중앙정부의 관리는 봉급마저도 받지 못하는 경우가 있었지만 직접 세금을 거두어들이는 지방관은 호경기를 누리고 있었다.

금광이 있는 평안도의 감사를 사려면 80만 냥, 다른 도의 감사 자리는 15만 냥이라 했다. 목사나 부사 자리는 15만 냥에서 17만 냥을 받았다.[47] 사지 말단부에 거머리들이 붙어 있어 중앙으로 피가 돌지 않는 꼴이었다. 왕실에서도 매관매직을 하고 있으니 썩어 가는 팔다리를 치유할 능력이 있을 리 없었다.

지방 관리들은 농민들로부터는 불효세, 불화세, 음행죄, 노름죄 등을 핑계로 재물을 약탈하고 온갖 이름의 잡세를 거두어들이고는 나라에 바쳐야 할 몫은 가로챘다. 결당 세미가 20~30두에 지나지 않았던 것이 100두가 넘게 되었다. 탐욕에 눈이 먼 관리들 때문에 사지 말단에 있는 백성들 입에서 아우성이 터져 나왔다.

11월, 전라도 고부, 전주, 익산에서 민란이 일어났다. 고부 군수 조병갑은 군수에게 억울함을 호소했던 전봉준을 비롯한 농민 대표 40명을 모조리 감옥에 가두었다가 풀어 주었다. 60명으로 늘어난 농민 대표들은 12월에 다시 억울함을 호소했다. 그들 모두 몽둥이찜질을 당하고 다시 쫓겨났다. 게다가 각처에서 동학도들은 동학을 한다는 이유까지 더하여져 재산을 빼앗기거나 장살되는 일이 빈번히 일어났다.

갑오년이 밝았으나

해가 바뀌어 갑오년(1894)이 밝아 왔다. 해월은 1월 5일, 지도자들을 대상으로 문암리에 강석(講席)을 마련했다. 강석에서는 숙식을 하며 동학을 공부했다. 동학의 지도자들이 각 포에서 교육을 하다가 막히는 문제, 도인들이 이해하기 어려운 문제가 생기면 이곳에 가져와 질문하고 토론했다. 그 자리에까지 전라도의 급박한 소식이 들려왔다. 전라도에서 계속 뒤숭숭한 소식들이 당도했다.

고부에서 전봉준이 농민 대표로 앞장서 고부 군수와 맞서고 있다는 소식이었다. 전봉준이 세를 확보하기 위해 금구 용계의 김덕명과 태인 주산리(태서리)의 최경선 접주의 도움을 청했다는 소식도 당도했다. 동학 도인이 무리 지어 움직이는 일에는 법헌 해월의 최종 재가를 받아야 했다. 그러나 현장의 상황이 급하니 전봉준은 도움을 얻을 수 있는 인근의 큰 접주들에게 도움을 청한 것이다.

　전봉준이 이끄는 고부 지역의 동학 도인과 농민들은 1월 10일 새벽 고부 읍성으로 쳐들어갔다. 조병갑은 도망가고 없었다. 농민들이 말목장터를 장악하고 한 달을 버텼지만, 전라감사 김문현은 진작에 죄를 물어 파직하거나 징계했어야 할 조병갑을 고부 군수로 유임하는 데에 힘을 보탠 죄가 있어 조정에 실상을 보고하지 못하고 있었다. 말목장터에 유진하는 농민들이 늘어나자 김문현은 2월 10일경에야 정부에 보고했다.

　조정에서는 5일 뒤 김문현에게 3분기의 봉급을 박탈하고, 조병갑에게 죄를 묻고, 군수를 박원명으로 바꾸며 장흥 부사 이용태를 고부 안핵사로 보내어 사태를 파악해서 해결하도록 했다. 정읍 용안의 현감으로 있던 박원명은 19일 고부에 도착해서 일을 보기 시작했다.

　농민군은 새로 부임한 박원명 군수에게 부당하게 세목을 남발하여 거두었던 그동안의 폐정을 고발하였고, 박원명은 그러한 일이 재발하지 않게 할 것을 확답하였다. 박원명은 잔치를 베풀어 농민들을 다

독였다. 전봉준은 일단 농민군들을 흩어서 귀가케 하고 동학도들만으로 정예의 부대를 결속하여 추이를 살피기로 했다.

그러나 뒤늦게 장흥 부사 이용태가 안핵사가 되어 800명의 역졸을 끌고 온다는 정보에 농민들은 다시 긴장해야 했다. 전봉준은 3월 1일 군의 경계를 넘어가면 역모로 취급되는 것을 알면서도 고부군 경계를 넘어 부안군 줄포에 있는 세고를 털어 쌀을 확보했다.

3월이 되어 뒤늦게 나타난 안핵사 이용태 무리는 조병갑을 두둔하며 열흘 가까이 봉기에 앞장선 이들을 비적으로 몰아 때리고 잡아가두며 재산을 약탈하고 불을 지르며 부녀자를 강간하는 등 갖은 악행을 자행했다. 이용태는 박원명 군수를 위협하여 소란을 피운 농민군 대표자들 색출하라고 으름장을 놓았다. 이용태는 국법의 권위를 앞세워 농민들을 닦달하고 겁박하는 것이 문제 해결책이라 생각했다. 그러기 위해서는 관에 대항하는 자들을 폭력으로 송두리째 뿌리 뽑아야 했다. 그의 신념 때문에 고부 농민들의 고통은 골수에 스며들었다.[48]

이용태가 저지르는 만행의 참상을 금구 대접주 김덕명과 무장 대접주 손화중과 태인 대접주 김개남이 주목하고 있었다. 조정은 매번 모든 민초, 인민[49]들의 하소연에 대하여 성심으로 귀 기울이지 않았다. 들어주는 척하다가 곧바로 대표자를 죽이거나 처벌했다. 겁을 먹은 채로 그저 참고 살게 길들이는 것이 조정의 한결같은 정책이었던 것이다. 그러나 공주, 삼례, 광화문, 보은 집회를 거치며 동학도들은 이제 그릇된 정부 행태에 길들여져 살아서는 안 되겠다는 것을 분명하게 깨닫게 되었다.

정부에서 문제를 해결하라고 내려보낸 안핵사 이용태의 난폭한 진압은 전라도의 대접주들의 분노를 촉발시켰다. 그들은 3월 9일 3천여 동학군을 원평에 집결시키고 10일 대오를 편성한 다음 11일부터 이동하기 시작했다. 임실, 태인, 남원, 순창, 장수 지역의 도인들이 무장으로 속속 모여들었다.

현묘한 기틀이 나타나지 않았으나 시운이니 막기 힘들다

갑오년(1894) 3월, 부안의 김낙봉은 부안에서 본 동학 도인들의 움직임을 보고하기 위해 말을 타고 급히 청산 문바윗골의 해월을 찾았다.

"선생님, 고부군의 전봉준이 그 아버지가 군수 조병갑에게 죽임을 당하였는지라 민요(民擾)를 일으켰다고 들었습니다. 그런데 뜻대로 되지 않자 무장에 사는 손화중을 움직여 아주 크게 판이 벌어진 것을 보았습니다. 부안 줄포의 세미 창고를 털었고 수천의 병사를 모아 부안에도 집결한 것을 보았습니다. 그것을 보고 어찌 놀랍고 두려운지 가형 낙철 대접주의 편지를 가지고 말을 타고 급히 왔습니다."

김낙봉의 말이 떨어지기가 무섭게 해월이 입을 열었다.

"그 역시 시운이니 막기 힘들 것이네."

"예?"

전봉준을 향해 화를 낼 줄 알았던 낙봉은 해월이 뜻밖에 담담한 반응을 보이니 놀랐던 것이다. 얼른 보충설명을 했다.

"전봉준이 손화중 대접주 등과 합세하여 관에 맞서서 싸울 준비를 아주 크게 하고 있습니다. 대란이 일어날 듯합니다."

"전봉준이 미리 내게 의논을 해 왔다면 현묘한 기틀이 마련될 때까지 기다리라고 했을 것이지만⋯."

"작년 동짓달부터 고부, 전주, 익산 여기저기서 민란이 일어났다고 합니다."

"그래. 작년부터 시끄럽다는 것은 들어 알고 있었네. 올해까지 계속 사태가 급박하게 돌아가니 미처 연락을 하지 못했을 테지."

"그 사람이 미리 선생님께 연통을 했더라면 좋았을걸 그랬습니다."

"전봉준이 정의로운 사람 아닌가. 삼례 집회 때 장두로서 류태홍 대접주와 함께 소장(訴狀)을 들고 감영에 나아갔다는 말을 듣고 참 고마웠네. 백성들을 어려움에서 구하고자 하니 마음이 급했을 게야."

"그런데 현묘한 기틀이란 어떤 것을 이르시는 겁니까?"

"현묘(玄妙)하다는 것은 말로 설명할 수 없이 깊고 깊은 이치가 작동하는 것을 이르는 것 아닌가."

"그렇지요."

"내 인생에서 딱 한 가지 후회되는 일을 짚으라면 신미년(1871) 이 필제에게 휘둘린 것을 들 수 있겠네. 그때 역시 현묘한 때가 이르지 않았다는 생각이 강하게 들었지."

"그랬는데 어찌 함께하셨습니까?"

"그 사람이 내게 대여섯 번이나 간청을 하고, 또 주변의 많은 도인들의 마음이 이미 크게 그에게 쏠려 내게 간청을 하기에 어쩔 수 없이 응했지."

"그때 큰 희생이 따랐다고 들었습니다."

"참으로 아까운 사람들이 많이 희생되었네. 유배도 당하고. 험한 길을 오랫동안 도망 다녀야 했어. 그뿐인가? 동학은 위험한 비적들의 무리가 하는 것이라는 떼지 못할 낙인을 받게 되었지."

"그 일이 없었더라면 달랐을까요?"

"그 일이 아니었다면 대선생의 신원이 이처럼 어렵지는 않았을 거라는 생각을 하네. 조정으로부터 늘 주목을 받는 생활을 해야 하고 인정을 받지 못하니 수많은 도인들이 재산을 빼앗기고 거리에 내쫓겨도 오랜 세월 말도 못하고 살지 않았나!"

"후회가 크신가 봅니다."

낙봉이 안타까운 눈빛으로 해월을 바라보았다.

"그때 내가 휘둘리지 않았더라면 하고 스스로 얼마나 책망을 했는지 모르네. 물론 지나간 일이고 이미 엎질러진 물이지만 앞에서 이끄는 사람은 그래서 상황을 지극히 잘 살펴야 하는 게야."

"그렇지요. 밑에서는 울퉁불퉁 자기들 급한 대로 주장을 하기는 쉽겠지만…. 그렇기 때문에 혹 지도부를 믿지 못하고 따로 돌출 행동을 하는 것이 염려스럽기도 하시겠습니다."

"내가 언제나 바라는 것은 우리들의 개벽의 꿈이 이루어지는 것이니까. 시간이 필요한 일이지."

"그런데 현묘한 기틀은 어떻게 느낄 수 있습니까?"

"대답하기 쉽지 않은 질문이군. 하얀 구름에서는 비가 내리지 않아. 바람도 없이 검은 구름이 낮게 뜨고 또 그 양도 충분해야 비가 내리지 않던가. 나무에 달리는 열매도 초록색이 붉은색이 되고 붉은색이 되고서도 꼭지가 서서히 말라 가야 무르익어 따게 되는 것이고."

"그냥 기다린다고 되는 건 아니겠지요?"

"자연이야 그냥 기다리면 되지. 과일이 익는 데는 따듯한 햇볕이 필요한 시간만큼 충분히 내리쬐어야 하는데 그건 저절로 되는 것 아닌가. 스스로 자(自), 그러할 연(然), 그게 자연이니까. 그러나 우리가 개벽세상을 만드는 건 그냥 시간만 간다고 되는 건 아니지 않던가! 더 많은 사람들이 입도해서 따로 또 함께 수양하고 수양해서 신선 같은 사람들이 되고 몸소 그 삶을 살아야 하네. 그리되도록 우리가 그동안 얼마나 많이 노력했던가. 짚신이 수천 켤레 수만 켤레가 닳아 없어졌을 것이네. 첩지에 인장을 찍은 증표를 나누어 주면서 나는 조금만 더 아주 조금만 더 노력하면 현묘한 기틀이 보일 것이라고 생각하고 있었다네. 우리가 죽창을 들기 위해 30년을 포덕해 왔던 것은 아니었으니까. 조금만 더. 그런데….”

해월이 가늘게 긴 숨을 쉬었다.

“그럼 전봉준의 봉기를 막아야 하는 거 아닙니까?”

낙봉이 근심 어린 표정으로 해월에게 물었다.

“아니야. 이것도 시운이라니까. 이미 활은 시위를 떠났네.”

“그럼 이제 어떻게 하지요?”

잠시 침묵하던 해월이 먼 하늘을 바라보았다.

“아마 하늘은 우리보고 아주 더 많은 시간 속을 걸어가야 한다고 하는가 보이.”

해월의 눈시울이 붉어지는 것을 보고 낙봉은 얼른 고개를 돌렸다. 낙봉은 잠시 툇마루로 물러 나왔다가 옷소매로 눈을 닦고는 방으로 들어갔다.

해월은 어느새 종이를 준비하고 붓에 먹을 찍었다. 전봉준에게 편지를 쓰려는 것이다.

‘죽은 아비의 원수를 갚고자 함은 효요, 백성들의 어려움을 건지고자 함은 인이다. 효를 느낌에 인류이 밝아지고 인을 추구함에 백성들의 권리가 회복될 것이다. 비록 그러하지만 경에게 이르지 아니했던가. 현묘한 기틀이 아직 드러나지 아니하였으니 마음을 급하게 먹지 말라 함은 돌아가신 스승의 가르침이다. 운이 아직 열리지 아니하고 때가 아직 이르지 아니하였으니 망녕되이 움직이지 말고 더욱 진리

를 구하여 천명을 어기지 말라.'

갑오 삼월 북접주인 최시형

"선생님, 전봉준이 거사를 일으킨 것을 시운이라고 하시면서 어찌이 글에는 망녕되이 움직이지 말라고 하셨습니까?"

편지를 받아 봉투에 담아 가슴에 넣으며 낙봉이 물었다.

"때가 이르지 않았어도 활은 이미 시위를 떠나지 않았는가. 전장에나선 장수가 활을 한 번만 쏘게 되겠는가? 때가 이르지 않았기 때문에 순간순간 조심하고 헤아려야 할 일은 또 얼마나 많을 것인가? 자, 얼른 길을 떠나게! 나도 궁리할 일이 많이 생기겠구면."

다시 해월의 음성이 카랑카랑해졌다.

갑오년 봄, 들썩이는 충청도

보은 집회 이후 지역에 따른 차이는 있지만 전국적으로 동학 도인들이 나날이 새롭게 늘어 갔다. 봄이 되자 멀리 황해도 해주에서 도인 15명이 연비들의 명단을 가지고 문바윗골로 해월을 찾아왔다. 그들 중에는 젊은 청년 접주 김구도 있었다. 그들이 해월을 접견하고 있을 때 전라도의 긴급한 소식들이 속속 보고되고 있었다.

해월은 단호한 어조로 말했다.

"호랑이가 몰려들어 오면 가만히 앉아 죽을까, 참나무 몽둥이라도 들고 나서서 싸워야지!"[50]

해월이 쥔 주먹에 힘이 들어가 있었다. 해월은 김연국을 시켜 손병희(충주), 손천민(청주), 임정준(문의), 박석규(옥천), 임규호(보은), 박인호(홍성), 조재벽(금산 진산) 등을 불러 모았다. 이미 일이 터졌으니 전봉준을 돕는 혁명군 조직을 짜야 했다.

"호남 교도들이 타살당하는 것을 알면서 가만히 앉아 그들의 죽음을 보고만 있을 수 없으니 크고 작은 접들은 각자의 형편에 맞추어 모두 기포할 준비를 해 주시오!"

그들은 의논 끝에 4월 초6일 청산 소사전(작은 뱀티)에 모이기로 했다.[51] 전라도의 무장에서 기포가 일어난 지 보름 후의 일이었다. 동학도인은 이제 동학혁명군으로 거듭나고 있었다.

4월 초, 진산에서 정부의 사주를 받은 보부상이 동학혁명군을 공격하여 110여 명이 사망했다. 동학군들은 4월 8일 회덕 관아를 쳐서 무기를 확보하고, 4월 9일 진잠으로 향했다. 4월 10일 회덕 진잠 일대에 머물던 동학군들은 1년 전 보은 집회 당시 파직된 조병식 후임으로 충청 감사에 오른 조병호가 급파한 청주 진남영병과 옥천병들의 공격을 받고 무너졌다. 그러나 동학군들은 4월 13일, 14일, 15일에도 옥천, 회덕, 진잠, 문의, 청산, 보은, 목천 일대에서 무리를 지어 이동하며 위력을 과시했다.

그러나 해월의 동원령에 호응한 동학군 중 일부가 약속된 날짜를 어기고 미리 호남에 들어갔다가 적발되어 편지글도 빼앗기고 20여 명이 체포되는 일이 발생했다. 해월은 급히 전봉준에 다시 통지문을 넣었다.

"서로 간에 시간을 정한 것은 엄수해야 하거늘, 일부 명령을 어긴 두령들 때문에 희생자들이 생겼소. 이는 지금과 같은 엄혹한 시기에 있을 수 없는 일이오. 명령을 어긴 두령은 참수하시오. 우리 군진은 9대(九隊)가 있으니 작전은 정해진 시일에 할 수 있게 엄수하기 바라오."[52]

수행을 통한 개벽세상을 꿈꾸었기 때문에 늘 사려 깊고 신중을 기해야 하는 해월이었지만, 결정적 시기가 되니 결단력 있게 움직이지 않으면 안 되었다.

4월 18일에는 괴산, 연풍 등에서도 동학군들이 봉기했고, 경상도 예천, 상주, 선산 등에서도 잇따라 봉기했다.

동학군들은 애써서 농사짓는 농민들이 굶주리는 것은 온당치 못하다고 선언하고 부자들에게서 쌀을 빼앗거나 헐값으로 팔라고 요구하고, 그 쌀을 다시 헐값으로 빈민에게 판매하였다. 회덕, 옥천, 진잠 지역의 동학군들은 관아와 양반 지주들로부터 빼앗은 돈과 곡식으로 굶주리는 사람들을 구휼하였다.

4월 말 조병호 뒤로 다시 충청 감사로 발령을 받은 이헌영은 임지로 떠나며 그들의 동태를 살핀 뒤 정부에 이렇게 보고했다.

'공주 이하 지방은 나라의 소유가 아니옵니다.'[53]

전라도 동학군을 진압하기 위해 경군 800명과 함께 4월 4일 인천을 출발하여 이틀 뒤 군산에 도착했던 홍계훈은, 동학군의 기세에 눌려 더 이상 내륙으로 진출하지 못하고 정부에 증원군을 요청해 800명을 더 증원받았으나, 동학농민군을 제압하지 못했다. 동학군은 4월 27일 전주성에 입성했다.

 민영준이 고종에게 건의했다.

 "전하, 홍계훈이 계속 고전을 면치 못하고 있습니다. 청국군의 내원을 요청해야 하지 않겠습니까?"

 "그래, 내가 작년에도 그렇게 하자고 주장했거늘…."

 그러나 5월 16일, 18일 대신 회의를 열자 대신들은 다른 의견을 내놓았다.

 "전하, 반역죄를 용서하기는 어려우나 이들은 모두 우리 백성입니다. 만약 다른 나라의 군사를 불러 토벌하면 그것은 당대뿐 아니라 두고두고 백성들이 원망을 하고 군왕을 원망하는 일이 될 것입니다. 절대 아니 되옵니다."

 민영준이 말했다.

 "전주성이 함락되었다는 소리를 못 들었소? 그들은 작년에도 보은에서 수만 명을 모아 놓고 조정을 압박했던 자들이오. 이번에도 한양으로 쳐들어오지 말라는 법이 없소."

 다른 대신이 입을 열었다.

 "그러나 일본과 청국은 톈진조약을 맺은 바 있어 청국군이 들어오면 일본군도 따라 들어오게 됩니다. 그리되면 조선을 놓고 청국과 일국이 일대 격전을 벌일 수도 있게 되옵니다."

많은 대신들이 반대했다.

고종은 포기할 생각이 없었다. 작년에 박제순을 불러 원세개에게 비밀리에 파병을 청한 전력도 있지 않은가? 이번에는 직접 원세개를 불러들였다.

"일이 급하게 되어 가고 있소. 청국의 병사를 불러 주시오."

"작년에도 보은에서 일이 잘 해결되지 않았습니까?"

"아니, 아니라니까. 이번에는 달라요. 얼른 청국의 병사를 불러 좀 도와주시라는 말이오."

"정 그러시다면, 텐진에 전문을 치겠습니다만….."

원세개가 돌아간 뒤 고종은 민영준을 불렀다.

"방금 내가 원세개를 불러 청에 원군을 요청했소."

"예?"

민영준이 깜짝 놀라며 말을 이었다.

"최근 국제법 조약에는 한 나라에 도움을 요청하면 조약에 가입한 여러 나라가 군대를 동원하게 되어 있습니다. 청나라는 진실로 우리나라를 돕고자 하여 별다른 악의가 없다고 보장할 수 있지만, 일본은 오랫동안 우리나라의 빈틈을 엿보고 있는데, 만약 국제법을 빌미로 외국 군대가 차례로 움직이게 되면 결국 호랑이를 막으려다가 이리를 불러들이는 꼴로 뒤끝이 좋지 않을 것이니 어찌하겠습니까?"

고종은 그 이야기를 듣고는 망연자실하다가 힘없는 목소리로 민영준에게 말했다.

"그럼 원세개에게 가서 요청한 일을 중지시키시오."

민영준은 급히 원세개에게 달려갔다.

"미안하게 됐소만 청나라에 원병을 요청한 것은 없던 일로 해 주시오."

"임금이 거듭거듭 사정을 하시기에 이미 제가 톈진으로 파병을 요청하였습니다. 당신 나라의 임금과 신하는 어찌 일 처리하는 것이 이토록 답답합니까?"

원세개가 혀를 끌끌 차며 고개를 외로 꼬았다.

왕비 민씨가 민영준으로부터 이 이야기를 전해 들었다.

"뭐? 다시 청의 파병을 취소하러 갔었다구? 바보 같으니라고. 청군이 들어오면 일본군이 따라 들어올까 봐 걱정이 돼서? 흥! 내가 차라리 일본의 포로가 될지언정 어찌 다시 임오년(1882) 같은 일을 다시 당할 수 있겠느냐? 내가 지면 너희들도 죽게 될 것이니 여러 말 하지 말라!"[54]

원세개는 5월 7일 청국군을 아산에 파병했다. 눈이 빠지게 청국의 개입을 기다리고 있던 일본군은 미리 일본을 출발하여 5월 8일 인천에 상륙하여 곧장 한양으로 진격해 들어갔다.

궁중의 대신들은 자기들과 의논 한마디 없이 청군과 일군이 조선에 들어오는 것을 보고 깜짝 놀랐다. 앞으로 청국과 일본의 군사 개

입이 더 큰 문제를 일으키리라 보고 민영준을 시켜 급히 그들의 퇴군을 요청했다. 민영준은 원세개에 가서 남녘의 반란이 진정되었으니 청군이 돌아가 주어야겠다고 말했다. 원세개는 선선히 그럴 뜻을 내비쳤다. 그러나 일단 조선에 발을 내린 일본은 절대로 물러서려고 하지 않았다.

왜에게 침탈당한 경복궁

고종은 국내외의 정세가 불안정함에도 밤마다 전등을 켜 놓고 광대들을 불러 놀게 했다. 일본군들이 대궐을 침범하기 전날까지도 그랬다.

일본은 대륙으로 진출하기 위해 조선반도를 수중에 넣어야 했다. 그러나 조선은 오래도록 중국을 중화(中華), 스스로를 소중화(小中華)라 하여 중국의 그늘에 있기를 마다하지 않았다.[55] 조선을 차지하기 위해서는 조선을 중국의 그늘에서 빼내어 와야 했다. 그러자면 조선을 우선 독립국의 대열에 끌어내야 했다.

외교상으로는 항상 피동적인 위치를 고수하고, 일단 유사시에는 군사상으로 모든 면에서 기선을 제압해야 한다는 전략을 가지고 있던 일본은 전쟁을 해서라도 청나라를 조선반도에서 내쫓을 궁리를 하고 있었다.[56] 이미 오래전부터 땅과 바다에서의 전쟁 준비를 해 왔던 일본은 육군, 해군 그 어느 것도 청군에 뒤지지 않는다는 자신감이 있었다.

전쟁을 하자면 통신선의 확보가 최우선으로 중요했다. 히로시마에 차려 놓은 일본의 대본영이 전황을 파악하고 수시로 지시를 내려야 했기 때문이다. 나가사키에서부터 부산까지는 1883년에 이미 해저 전신을 이어 두었지만, 일본에서 조선을 거쳐 중국 동북부까지 전신선과 전신국을 확보하기 위해서는 전신선을 수비하는 부대를 요소요소에 계속 주둔시켜야 했다. 조선의 농민들이 수시로 전신선을 절단하며 일본에 저항했기 때문이다. 전신선의 보호를 위해서도 조선 정부는 일본의 손아귀에 있어야 했다.[57]

일본의 외무대신 무츠 무네미츠(陸奧宗光)은 오오도리(大鳥圭介) 특명전권공사에게 훈령을 내렸다.

"오늘의 정세는 이미 어쩔 수 없이 전쟁을 시작하지 않을 수 없게 되었다. 그러므로 우리의 책임으로 귀착되지 않는 한 어떠한 수단을 취하더라도 전쟁을 개시할 수 있는 구실을 모색하라!"[58]

교활한 무네미츠는 오오도리에게 그에 필요한 술책을 전수하는 것도 잊지 않았다.

"오오도리, 우리의 급선무가 무엇인지 아는가?"

"청국을 조선에서 내쫓는 일입니다."

"그렇지. 그렇다면, 청국에 가서 '청국은 조선의 종주국인가?'를 물어야 되겠나, 아니면 조선에 가서 '당신 나라는 청국의 속국이냐, 아니냐?'를 물어야 되겠나?"

"조선에 물어야겠지요. 국제법상 청국은 조선을 속국이라고 인정하는 것이 껄끄러울 것이고, 조선은 자존심이 있을 터, 스스로 속국이라고 고백하지는 않을 테니까요."

"그렇다! 그러면 차근차근 치고 들어가 다음과 같은 결론을 이끌어 내야 한다. '조선은 일본과 평등한 권리를 가진다. 또 그 뜻을 그대로 확대하여 볼 때 청국이 조선을 보호 속방이라는 명목으로 아산에 주둔하고 있는 것은 일한 조약을 유린하는 것이다. 그러니 아산에 있는 청국 군대를 국외로 축출할 것을 일본 정부에 위탁한다!' 어때, 조선 정부로부터 그 말을 받아 낼 수 있겠나? 그것이 바로 귀하의 임무다. 알겠는가?"

"예!"

"그러면 지금 말한 그대로 한 치도 어긋남 없이 실행해야 한다. 만약의 경우 경복궁을 점령하고 국왕을 윽박질러서라도 청국 군대의 축출을 허락받아 내게! 틀림없이 해야 하네!"[59]

일본군 여단장 오오시마는 오오도리 공사와 미리 작전을 치밀하게 짰다. 드디어 6월 21일(양 7.23) 0시 30분, 오오도리로부터 출발하라는 명령이 떨어졌다.

"계획대로 실행하라!"

작전은 차근차근 진행되었다. 오오시마 여단장이 지휘하는 보병

11연대 제1대대의 4개 중대, 제2대대의 4개 중대, 제3대대 4개 중대, 보병 제21연대 외에도 공병, 기병, 야전 포병 등 1,500명의 병력이 대포와 총, 도끼, 폭탄을 갖추고 용산에서 남대문, 서대문, 동대문, 남소문, 동소문을 점령하고 오전 4시경 경복궁 영추문에 당도했다.

이들은 영추문을 도끼로 부수려 들었으나 여의치 않자 폭약을 장치하고 세 번을 시도했는데 끝내 부수지 못했다. 결국 긴 장대를 성벽에 걸고 담을 넘어 들어가 안과 밖에서 톱으로 빗장을 절단하고 도끼로 대문을 부수어 문을 연 것이 새벽 5시경. 함성을 지르고 경복궁에 난입한 일본군은 조선 군대와 전투를 벌인 끝에 7시 반이 되어 점령을 끝냈다.[60]

오오도리는 무네미츠의 술책대로 고종을 협박하여 일본군이 나서서 청국 군대의 축출하는 것을 허락받았다.

무네미츠는 청과 전쟁을 할 때에도 가능한 그들로 하여금 먼저 전쟁을 도발하도록 하는 것이 상책이라고 거듭 강조했다. 경복궁을 점령한 이틀 뒤인 6월 23일(양 7.25) 일본은 1,200명의 청국군을 수송하던 가이룽호를 격침시키고 청과의 본격적인 전쟁을 시작했다. 이미 오래전부터 청국과의 전쟁을 준비해 왔던 일본군은 개전 초기부터 승승장구 청군을 격파해 나갔다.

몇 달 뒤 일본은 평양에서의 전투를 끝으로 청나라를 조선반도에서 완전히 몰아냈다. 일본의 승리는 일본 열도 전체를 열광의 도가니로 몰아넣었다.

'문명국 일본이 야만국 중국을 무찔렀다! 천황 폐하 만세!'

모두 나가 싸우자!

4월 27일에 전주성을 점령했던 호남의 동학농민군은 폐정개혁안을 제시하여 정부와 타협을 모색했고, 조정은 이를 심의하여 받아들였다. 전봉준은 전라 감사 김학진과 전주화약을 맺고 5월 8일 전주성을 돌려주었다.

잠잠해졌던 정국은 6월에 다시 일본의 경복궁 침탈 사건과 조선을 사이에 둔 청국과 일본의 전쟁으로 말미암아 요동치게 되었다. 청국은 8월(양9.16)에 평양을 포기하고 압록강을 건너 후퇴했다.

청일전쟁 승리 후 일본은 거칠 것 없이 조선의 내정에 간섭하기 시작했다. 일본은 청일전쟁을 끝내면서 조선 침략에 가장 방해가 되는 동학도들을 없애는 것이 다음 수순이라 보았다. 일본은 한양에서 출발하여 남으로 향하면서 서로, 중로, 동로의 삼로(三路)를 통해 동학군들을 가차 없이 조선반도 서남해안으로 몰아붙였다. 먼저 경기도 용인, 안성, 장호원, 충청도 진천, 괴산, 음성의 동학농민군들이 일본군에 쫓겨 남하하기 시작했다.

7월과 8월에는 옥천, 영동, 진천, 충주, 청풍, 단양, 제천, 영춘, 문경, 성주, 영월, 평창 등 충청도 지역과 강원도 지역에서도 관군, 일군과 동학군의 전투가 잇따라 벌어졌다. 해월은 청산현 거포리 김연국의 집에서 손천민, 손병희, 신재련, 이용구 등을 모아 놓고 전국 총기포를 결정하고, 9월 18일 청산 문바윗골 도소로 나아가 전국 각지의 동학 접주들에게 통문으로 기포령을 전달했다.

경기도, 충청도, 강원도 지역에서 봉기한 동학 혁명군이 장내리에 집결했다. 충주, 괴산, 청주, 청안, 영동, 문의, 덕산, 목천, 옥천, 서산, 공주, 당진, 안면도, 염천, 태안, 양지, 여주, 양근, 수원, 안성, 음죽, 원주, 홍천, 횡성에서 출발하여 1년 6개월 만에 다시 보은 장내리 옥녀봉 아래 모인 그들은 400여 개의 초막을 짓고 유숙하며 무기를 확보하고 식량을 확보하며 훈련하면서 동학농민군으로서의 진용을 갖추어 나갔다. 청산 작은 뱀티(소사전)에는 영동 옥천 청산에서 1만여 명의 동학농민군이 모여들었다. 이들은 떠나기 전에 무기를 확보하기 위해 노력했다. 6월에 서인주가 감옥에서 석방되었다. 서인주는 9월 총기포령 이후 바로 손천민과 결합하여 충주 용수포와 청주성을 기습하고 진천 관아를 점령하여 무기를 확보했다. 손병희가 이끄는 동학군은 논산에서 호남의 전봉준과 합류하기로 했다.

일본군 들어오다. 민나 고로시! (모두 다 살육하라!)

일찍부터 조선에 들어와 있던 일본군 본진이 평양 이북으로 나아가 청국군과 전투를 벌이는 사이, 일본 군부 대본영은 동학도 섬멸을 위해 따로 대대장 미나미 고시로가 이끄는 후비보병 19대대를 급파했다. 그들은 이미 일본에서 아이누족 진압에 나섰던 경험이 있는 훈련된 부대였다. 그들의 주력 총은 스나이더 소총과 무라타(村田) 소총. 그 밖에도 회선포 등 당시로서는 최신식 무기로 무장을 갖춘 후비보병 19대대는 농민군 진압에 최적의 조건을 겸비하고 있었다.

스나이더 소총은 원래 영국에서 개발된 것으로 일본은 1860년대~1870년대 자국의 농민 봉기 진압에 주로 사용하였다. 최대사거리는 1,800미터. 그들은 동학농민군 토벌을 위해 탄약 10만 발을 일본 시모노세키에서 가지고 왔다.

이때 한양의 조선군 수비대가 지급받은 것은 무라타 소총으로 일본 정부가 통일된 총기 지급을 위해 1880년 개발한 것이다. 1886년에 무라다소총은 일본군 전체에 배치가 완료되었고 이후에 개발된 무라타 연발총도 주력 총으로 사용되었다. 최대사거리는 2,200미터. 1분에 15발을 쏠 수 있었다.

일본군 병사 1명은, 대부분 죽창으로 무장하고 일부만이 화승총을 가진 동학농민군 250~500명을 상대할 수 있었다.[61] 이것뿐만이 아니었다. 전쟁을 하는 데 반드시 필요한 것이 지도인데, 그들은 조선의 국왕도 갖고 있지 않은 20만분의 1 축척의 조선반도 전체 지도를 가지고 있었다. 강의 길이와 깊이, 근해 바다의 깊이까지 표시된 이 지도는 수년 전부터 첩자들을 시켜 샅샅이 조사해서 만든 것이었다.

히로시마 대본영의 가와카미 소로쿠 병참총감은 부산의 이마바시 소좌에게 앞으로 조선 지배에 제일 큰 방해가 될 동학당을 조심하라고 경고했다. 오래전부터 동학당에 대한 문건을 수집하고 동향을 살피고 있던 그는 '동학당에 대한 조치는 엄격하고 격렬해야 한다.'며 '향후 모두 살육하라!(민나 고로시!)'고 지시했다. 이 지시는 9월 29일 전신을 통해 인천의 남부병참감에게 구체적인 명령과 함께 전달되었다.[62]

첫째, 동학당의 근거지를 찾아 소멸시켜라! 둘째, 동학당을 격파하고 그 화근을 잘라 내 재기를 막아라! 셋째, 조선 경군은 일본군의 지휘를 받아야 한다! 넷째, 1중대는 서로(西路, 수원-천안-공주-전주), 2중대는 중로(中路, 용인-죽전-청주-성주), 3중대는 동로(東路, 가흥-충주-문경-낙동-대구)로 행진한다! 다섯째, 북쪽에서 문제를 일으키면 국제문제화되고 장기화되어 귀찮아지므로 동학군을 동북쪽에서 서북쪽으로 내몰아 러시아의 국경을 절대 넘지 못하게 한다!

다시 만난 순망과 망개

9월 25일. 손병희는 동학군을 이끌고 진천 관아를 친 뒤 무기를 확보했다. 동학군은 경기와 충주 음성에서 온 도인들이 합세하니 순식간에 일만여 명으로 늘어났다. 손병희가 괴산으로 내려온 것은 10월

6일. 한양에서 가흥, 충주를 거쳐 괴산으로 오던 일본 후비보병 동로군과 맞부딪치게 되었다.

치열한 전투가 시작되었다. 손병희가 이끄는 동학군이 처음으로 만난 일본군은 실로 강적이었다. 수많은 동학군이 사살당했다. 일본군은 단 한 명이 사망했을 뿐이었다. 두 차례의 전투로 괴산 읍내는 초토화되고 말았다. 큰불이 일어나 민가 500여 채와 관아 건물까지 모두 불탔다.

망개는 주인을 따라 전봉준이 이끄는 군으로 합류해야 했으나, 손병희와 순망을 만날 수 있을까 하여 북쪽으로 방향을 잡았다. 보은에는 여러 곳에서 모여든 동학군들이 다른 곳에서 오는 동학군들과의 합류를 기다리며 초막을 짓고 있었다. 그리고 기다린 보람이 있어 김산에서 보은으로 올라온 순망을 만났다.

"아이구 이게 누구여? 순망이!"

"살아 있으니 아우를 또 만나게 되네. 반갑네 망개 아우!"

"이놈이 키도 나보다 작으면서 누구한테 아우라고 하는겨?"

"무슨 도토리 키 재기를 하자고 그러나. 내 여기 오면 자네를 만나게 될 줄 알았지!"

둘은 얼싸안고 맴맴 돌며 춤을 추었다.

"작년에 우리가 도소에 찾아가 만났던 손병희 대접주가 대장이라면서?"

뒤늦게 온 순망이 말했다.

"그렇다네. 지금 저기 북쪽 진천 관아를 들이쳐서 무기를 갖추어 갖고 오신다니 다들 기다리고 있는겨."

그들이 괴산 전투를 치르고 온 손병희를 만났을 때 손병희는 순망과 망개를 반기며 앞으로 어디를 가든 가까이 따라붙으라고 말했다. 둘이는 뛸 듯이 기뻐하며 손병희 곁으로 바짝 다가붙었다. 괴산에서 내려온 동학군들이 초막에서 쉬고 있을 때 순망이 다소 심각한 얼굴로 말했다.

"어이. 망개."

"왜 그래?"

"자네는 이번 싸움을 어떻게 보나?"

"작년에 왔을 때 보지 않았는가? 우리 도인들이 얼마나 많던가?"

"많으면 뭐해?"

순망이 뾰루퉁해서 말했다.

"싸움이야 많은 쪽이 이기는 거 아녀?"

"나 좀 전에 괴산에서 온 사람 말 듣고 왔어."

"괴산에서 어땠다는데?"

"엄청나더래."

"뭐가?"

"일본군은 일단 차림이 다르더래."

"어떻게?"

"발에는 탄탄한 가죽신발을 신었고 발목에서 무릎까지는 각반이라는 것으로 감아 든든하고 날렵하게….."

망개는 자신의 초라한 다리를 쳐다보았다. 아침저녁 쌀쌀해지는
때였지만 버선도 짚신도 초라하기 그지없었다.

"그리고 또 뭐?"

"그렇게 탄탄한 바지와 저고리에. 허리띠에는 물병을 차고 등에는
탄탄한 배낭을 지고…."

망개는 자기들의 입성을 내려다보았다. 때가 꼬질꼬질 묻은 무명
홑저고리와 홑바지뿐….

"머리는 짧게 자르고 모자도 아주 각이 딱 진 것이 번쩍번쩍 테두
리를 둘렀더래."

망개는 헝클어진 자기의 긴 머리를 만져 보았다.

"그뿐인가? 진짜 중요한 건 지금부터야. 잘 들어…."

망개가 허리를 곧추세웠다.

"총을 가졌는데, 그게 우리가 보는 화승총하고는 영판 다르더라는
거야."

"우리는 대부분 죽창이고 기껏해야 어쩌다 몇몇이 가지고 있는 화
승총인데…."

"그래. 어쩌다 가지고 있는 그 화승총도 화약 넣어야지, 불 댕겨야
지, 비 오면 못 쓰지, 탄이 나가도 요만치 가서 떨어지지…."

순망이 손가락으로 발부리 앞을 가리켰다.

"그러면 일본놈들 총은?"

"사람이 안 보이는 데도 총알이 날아와서 박히더래."

"사람이 안 보이는데? 어떻게?"

"그만큼 멀리서 쏜다는 거지. 그것도 한꺼번에 우박처럼 쏟아지더래."

"이거 참⋯."

"그런데 그 총탄을 가슴으로 허리로 죄 둘렀더래."

"옆에서 죽어 나가는 사람을 많이 봤겠네."

풀이 죽은 망개가 말했다.

"나한테 말해 주던 그 사람은 한숨을 땅이 꺼지게 쉬더라고."

"그 사람, 포기하고 집으로 돌아가려나?"

"글쎄, 그건 모르는 일이지."

순망이도 침통한 얼굴로 말했다. 두 사람은 잠시 말이 없었다.

"자넨 어떻게 하려나?"

망개가 침묵을 깨고 물었다.

"자네 먼저 말해 보게."

"나는 말여⋯. 동학이 좋아. 좋아도 아주 좋아."

망개가 아까와 달리 입에 큰 웃음을 띠고 말했다.

"그건 나도 그렇지."

"동학에 들어와서 다른 세상을 보지 않았나!"

"그럼."

"위아래 없고, 귀하고 천하다는 차별 대우가 잘못되었다는 것을 배

웠고, 그래서 그런 것 없는 세상을 만들려고 노력하는 사람들 만났고, 나 자신이 아주 소중한 사람이고 옆에 있는 사람들도, 아니 사람뿐만 아니라 생명 있는 것이나 없는 것이나 모두 존귀한 존재라는 것을 귀가 닳도록 들었고, 먼발치에서라도 법헌 어른도 뵈었고…. 여기와서도 죽이든 쌀이든 모두 있는 대로, 그리고 콩 한 조각씩이라도 나누어 먹지 않았는가? 동학에 입도하고서야 비로소 하늘나라 하늘사람이 무엇인지 알게 된걸."

"그래, 하늘에 있는 무한한 평화와 무한한 사랑과 무한한 자유가 다 내 안에 들어 있지. 그 하늘이 내게 깃들어 있다는 말, 그래서 내가 바로 하늘이라는 말, 그 말을 처음 들었던 순간을 잊을 수 없네."

순망이 얼굴이 환하게 피어났다.

"우리가 동학을 알게 되었다는 것이 얼마나 큰 행복인가? 같은 하늘 아래 살고 있는 우리들에게 청군, 일본군을 불러다가 총부리를 들이대는 바보 같은 임금님보다야 우리가 훨씬 낫지 않은가?"

"동학은 정말 다시없는 스승님들이 만드신 다시없는 가르침이지."

순망이 고개를 주억거렸다.

"나는 이제 죽어도 좋아."

망개가 담담하게 말했다.

"젊은 사람이 뭐 그런 소리를?"

그렇게 말하는 순망의 목소리도 담담했다.

"이렇게 좋은데 이걸 위해서 못 죽겠나?"

"그래. 여기 있는 수많은 사람들도 모두 우리랑 같은 생각일 거야. 망개, 이제 나랑 죽기 살기로 함께 싸우는 거다!"

"그럼!"

"우리가 끝까지 이 하늘사람들을 지키자고!"

"그래. 특히 지도부는 무슨 수를 써서라도 우리가 지켜 드리자!"

두 사람은 굳게 손을 잡았다.

패배, 패배, 또 패배

손병희가 이끄는 동학혁명군은 보은을 출발해서 일부는 청산, 영동, 옥천을 거쳐 논산으로 가고 일부는 회덕에서 관군을 물리치고 논산에 도착하여 전봉준 부대와 만났다. 수원, 홍천, 목천, 유구에 모인 동학군은 아래쪽에서 올라온 동학군과 함께 한양으로 진격할 때를 기다리고 있었다.

논산 소토산에서 만난 전봉준과 손병희는 생사를 함께하기로 다짐했다.

고종은 몇 달 전 충청 감사로 내려 보낸 이헌영을 박제순으로 교체했다. 작년에 원세개에게 파병을 요청하는 심부름을 갔다가 거절당했지만 대신 대포와 탄약을 얻어 왔던 젊은 박제순이 그래도 조금은 더 미더웠던 것이다. 전봉준은 충청 감사 박제순에게 격문을 보냈다.

'죽음을 각오하고 함께 일본 오랑캐를 물리쳐 선왕조의 은혜를 갚자'
는 내용이었지만, 박제순은 한 해 전에 보은에 모여 있는 동학도를
치기 위해 원세개에게 청국군을 빌려 달라 구걸하던 고종의 충복이
었다. 그뿐인가? 일본의 동학도에 대한 섬멸 작전을 고맙게 여기고
일본의 그늘 뒤에 숨어 '믿을 것은 일본뿐'이라고 했던 자였다.

정부는 죽산 부사로 있던 이두황[63]을 양호순무영의 우선봉장(右先
鋒將)을 겸하게 하여 동학을 진압하라고 내려보냈다. 그는 경기도뿐
아니라 보은, 청주, 천안, 공주, 해미, 예산, 부여, 논산, 남원, 순천, 광
양 등지에서 동학군 사냥꾼이 되어 동학군을 잔인한 방법으로 진압
했다. 동학군을 신고하는 자에게 상금을 내리고 체포한 동학군은 공
개된 장소에서 처형하고 목을 잘랐다.

이두황은 10월 중순 보은에 도착해서 법소를 불태우고 초막 400여
채를 모두 불태웠다. 동학의 문서를 가지고 있는 자들은 모두 처형해
버렸다. 보는 대로 방화하고 살해하는 것이 그의 진압 방법이었다.

10월 중순 목천 세성산에서 전투가 있었다. 동학군은 대패하고 말
았다. 10월 23일부터 있었던 공주에서의 1차 대접전도 모두 패배했
다. 문의, 충주, 옥천 증약, 청산 석성, 영동 양산에서 산발적 전투들
이 있었으나 동학군의 화력으로는 역부족이었다. 10월 하순부터 11
월 초순까지 다시 공주를 점령하려는 전투가 치열했지만 패배했다.
10월 중순부터 본격적으로 11월 중순까지 치열하게 전투가 벌어졌
지만 동학군들은 모두 패배할 수밖에 없었다.

일본과 관군은 공주가 한양으로 올라가는 길목이므로 우금치를 최대한 방어하기로 전략을 짜고 먼저 고지를 선점했다. 동학군은 토벌대가 선점한 고지를 11월 초순에 다시 공격해 보았지만 실패했다. 14일 다시 연산에서 접전을 벌였지만 또 실패하고 말았다. 동학군이 새하얗게 온 산을 덮어도 일본군과 관군의 신식 총에서 쏟아져 나온 총알은 여지없이 동학군의 몸을 헤집어 놓았다.

동학군은 애당초 누구를 죽이려고 나선 사람들이 아니었다. 누구를 제대로 죽일 수 있는 무기도 갖추지 못했던 사람들이었다. 탄압받지 않으며 수탈당하지 않으며 수행으로 마음을 닦고 싶어 했던 사람들이었다. 그들은 속수무책으로 당하기만 했다. 피가 강이 되어 흘렀다. 까마귀 떼가 그 위를 빙글빙글 돌았다.

남쪽에서부터 동학군을 이끌었던 전봉준은 11월 25일 원평 구미란 전투를 마지막으로 패배를 인정하지 않을 수 없었다. 12월에 들어서자 손화중과 최경선이 이끌던 동학군도 완전히 해산했고, 부대를 해산시키고 심복들과 함께 후일을 도모하기 위해 은신처를 찾던 김개남은 태인에서, 전봉준은 순창에서 체포되고 말았다.

북쪽에서부터 출발했던 손병희의 동학군은 공주 효포에서 논산으로 전주로, 다시 태인에서 금구 원평, 장성 갈현까지 전봉준 등과 함께 전투를 계속하며 남하했다가, 전봉준과 헤어진 뒤로는 북쪽으로 방향을 돌려 순창, 임실, 무주로 올라왔다. 설천에서 고개를 넘어 영동 용화의 달밭고개를 넘어가며 또 다시 관군과 전투를 벌이고 가곡에서, 용산리에서 잇따라 전투를 벌였다. 12월 10일에는 영동 용산 장터에서 머물렀고 11일에는 상주 김석중이 이끄는 유격대와 하루 종일 밀고 당기는 전투를 했다. 12일에는 청주병, 옥천 관군의 공격을 막아 내고 청산으로 들어왔다.

청산에 도착하자마자 손병희는 해월 스승의 부인인 누이동생과 조카 동희, 해월의 딸 윤과 보은 집회 이후 함께 살았던 태희를 찾아보았다. 사흘 동안 뒤졌지만 그들의 종적은 알 수가 없었다. 이전에 살던 한곡의 문바윗골은 일본군들이 불을 질러 아무것도 남아 있지 않았다. 여기저기 사방에 시체만 나뒹굴고 있었다. 대체 이들은 어디로 갔을까?

16일, 손병희가 이끄는 동학군들은 해월 선생을 모시고 사나흘을 머물던 청산을 떠나 애당초 출발지였던 보은을 향해서 나아갔다. 그들의 행렬은 원암(현 삼승면 원남리)에서 수피(현 탄부면 대양리)까지 30리에 달했다. 늦가을에 떠났던 그들이었다. 홑바지에 홑저고리만 입고 버선도 없이 맨발로 걷는 자들이 많았다. 춥고 배고픈 그들에게 한겨울의 매서운 눈보라가 몰아쳤다.

9. 북실에 눈이 내리고

호남의 동학군보다 해월, 손병희 등이 이끄는 동학군에 희생자가 적었던 것은 앞뒤로 지략이 뛰어난 선발대와 후발대를 배치했기 때문이었다. 저들의 총의 성능을 알게 된 이상, 그들의 총알받이가 되지 않기 위해서는 가장 안전한 길을 선택해야 했다. 손병희가 우금치에서 바로 보은으로 돌아오지 않고 남쪽으로 방향을 틀어 전주로, 금구로, 장성으로 내려갔던 까닭이다. 68세의 해월은 먼저 지름길로 해서 임실로 가 있었고 며칠 뒤 순창에서 올라오는 손병희 일행과 합류했다. 그들은 무주, 영동, 청산으로 올라오면서 가능하면 일본군과 안 마주치려 애를 썼다.

망개와 순망은 때로는 선발대가 되고 때로는 후발대가 되었다. 행군하다가 멈추게 되면 부지런히 보초를 다른 이와 바꾸고 지도부와 소통해야 했다. 순창을 지나자 지도부 중 서인주, 황하일, 이종훈 등 대접주들은 불을 피워 놓고 한담을 나누는 시간도 가질 수 있게 되었다. 황하일이 바삐 지나가는 망개와 순망을 불러 세웠다.

"자네들도 이리 와서 불 좀 쬐고 가시게. 항상 바쁘게 앞뒤로 뛰어

다니기만 하니 잠시 쉬기도 해야 할 것 아닌가."

황하일이 사양하며 지나치는 그들의 바지를 힘주어 잡아 주저앉혔다. 어색하게 끼어든 두 사람의 긴장을 풀어 주기 위해 황하일이 건너편에 앉은 서인주에게 농을 걸었다.

"자네는 어찌 그리 여러 번 체포되는 겐가? 아주 붙잡히는 건 혼자 맡아 놓았단 말이지."

서인주가 한양에서 체포되어 금갑도로 유배되었던 일, 광화문에 복소하러 갔을 때 장두를 보호하기 위해 가로막고 나섰다가 체포된 일을 두고 황하일이 기회가 있을 때마다 서인주를 놀려 먹으며 하는 말이었다.

"내가 공연히 이유도 없이 붙잡히던가? 두 번째 광화문에서는 장두를 잡으려 포졸들이 덤비니까 나섰던 거지."

서인주가 지지 않고 말했다.

"그러니까 다른 사람이 나서게 내버려 둬야지, 자네는 잡혔다가 이전의 금갑도 탈출 사건이 들통 나면 어쩌려고 그랬던 거야?"

황하일이 이번에는 웃지 않고 말했다.

"나야 또 잡혀도 이름 바꾸고 나이 바꾸고 미꾸라지처럼 빠질 준비가 되어 있었거든. 장두를 잡으면 죽이는 게 이놈의 나라 법도 아니던가? 장두가 코앞에서 잡혀가게 생겼는데 내가 어쩔 수 있었겠나?"

"그래서 이름을 뭐라 바꿨는데?"

"안.두.겁."

"야, 그 이름 참 잘 지었다. 아주 딱 어울리네."

황하일이 이죽거리자 모두 따라 웃었다.

"두 번째는 언제 나오셨는데요?"

망개가 물었다.

"올 6월에 나왔지요. 열여섯 달 동안 아주 순둥이로 말썽 부리지 않고 있으니 내보내 주더라고요. 뭐 성은이 망극하다고 하라나 뭐라나."

"말씀 놓으세요. 저희들 이름은 순망, 망개라고 합니다. 두겁이라는 이름하고 우리 이름하고 잘 어울리는 거 같은데요?"

순망이 말했다.

"그래 두 사람 이름은 따로 부를 게 아니라 순망개라 하면 되겠네요. 나랑 친해 봅시다. 두 사람이 그동안 아주 큰일들을 했다고 손 통령(손병희)에게 들었어요."

서인주가 그들에게 감사의 인사를 전했다.

"말씀 낮추시라니까요. 연배가 많으신데….."

순망이 말했다.

"항상 그놈의 공대, 하대가 문제라니까. 우리는 모두 평등한데 존대, 하대를 하다 보면 그게 그렇지 않게 되거든. 어떤가? 우리가 함께 있을 때는 모두 공대를 하지 않기로….."

서인주가 좌중을 둘러보고 말했다.

"아이구, 안 됩니다. 어찌 저희가 선생님들에게 하대를 할 수 있습니까?"

"그러니까 우리말이 좀 문제가 있어요. 존대, 하대로 구분해서 말을 하면 곧 바로 위아래가 생기고 윗사람이라는 존재에게 힘이 실리는 차별이 생기게 되거든요."

"아이구 그래도….."

망개, 순망이 이 자리에 애당초 끼어든 것이 잘못이라는 생각을 하며 안절부절못했다.

"그건 그렇고 이분은 제가 괴산에서부터 뵙기는 했는데 아직 제대로 인사를 못했습니다."

서인주가 옆의 사람을 바라보았다.

"나는 이종훈[64]이라고 합니다. 나도 존대, 하대 말은 항상 위아래를 따지게 되니까 더 좋은 방법이 없을까 생각했어요. 우리도 존대하지 말지요, 뭐."

망개가 얼른 손사래를 치며 말했다.

"아이구. 저희 앞에서 이러시면 안 된다니까요. 저희가 어떻게 감히….."

"이런, '감히' 이런 말도 문제에요. 감히라는 말은 누구는 항상 명령하고 누구는 항상 복종하는 관계를 당연하게 여기는 자리에서나 쓰는 말이지요. 우리 지금부터는 절대로 그런 말은 쓰지 말도록 하자고. 해 보자니까?"

황하일도 거들었다.

"알겠네…."

망개가 어색해 어찌할 바를 모르면서 말했다.

"그렇지. 말할 때 위아래 구분을 없애니까 당분간은 말하는 자나 듣는 자가 모두 어색할 거야. 그런데 그렇게 어색하다는 건 바로 우리가 차별하는 말씨로 인해 우리도 모르게 항상 위아래를 따지는 삶을 살도록 잘못 길들여져 왔다는 뜻이 아닐까? 신분, 재산, 나이, 성별…. 별 의미 없는 가치가 별스럽게 의미 있는 가치로 잘못 자리매김하고 있는 거라고. 존재 자체가 이미 귀한 가치인데 말이야."

서인주가 공을 들여 설명을 했다.

이종훈이 다시 말을 이었다.

"그런데 하대라고 하면 '아래 하'를 쓰니까 그것도 바른 씀씀이는 아닌 것 같고…. 하대라는 말 말고 좋은 표현이 없을까?"

"하대, 존대가 아니니니까 중대라고 할까?"

망개가 나섰다. 말을 해 놓고는 어색해서 어쩔 줄을 몰랐다.

"좋아. 우리 모두 중대로 말하기로 하자구. 존대도 아니고 하대도 아니고 나이 구별 않고 우선 어정쩡하게 말하면서 서로 상하 구별 않기!"

황하일이 제안했다. 어정쩡하게 말한다는 말에 모두 웃었다.

"그럼 다시 중대 말로 내 이야기를 계속하지. 나는 이종훈이고 경기도 광주 실촌에서 태어났네. 글 잘한다는 칭찬은 들었지만 돈 주고 벼슬도 사고파는 세상이라고 하니까 접어 버리고 떠돌아다녀보기도

했지. 스물한 살 되던 때에 고향에 왔다가 7년간 철점도 했고, 한양 가서 별군관도 해 봤고….”

“별군관은 급료나 제대로 나오던가?”

서인주가 물었다.

“웬걸? 임오년(1882)에 난리를 겪었지. 급료를 몇 달이나 안 주다가 준다는 게 겨니 모래니 잔뜩 섞인 걸 그것도 절반으로 줄여서 주더란 말이지. 누가 중간에 빼돌리고 그런 걸 섞은 거지. 그러니 앞에서 먼 저 받던 군인들하고 시비가 붙었을 거 아닌가? 삽시간에 아수라장이 되고 말았지. 당시 병조판서 노릇하던 민겸호가 군인들 중에 주동자 를 잡아다가 고문을 하고 두 명은 죽이라고 했다네.”

“아니, 세상에 똥 싼 놈이 성을 내도 유분수지, 피해를 준 놈이 피해 받은 자를 벌줘요?”

순망이 목소리를 높였다.

“자네도 중대를 하게.”

서인주가 얼른 순망의 옆구리를 찔렀다.

“그렇지. 참, 아니 그렇게 나쁜 놈들이 있나?”

“그러게나 말이지. 그러니 군병들이 화가 안 나게 생겼나? 통문을 보내 군병들을 모아서 폭동을 일으켰지. 민비 척족인 민겸호 집을 아 주 콩가루로 만들어 놓았다니까. 원흉은 왕비 민씨 아닌가? 궁 안에 민씨들로 뺑 둘러 장막을 세워 놓고 벼슬이나 팔아먹고 말이지. 그래 서 민비를 잡으러 갔더니 민비는 이미 궁을 빠져나가 줄행랑을 놓았더라네."

"오, 그게 그렇게 되었던 거로구먼"

망개가 말했다.

"그래서 어떻게 됐는데?"

순망이 말을 재촉했다.

"다 때려치우고 돈에 갈급해서 돈을 많이 벌어 보려고 인천에 가서 객주 노릇을 했지. 거기서 돈을 좀 만졌고…."

"계속 좀 벌지 그랬어. 우리도 좀 호강하게…."

황하일이 부러운 듯 말했다.

"그랬지. 더 벌려고 다른 객주들 말을 듣고 원산으로 함흥으로 올라갔겠지? 그런데 무자년(1888)에 그 근처에 민란이 일어나서 아주 험한 꼴을 많이 보았지. 그래서 그냥 낙향하고 말았네."

"오, 그 무자년이라면 가뭄 때문에 엄청나게 많이 죽고 했다는 그 때를 말하는 건가 보이."

서인주가 말했다.

"그렇지. 길에 굶어 죽은 시체들이 즐비했으니 말이지. 굶어 죽고, 탐관오리들한테 덤비다가 맞아 죽고, 병들어 죽고…. 오죽하면 가뭄이 들었는데 쌀이 남아돈다고 하는 말이 돌았겠나. 먹을 사람이 없어져서 말일세."

"그래서 함경도에 정이 떨어졌던가 보네."

망개가 아까보다 좀 더 편한 표정으로 말했다.

"그래도 장사꾼이니까 황망 중에도 벌이가 좀 될 만한 걸 가지고 내려와서 한양을 기웃거렸지. 누가 평안 감사 했던 민비 일족 민영준[65] 집엘 가 보라더군."

"그자가 민비 척족으로 임금한테 황금 덩어리를 수시로 갖다 바친다는 자 아닌가?"

서인주가 물었다.

"바로 그잘세. 그 집엘 가 봤는데 정말 입이 벌어져 말이 안 나오더구만…."

"어땠길래?"

순망이 허리를 세우며 물었다.

"집 안 연못에는 노랗고 빨간 잉어들이 노닐고…."

"노닐고?"

황하일이 얼굴을 바싹 들이대며 물었다.

"부엌에서는 지글지글 고기 굽는 냄새…."

"아 아, 고만…. 고만."

서인주가 손을 내저었다.

"내가 가져갔던 물건은 중국에서 건너온 보석이었는데 커다란 푸른 알에서 형형색색 빛이 나오는 것이었지. 내가 눈을 질끈 감고 3만 냥을 불렀는데 안주인이 3만 2천 냥을 내게 던져 주더군. 다음에 귀한 물건 있으면 또 가져오라면서."

"수지맞았네."

망개가 말했다.

"아니… 그길로 장사를 접었지. 집에 오는 길에 눈물이 쏟아지고 다리가 후들거려서 걷기가 힘들더군. 내가 두 번 다시 이런 짓은 안 해야겠다고 다짐을 했다네."

"어째서?"

"어떤 자들은 굶어 죽는데 어떤 자들은 기르는 개에게도 고기를 던져 줄 정도더란 말이지. 그러니 그런 작자들이 정사를 돌본답시고 꼭대기에 즐비한데 어찌 나라 꼴이 제대로 되겠나?"

"욕심 많은 인간 같으면 그런 고민도 안 할 걸?"

"참, 그렇게 허무하고 허망할 데가…. 그래서 집에서 농사나 지으며 소일하고 있었는데, 임진년(1892) 말에 공주에서 막 올라왔다는 사람에게서 동학 이야기를 들었네. 공주에서 충청 감사에게 소장을 내고 올라왔다면서 동학의 고갱이 중 하나가 유무상자(有無相資)라고. 가진 것이 있으나 없으나 서로 돕는다는 말을 하더라는 말이네. 그 말을 듣고 무릎을 탁 쳤네. 내가 바라는 세상이 바로 그런 세상인데 벌써 그런 세상을 위해 애를 써 온 사람들이 있더란 말이야. 얼마나 고마웁던지. 그래서 바로 해가 바뀌자마자 입도를 했다네."

"그러면 그게 작년 일이네. 입도를 한 뒤에는?"

순망이 턱을 괴고 물었다.

"나만 좋은 세상을 살 수가 있는가? 여주, 이천, 안성으로 돌아다니며 포덕을 하다가 손병희 통령도 알게 되었지. 작년에는 보은에 가서 장석(丈席)을 만나 뵐 수 있어서 얼마나 기뻤는지 모른다네."

"그런데 지금 이렇게 고생하는 게 후회되지는 않는가?"

서인주가 물었다.

"고생이 뭔가. 배고프고 몸이 고달파도 마음만은 매일 날아갈 듯하이."

"좋은 말 많이 들어 정말 고맙네. 우린 이제 일하러 가야 해."

순망과 망개가 선발대 자리로 나아가며 말했다.

"잠깐!"

이종훈이 급히 불렀다.

"그러잖아도 내가 앞뒤로 분주히 오가는 자네들을 전부터 눈여겨보았네. 얼마나 고마웁던지. 자네들 주려고 어제 장성에서 어렵사리 구한 것이 있네."

이종훈은 바랑에서 버선 두 켤레를 꺼내어 망개, 순망에게 내어놓았다.

보은으로 돌아오다

석 달 동안 천리가 넘는 길을 제대로 입지도 먹지도 쉬지도 못하고 동학군들은 오직 한 가지 일념으로 지냈다. 혼자서 꾸는 꿈이 아니라 함께 꾸는 개벽의 꿈, 그 꿈을 가슴에 모두 품고 있다는 걸 확인하는 것은 서로에게 힘이 되었다. 그것은 죽어도 사라지지 않을 꿈이었다. 땅속에 불씨로 살아남을 꿈, 하늘이 품어 줄 꿈이었다. 석 달 동안 수천수만의 동학군은 춥고 배고픈 시간을 함께 견디며 하나의 운명체가 되었다. 내가 너이고 네가 나인 이런 삶이 언제 있었던가?

12월 17일 오전, 해월과 손병희가 이끄는 기나긴 행렬이 지친 걸음으로 눈보라를 헤치고 보은 장내리에 당도했다. 석 달 만에 다시 찾은 보은 땅. 그들에게는 성지와 같은 땅이었다. 그러나 보은은 석 달 전 희망을 품고 떠났던 그 땅이 아니었다. 초막은 다 불태워지고 도소도 깡그리 부서지고 폐허가 되어 버렸다. 집집마다 문짝이 부서져 나가고 불에 그을려 흉가가 되어 버렸다. 만여 명의 지친 행렬이 쉴 곳은 아무 데도 없었다.

그들은 우선 주변의 나무들을 모아 불을 일으켰다. 추위에 언 몸을 녹이고 다시 기운을 내어 함성도 질러 보았다. 쉴 곳을 찾아 보은이 고향인 황하일의 말대로 북쪽으로 귀인다리와 누저리를 지나 북실마을(종곡리)로 들어갔다. 남쪽이 트이고 서쪽, 북쪽, 동쪽이 모두 산으로 둘러져 있는 아늑한 곳이었다. 해가 지고 있었다. 동학군들은 인근의 집들로 들어가 휴식을 취했다. 망개와 순망은 동네 입구에서 보초 설 곳을 물색해 보았다.

"어디가 마땅할까?'

망개가 물었다.

"저쪽 왼쪽에도 필요할 것 같고, 이쪽 오른쪽 소나무 아래에도 필요할 것 같지?"

사방을 둘러보던 순망이 말했다.

"그려. 그럼 우리는 그쪽에 몇 명 배치하고, 이쪽에도 두어 명 더 불러서 여기 소나무 동산 아래서 망을 보세나."

망개가 왼쪽 아래쪽에 네 명이 보초 자리를 잡는 것을 보고 세 명을 자기네 쪽으로 불러들였다.

"지금 선생님들은 어디 계시지?"

순망이 그들에게 물었다.

"여기 개천 따라 위로 올라가서 오른쪽에 큰 집이 하나 있다네. 그리로들 가셨어."

"알겠네. 그럼 오늘도 우리는 어떤 일이 닥쳐도 장석 어른을 비롯해 모두를 잘 지켜 내자고."

순망이 모두에게 다짐의 말을 했다.

"오늘은 어떻게 암호를 정할까?"

망개가 소나무 앞에 자리를 고르며 물었다.

"'방아'가 어때?"

순망이 제안했다.

"방아가 뭐여?"

망개가 눈을 둥그렇게 뜨고 물었다.

"방아깨비도 몰러? 방아깨비의 방아!"

순망이 눈을 흘겼다.

"아, 하하…. 알겠네. 그럼 오늘은 내가 앞쪽에 서 있을 테니 자네는 소나무 뒤 쪽으로 숨어 있게. 만약 일이 생기면 알지?"

망개가 말했다.

"아니야. 내가 앞에 설 테니 자네가 뒤에 있게."

순망이 앞으로 나서며 말했다.

"왜?"

"둘 다 도토리 키재기지만 자네가 나보다 다리 기럭지가 조금 더 길지 않은가? 만약 일이 생기면 재빨리 뛰라고. 총도 뭣도 놓고 가벼운 몸으로 미친 듯이 뛰란 말이여."

"알겠네. 그런 일이 없으면 좋겠지만, 만약에 놈들이 닥치면 최대한 시간 끄는 거 잊지 말고!"

망개는 순망 뒤에 있는 소나무 뒤로 올라섰다.

유격장 김석중과 구와하라(桑原)

12월 15일, 상주 유격장 김석중[66]은 지난 11일 12일 동학군들과 영동 율계령에서, 용산 골짜기에서 접전을 벌였으나 청산으로 들어가는 것을 막지 못한 것이 못내 약이 올랐다. 이번에는 빈틈이 없어야 했다. 그들이 청산을 떠나 보은으로 들어가면 칠 것을 계획하고 관군들에게 대나무 통을 20개씩 마련해서 탄약을 채우라고 일러두었다. 동생 김직중을 시켜 황간에 머물고 있는 일본군 구와하라가 이끄는 부대를 급히 데리고 왔다. 구와하라는 27세의 젊은이로 일본군 병사 16명을 데리고 왔다. 김석중은 그간의 경험을 통해 일본군 16명이라면 동학군 수천 명도 상대할 수 있다는 것을 알고 있었다. 일본의 총과 훈련된 병사들은 조선 팔도에서 보지 못했던 것이었다. 그들이 부러웠다. 이러니 조정에서도 일본군의 지휘를 받으라고 했던 것 아닌가.

그러나 보은에서 끝장을 내려면 충분한 병력이 필요했다. 김석중은 통역관을 통해 구와하라에게 증병 요청을 해 달라고 간곡히 부탁했다. '호남의 동학도는 모두 섬멸되었고 보은으로 들어간 이들만 섬멸하면 당신과 나는 큰 공을 세우게 될 것이 아닌가.' 김석중은 호기롭게 그에게 함께 죽기를 다짐하고 싸우자고 말했다.

12월 16일, 동학군이 청산을 떠나 보은으로 이동하고 있을 때 김석중과 구와하라는 청산으로 들어왔다. 김석중의 제안대로 구와하라를 돕기 위해 육군 보병대위 미야케(三宅武義)가 병력 13명을 데리고 왔고 태봉에 있던 일본군 8명도 뒤이어 왔다. 그들은 전신을 이용하고 정밀 지도를 가지고 있었기 때문에 언제 어디든 기동력 있게 움직이고 있었다. 이제 일본군 병력이 43명이 되었으니 동학군 수만 명이라도 당해 낼 수 있게 되었다. 김석중은 이제 시간은 자기편이라는 것을 알았다.

12월 17일, 상주 유격장 김석중의 부대 190명과 함창, 용궁에서 지원 나온 병력 각 20명씩, 그리고 일본군 43명은 동학군을 바짝 추격해 보은으로 들어왔다. 동학군들이 관아에 불을 질러 성내에서 연기와 불꽃이 하늘에 닿고 함성이 땅을 흔들었다. 김석중 일행은 귀인교에 도착해 저녁밥을 먹었다. 청주 병사 300명이 추가로 도착해 밤중에 총성을 약속 삼아 같이 행동을 취하기로 했다.

"저녁에 공격합시다."

김석중이 구와하라에게 말했다.

"야간 전투는 해 보지 않았습니다. 어두우니 지리를 파악하기도 힘들고요. 우리는 숫자가 적고 적은 매우 많으니 가볍게 진군할 수 없습니다. 내일 아침에 합시다."

구와하라의 말을 통역이 전했다.

"'상대가 많고 아군이 적으면 야간 기습만한 것이 없다.'고 병법에 적혀 있는 것을 모르오? 낮이라면 적의 숫자가 워낙 많으니 우리 병사들 기가 저절로 꺾이게 되지만 밤에는 다르오."

김석중은 영동과 용산에서의 패배를 생각하며 말했다.

"게다가 '미처 예상하지 못하고 대비하지 못할 때 공격하라.'고 병법에 말했으니 오늘 밤이 적당한 때요!"

"그렇다면 귀하의 말을 따르겠습니다."

구와하라는 더 이상 고집을 피우지 않았다.

김석중이 말했다.

"상대는 수만 명이고 우리는 모두 해야 270여 명. 청주병이 추가로 있다지만 전진 공격은 우리가 담당해야 할 것이오. 왼쪽은 구와하라 소위가 일본군 22명과 상주병 50명을 지휘하도록 하시오. 오른쪽은 미야케 대위가 일본군 16명과 상주병 50명을 지휘합니다. 중앙은 내가 상주병 40명을 지휘하여 진격하겠소."

김석중은 일본군에게 얻은 수통을 열어 물을 한 모금 마셨다.

"그리고 50명을 셋으로 나누어 좌, 우, 중앙군의 선발대로 보내고 나머지 50명은 셋으로 나누어 풍점, 장내, 장암에서 퇴로를 차단하도록 하겠습니다. 청주 관병은 거북점에서 남하하여 퇴로를 차단하여 남북에서 협공하기로 하면 될 것이오. 해시 정각(저녁 9시)에 일제히 총을 쏘며 공격하기로 합니다!"

우측 선발대가 북쪽으로 올라가다가 소나무 아래 보초 넷이 있는 것을 보았다. 조용히 한꺼번에 달려들어 세 명을 즉시 죽였다. 남은 한 명에게 물었다. 어깨가 탄탄한 작달막한 사내였다.

"지금 이곳에 병력이 얼마인가?"

"방아!"

"뭐라구?"

"방아! 방아!"

"뭐라는 거여, 이놈이!"

토벌대가 총대로 보초의 어깨를 후려쳤다.

"아, 예…. 여기 방앗간부터 저 위까지 병력 10만인데요, 우리는 호남 열일곱 군데에서 전쟁을 치렀습니다. 한 갈래는 무주, 영동, 청산, 보은, 상주, 선산, 일본 병참, 영남 감영, 동래부를 함락하고, 한 갈래는 청주, 공주로 가서 바로 한강을 건너 한양으로 가고, 한 갈래는 청국이 후원하기로 해서 서북 각 지역에서 모두 들고일어날 것입니다."

선발대는 곧바로 그의 목을 베었다.

최후의 결전

망개가 '적군이다!' 소리를 지르며 해월 선생과 대접주 일행이 쉬고 있는 집[67]으로 뛰어들자 손병희, 서인주, 황하일, 이종훈 등은 해월 선생을 부축해서 재빠르게 북동쪽 속리산 새목이재 쪽으로 뛰었다. 서인주가 가던 길을 돌아와 망개에게도 같이 가자고 손을 잡아끌었지만 망개는 순망이 곁에 남겠다며 따라나서지 않았다. 망개는 붉어진 눈으로 두 손을 모았다.

"시천주 조화정 영세불망 만사지. 잘 가게!"

서인주는 그의 손을 잡아 주고 발길을 돌려 북동쪽 산으로 뛰었다. 망개는 방문 앞에 놓인 총을 챙겨 들고 서북쪽 산으로 뛰었다.

해시 정각이 되어 김석중 일행이 일제히 총을 쏘며 세 길로 나아가자 인근 마을 집 안에 들어가 저녁을 먹고 쉬던 동학군들은 모두 놀라 자리를 박차고 일어나 흩어졌다. 삽시간에 마을이 텅 비어 버렸다.

김석중이 동네에 들어가 세 갈래로 나뉘었던 각 부대의 상황을 확인하고 있을 때 갑자기 산 위에서 총성이 하늘을 울리고 땅을 뒤흔들었다. 흩어져 도망간 줄 알았던 동학군이 서북쪽 산모퉁이에서 떠오르더니 그들이 쏘는 탄환이 머리와 어깨 위에 비처럼, 우박처럼 쏟아졌다. 김석중은 부하들에게 급히 땅에 엎드려 마주 총을 쏘라 명했다. 땅에 엎드린 채로 조금씩 조금씩 밀고 나가며 총을 쏘았다.

미야케 대위가 오른쪽 산 아래에서 위를 보고 공격했다. 구와하라는 왼쪽 산 아래에 엎드려 위로 공격했다. 김석중은 가운데 텅 비어 있는 땅을 끼고 마주하여 산 위로 공격했다. 인시(寅時 새벽3시-5시)가 되자 동학군의 총소리가 줄어들었다. 소리만 요란할 뿐 위력적이지 않은 무기라도 동학군은 가진 것을 다 써 버린 것이다.

동쪽 하늘이 서서히 밝아 왔다. 동학군들이 산 위를 하얗게 덮고 있었다.

사시(巳時 오전 9시-11시)가 되자 가진 탄약이 다 떨어진 동학군들은 도망가지 않고 토벌군을 향해 죽이겠다고 소리소리를 질렀다. 그중 누군가 하나가 입에 손을 대고 좌우의 동료들에게 소리를 쳤다.

"지도부가 멀리 피할 수 있게 시간을 벌어야 해요. 시천주 조화정 영세불망 만사지!"

어느 순간 동학군들의 목소리는 하나가 되었다.

"시 천 주, 조 화 정, 영 세 불 망, 만 사 지!"
"시 천 주, 조 화 정, 영 세 불 망, 만 사 지!"
"시 천 주, 조 화 정, 영 세 불 망, 만 사 지!"

산꼭대기에서 울려 퍼지는 그 소리는 마치 하늘에서 들려오는 천둥소리 같았다. 토벌 부대가 놀라 사격을 멈추었다.

김석중은 새로운 꾀를 내어야 했다. 상주병 45명의 군복을 벗기고 흰옷만 입게 한 채 총을 들고 산꼭대기로 올라가라고 명했다. 흰옷을 입은 상주병들이 산 뒤로 살살 올라가 꼭대기의 그들 속에 섞였다. 신호에 맞추어 그들이 한꺼번에 총을 쏘니 총에 맞은 수십 명의 동학군들이 산 아래로 굴러 떨어졌다.

김석중은 토벌 초기에 배운 일본말을 떠올렸다. 일본군을 향해 외쳤다.

"민나 고로시!"

구와하라도 배운 조선말이 있었다. 조선군을 향해 외쳤다.

"모두 살류기노 하라!"

맨손의 동학군을 향해 토벌대는 미친 듯이 총을 쏘아 댔다. 동학군은 앞에서 고꾸라지고 뒤에서 넘어져 서로 짓밟고 짓밟혔다. 가까이 다가가서는 칼로 목을 베었다. 피가 강물이 되어 흘러내렸다. 17일 저녁부터 18일 오후까지 격전이 벌어진 가마골, 망나니골에는 총에 맞아 죽고 칼에 찔려 죽은 시체가 수천 구나 되었다.

쓰러진 동학군들 위로 눈이 내려 쌓였다. 까마귀들이 피 냄새를 맡고 북실로 몰려들었다.

김석중은 돌아와 보고서를 썼다.

전과: 적의 목을 자른 것이 10여 명, 총에 맞아 죽은 것이 2,200명, 야간 전투에 죽은 것이 393명임. 대접주 임국호, 이원팔, 김군오, 정대춘의 목을 베었고, 그 외에도 죽은 자가 있지만 그 이름은 알 수 없음. 우리 측 피해: 함창 군병 1인 오른쪽 손 상처, 용궁 군병 1인 왼쪽 팔 상처, 구와하라 아랫배 약간의 흔적.[68]

에필로그, 1895년 뒷이야기

토벌대는 친일파가 되고, 동학군은 3·1운동의 주역이 되고

해월의 제자 신재련이 푸념하듯 물었다.

"다리를 펴고 동학 할 세상이 오기는 합니까?"

해월은 잠시 생각하다가

"모든 산이 검게 변하고 모든 길에 비단이 깔리고 만국과 더불어 통상할 때를 기다리면 된다. 100년 뒤면 저절로 알게 되리라."

또 다른 제자가 물었다.

"그때를 알리는 어떤 징조는 없습니까?"

해월이 대답했다.

"때는 그때가 있는 것이니 마음을 급히 갖지 마라. 우리 땅에 들어왔던 만국 병마가 물러가는 때이니라." [69]

동학에 입도한 사람들은 수양을 통해 자기 스스로를 귀한 존재라고 깨우치면서 감동과 희열을 맛보았다. 이웃 사람들과 동식물, 심지어는 무생물에 이르기까지 존귀하게 여기니 거기가 바로 천국이었다. 그러나 위의 대화에서 보듯이 또 한편으로는 새로운 세상에 대한 갈급 때문에 동학에 기대어 그 세상을 빨리 맛보고 싶어 했다. 19세기 조선, 그곳은 정말 전봉준이 스스로들을 칭한 것처럼 '인민'[70]들에게는 살기 힘든 곳이었기 때문이다.

동학 차도주 강시원은 해월과 30여 년을 함께 다니다가 갑오년 청주 전투에서 체포되어 처형됐다. 해월이 처형되는 1898년까지 김연국은 27년간, 서인주, 황하일, 손천민, 손병희 등은 15년을 가까이에서 함께했다. 그 외에 수많은 대접주, 접주들이 일단 그와 관계를 맺게 되면 죽을 때까지 인연을 이어 갔다. 해월처럼 오래도록 많은 제자들과 생사고락을 함께한 지도자는 흔치 않을 것이다.

34년간 도피 생활을 하면서 수천 명이 되는 접주와 수십만 명으로 추정되는 도인들을 양성해 내었으니 해월은 우리나라 역사상 아마 가장 오랫동안 잡히지 않았던 수배자였음과 동시에 가장 많은 사람들에게 추앙받았던 개혁 지도자라고 할 수 있다.

그러나 소통 불능의 정부는 조선반도의 보석과 같은 존재들인 갑오 동학농민혁명의 주역들(전봉준, 김개남, 손화중, 김덕명, 최경선 등)을 진압과 동시에 체포하여 처형해 버리고 말았다.

1898년 해월이 처형당한 뒤 살아남기 힘들다며 자포자기했다던 손천민과 서인주 등은 어떻게 잡혔는지 알려져 있지 않다. 정부기록보존소(현 국가기록원)의 자료를 보면 거의 모두 비슷한 시기인 1904년에 평리원에서 재판을 받고 처형되었다. 서인주의 장인이자 해월과 사돈이었던 음선장은 태100에 종신형을, 황하일은 장100에 유배도 3년형을 받았다.[71] 망개, 순망이와 같이 개벽의 꿈을 품었던 수만 명이 격전의 현장에서 이름도 남기지 않고 사라져 갔다.

손병희, 권병덕, 이종훈 등 극소수의 살아남은 동학 1세대는 천도교를 일으켜 1919년 3·1운동을 주도했다. 3·1운동의 민족 대표 33인 중 10여 명이 갑오동학농민혁명에 참여했거나 동학에 바탕을 둔 천도교 소속 사람들이었다는 것은 우리 역사 속에 동학이 얼마나 큰 뿌리로 존재하는지 말해 준다.

반면에 드물게 합리적인 사고를 할 줄 알았던 관리 어윤중은 1896년 아관파천으로 개혁적 갑오경장 내각이 붕괴되자 국외로 망명하던 다른 각료들과 달리 고향으로 내려가다가 추격하던 관군에게 49세의 나이로 피살당했다.

해월과 손병희가 이끄는 동학군을 추격하는 토벌 부대를 이끌었던 김석중은 일본군의 전술과 무기에 반해 버렸다. 갑오년의 토벌 공적을 인정받고 안동 관찰사로 가다가 의병 이강년에게 문경에서 붙잡혀 처형당했다.

갑오년 종횡무진으로 동학도를 토벌하며 가는 곳마다 재물을 빼앗아 쌓아 두었던 이두황은 다음 해에 민비 시해에 가담했다가 일본으로 도망, 10년 후 돌아와 이토 히로부미(伊藤博文)의 배려로 출세 가도를 달렸다. 식민지 시대에 전라북도 장관으로 재임하였다.

원세개에게 지원병을 요청하러 갔던 고종의 심복 박제순은 갑오년 당시 충청 감사가 되어 일본군 뒤에 숨어 동학농민군을 진압하고 11년 뒤 외부대신이 되어 을사조약을 체결하는 을사5적의 하나가 되었다. 한일강점 이후 중추원 고문, 경학원 대제학이 되었다.

조선 상층 계급은 흡혈귀, 기생충

영국 여성 이사벨라 버드 비숍은 1894년 2월, 조선에 처음 온 뒤 4년간 4차례(11개월간) 조선 여기저기를 답사하고 펴낸 책(Korea and Her Neighbors)에 아래와 같이 당시의 조선 상황을 정리했다.

'조선은 단지 두 계급, 즉 약탈자와 피약탈자로 구성되어 있다. 면허 받은 흡혈귀인 양반 계급으로부터 끊임없이 보충되는 관료 계급, 그리고 인구의 나머지 5분의 4인 문자 그대로의 '하층민'인 평민 계급이 그것이다. 후자의 존재 이유는 피를 빨아먹는 흡혈귀에게 피를 공급하는 것이다'72

이사벨라는 또한 동학 지도자들의 상소문을 소개한 뒤 동학 지도자들이 얼마나 이성적인 개혁자들인지, 일본의 야심이 얼마나 음험한지도 갈파했다.

'6월 21일 아침 일찍 제물포에 도착하자 일본 해군의 큰 군함 한 척, 작은 군함 여섯 척이 항구 바깥쪽에 있었다. (중략) 일본인 거주지의 주요 거리에 있는 모든 집들은 막사로 변했고 발코니에서는 총과 장비가 번쩍거렸다. (중략) 일본군은 2백 명의 인부와 1백 필의 말을 이용하여 제물포의 일본 영사관으로부터 한양을 향해 탄환과 포탄을 수송하고 있었는데, 이 이동은 극도의 정숙과 보안 속에 이루어지고 있었다. (중략) 그 목표는 동학군의 승리로 인해 위험에 봉착했다고 선전되는 한국 내의 일본인들에 대한 효과적 보호라는 미명 아래 잘 은폐되어 있었다. (중략) 동학군은 너무나 확고하고 이성적인 목적을 가지고 있어서 나는 그들의 지도자들을 '반란자들'이라기보다 차라리 '무장한 개혁자들'이라고 부르고 싶다. 동학의 선언문은 (중략) 내가 보기에 그 모든 것이 구구절절 옳은 말들이었다. (중략) 내가 이 기간에 대해 이런 사소한 부분까지 다 회상하는 것은, 동학군이 조선 반도 군사 개입의 빌미를 제공하자마자 기다렸다는 듯이 보여주었던 일본의 야심 때문이다.'[73]

갑오년 당시 일본은 동학혁명군을 토벌하면서 몸수색이나 가옥 수색을 통해 확보할 수 있는 문건을 모두 모아 몇 궤짝을 일본으로 가져갔다고 한다. 그 문서들이 지금 일본 외교사료관, 일본 방위성 방위연구소 도서관 등에 소장되어 있다. 양심적인 일본 학자들은 당시 참전 일본 병사들의 기록들을 애써 찾아내기도 했다.

그들이 보관하고 있는 1차 사료는 오히려 일제강점기에 기록된 몇 가지 한국의 자료(이용구의 시천교역사나 오지영의 동학사 등)보다 더 정확하다고 볼 수 있다. 최시형이 고집했던 '북접'은 '남접'이라는 용어가 존재하기 훨씬 이전부터 수운 최제우로부터 직접 전수되었다는 정통성의 의미로 불리던 것이다. 새롭게 발굴된 사료에도 해월이 봄부터 전봉준과 연계했던 증거들이 드러나고 있다. 따라서 그간의 남북접의 대립에 대한 오해는 앞으로 더 많은 연구를 통해 사라지게 되기를 희망한다.

동학군은 애당초 누구를 죽이기 위해서 일어선 사람들이 아니었다. 손에 든 것은 무기랄 것도 없었다. 무기라고 손에 든 죽창 끝에 피를 묻히지 말라는 군령을 내렸던 동학도들, 행군하다가 쓰러진 보리를 일으키며 걸었던 동학도들,[74] 행실이 옳다고 소문 난 양반집은 멀리멀리 비켜 갔던 동학도들. 그들이 어찌 대량 학살을 목표로 작정하고 들어온 일본군을 당할 수 있었으랴.

갑오년 동학혁명에 등장하는 중요한 세 군의 무리를 들라면 ① 흡혈귀에게 당하는 것을 거부하며 새로운 세상을 이루고 싶어 하는 동학도('인민'), ② 무능하면서 흡혈귀처럼 행동한 왕과 양반층, ③ 군사 강국을 꿈꾸며 이웃 나라를 짓밟는 일본이라고 할 수 있겠다.

역사에서 가정은 무의미하다고 하지만 일본의 무력 침략과 대량 학살이 없었다면 조선반도의 분단으로 70년이 넘는 세월 동안 서로를 증오하도록 길들여지는 오늘의 비극적인 상황은 애초에 시작되지 않았을 것이다. 일본 역시 반세기 동안 아시아를 전쟁의 소용돌이 속에 몰아넣어 이웃 나라에 사는 2,000만을 죽이고 무엇을 얻었던가?

자기 안의 하늘을 감사히 품으며 불의의 폭력과 맞서는 깨어 있는 세계의 시민들이 어제도, 오늘도, 내일도 역사의 주역이 될 것이다. 그들에게 이 책을 바친다.

● 주석

1 충청 감사로 부임했을 당시의 심상훈(1854-?)은 32세. 후일 조병갑(1844-1911)의 사돈이 되어 고부 군수로 유임할 수 있도록 돕는다. 1894년 혁명이 끝난 뒤에도 해월이 잡히지 않자 1898년 1만 냥의 현상금을 걸고 해월을 잡도록 독려해 성공한다.

2 조병식(1832-1907)은 영의정 조두순의 서질로 조병갑과는 8촌간(4촌간이라는 기록도 있다)이다.

3 음선장(1835-?)은 청주 율봉역(현 율량동) 접주. 서인주의 장인. 사과(司果) 벼슬을 지냄. 1900년 서인주, 손천민, 서우순 등과 청주 북면에서 체포. 태100. 종신형 선고받음.

4 『개벽의 꿈-동아시아를 깨우다』, 박맹수, 모시는사람들, 2011, 183쪽.

5 손병희의 여동생의 이름은 알려져 있지 않다. 무자년(1888)에 해월의 세 번째 아내가 되며 후일에는 손소사로 불리웠다. 손씨 성을 가진 여자라는 뜻.

6 〈해월문집〉. 통문(무자) "凡吾道之人 同愛淵源誼 若兄弟 兄飢而弟飽可乎 弟煖而 兄凍可乎" 동학의 통문은 모두 한문으로 되어 있다. 접주들은 대개 한문을 해독할 수 있는 식자층이었던 듯.

7 현재 여주의 해월 묘 옆에는 셋째 손씨 부인의 묘와 묘비만 있다. 첫째 부인 손씨와 둘째 부인 김 씨 부인의 비석을 함께 세우고자 하는 움직임이 계속되고 있다.

8 최동희(1890.1-1927) 호 소수. 외삼촌 손병희의 주선으로 15세에 일본으로 유학. 11년 동안 유학 생활을 했다. 인촌 김성수, 고하 송진우와 함께 와세다대학 정경학부 동기동창. 러시아어, 영어, 중국어에 능통했으며 1926년 조선독립을 목표로 만주에 고려혁명당을 세웠으나 다음 해에 폐렴으로 사망.

9 앞의 『개벽의 꿈』 181쪽; 해월사모담, '해월신사 일상생활', 〈천도교회월보〉 165호, 1924.6, 재인용.

10 『천주교회사초고』 포덕31년조, 표영삼, 『동학2-해월의 고난 역정』, 159쪽,

2005, 통나무에서 재인용.

11 자료에 따라 500금으로 나와 있기도 하고 750냥이라 나와 있기도 하다.(1금의 가치가 얼마 정도인지는 확인할 수 없었다.)

12 전남 진도군에 속해 있는 금갑도는 근처의 다른 섬들과 함께 조선시대의 유배지로 이용되었다. 면적 4.353평방km(여의도 면적의 1.5배).

13 『동학농민혁명과 부안』, 부안문화원, 2011, 164쪽.

14 『천도교회사초고』 포덕32년(신묘)조, 표영삼, 앞의 『동학2』 166쪽에서 재인용.

15 김낙삼은 해월이 신묘년(1891) 5월-6월 호남을 방문했을 때 양반인 윤상오가 아니라 천민 출신 남계천을 호남좌우도 편의장으로 삼자, 도인 100명을 대동하고 응하지 못하겠다고 항의했다. 해월은 반상의 구별, 적서의 구별이야말로 나라를 망치는 근본이라며 그들을 설득했다. 그 뒤로 갈등은 사라졌다고 한다. 앞의 『동학2』 169쪽.

16 〈독립신문〉(1896.12.15.) "새로 부임한 법부대신 조병식 씨는…형조판서로 있을 때에 자기의 사랑하던 청지기 하나가 어사에게 바른말을 하였다고 길에서 만나 하인을 시켜 그 사람을 잡아다가 형조에서 즉시 타살하고….";『매천야록』, 정동호편역, 꿈이있는집, 120쪽(조병식과 전제홍 이야기).

17 〈매일신문〉(1898.4.28.) "전 외부대신 조병식 판사가 충청 감사로 있을 때에 그곳 아전 서신보의 아들 한익과 홍순 형제가 조 씨에게 청하고 종주 청소에 사는 오연근 제족의 가재를 탈취코져 하야 오연근이가 불효부제하고 불법난류의 죄가 많다 칭하고 오 씨의 제족을 혹 정재도 보내며 혹 리슈도 하고 졸지에 령문관속을 발하여 엄동설야에 수십 호 오자의 족속을 내쫓으매 남녀노소가 황겁하여 사면으로 흩어져 혹 얼어 죽은 자도 있고 재물을 몰수당해 가산을 탕패한 자도 있는대 장정 오륙 명을 천리 밖에 귀양 보내고 오연근은 기여히 죽이려 하다가 대내에 통촉이 되어 오 씨의 명은 겨우 보종하였으나 제족의 죽고 망함은 사람으로 하여금 차마 듣지 못할 바러니 기시 선무사 어윤중 씨가 나라에 장계하기를 공주 오연근의 일은 겨울 하늘 눈밤에 오 씨의 가족을 쫓아 내어 7-8명이 얼어 죽고 동리가 비어 초목이 서로 조상하고 새, 짐승이 슬피 운다하였고 그 후에 오씨가 그 원통한 일을 신원하고자 하여 십여 차 거소하여도 서가의 세력이 강함으로 어찌할 수 없더니 장년에 법부에 호원하여

서가를 고등재판소에 가두었는데 서가가 옥을 넘어 도망하였는지라. 재판장 한규설 씨가 결석재판으로 서가에 논 열닷 섬 직을 집행하여 오가에게 내어주라고 공주부에 훈령하였더니 얼마 못되어 다시 조 씨가 법부대신이 되어 즉시 훈령하기를 그 집행한 전답을 서가에게로 주고 오가는 해부에 잡아 가두라 하매 오 씨가 무한한 곤경을 당하였더니 지금 재판소에서 오연근을 불러 올려 그 집행 분부와 빙고할 조건을 모조리 수입하여 방장사실 하는 중이라더라."

18 규장각 소장, 『동학서』 도소조가회통; 앞의 『동학2』, 189쪽, 주석 227 재인용.

19 『해월문집』(1892.8.29.); 〈해월 최시형의 동학 비밀포교지 연구〉, 박맹수(원광대), 주석 238, 239 재인용.

20 공주 집회에 관해서는 여성동학다큐소설 공주편, 『비구름을 삼킨 하늘』, 이장 상미 참조.

21 앞의 규장각 소장 『동학서』 도소조가회통.

22 삼례 집회에 관해서는 여성동학다큐소설 진주 하동편, 『잊혀진 사람들』, 유이 혜경 참조.

23 앞의 규장각 소장 『동학서』 도소 조가회통(동학 도인들이 보낸 원문은 전체가 다 한문으로 되어 있다.) 이 진정서를 조선 정부(朝家)는 처리하지 않은 채 돌려보냈다(回通). 그래서 이 문건에는 조가회통(朝家回通)이라는 제목이 붙었다.

24 〈천도교회월보〉 246호(1931.6), 30쪽.

25 권병덕, 후일 3·1운동을 선언한 민족 대표 33인 중의 한 사람.

26 앞의 『동학2』, 주석 288. 『동학농민전쟁사료총서』 20권 재인용; 1893년 2월 복합상소 중에 체포된 서인주는 다음 해인 1894년 6월에 풀려났다.

27 『동학2』, 주석 299. 『동학농민전쟁사료총서』 19권 재인용.

28 『동학2』, 282쪽(원래의 통유문은 한문으로 되어 있다.).

29 앞의 『개벽의 꿈』, 234쪽.

30 『동학2』, 304쪽. 『취어』, 『동학사』, 『동학도종역사』 등에는 추가로 대접주의 이름들이 많이 추가되어 있지만 대접주의 수와 도인의 수는 정확하게 밝혀지지 않았다.

31 보은 집회 당시 이외에도 이후에 임명된 대접주의 이름을 포함하였다.(서장옥

은 보은 집회 당시 투옥 중)

32 구경꾼, 엿장수, 떡장수의 이야기는 『동학2』, 299쪽 참고함.

33 『동학2』, 322쪽. 『일성록』 고종편 계사 3월 25일 재인용을 참고함.

34 『동학2』, 333쪽. 〈동경조일신문〉 명치26년 6월 13일자 재인용. 이미 오래전부
   터 조선을 침략할 계획을 세우고 있던 일본은 중국과 조선 왕실과의 관계에
   대해 신경을 곤두세우고 있었다.

35 『동학2』, 337쪽. 〈동학농민전쟁사료총서〉 2권 '취어' 42-43쪽 재인용

36 앞의 『매천야록』 72쪽.

37 『매천야록』, 78쪽. 특히 조병식, 윤영신, 정태호가 무당 진령군에게 아부를 심
   히 떨었다고 한다.

38 『동학2』, 333쪽. '취어' 49-53쪽, 334쪽 〈율산일기〉 재인용.

39 '왕의 적자'라는 표현은 동학은 '사도(邪道), 좌도'로 몰지 말고 공인해 달라는
   말이다. 『충북동학농민사연구』, 이수희 등, 2006, 98쪽.

40 『동학2』 345쪽. 『동학농민전쟁사료총서』 2권 '취어' 60-63쪽 재인용.

41 앞의 『충북동학농민혁명사연구』, 98쪽. 〈속음청사〉 264쪽 재인용.

42 고위직 관리가 시위를 위해 모인 군중을 '민당(民黨)'이라고 표현한 것은 역사
   상 처음 있는 일이었다. 어윤중은 이 표현 때문에 조정 신하들에게 많은 빈축
   을 샀으며 후일 유배 가는 이유가 되기도 했다.

43 『동학2』, 356쪽. 『동학농민전쟁사료총서』 2권 '취어' 64-71쪽 재인용.

44 조병식은 보은 집회 때 파직당했으나 1896년 다시 돌아와 요직을 차지했다.

45 『동학2』, 364쪽. 『일성록』 4월 10일 재인용; 서병학, 서인주, 전봉준의 이름은
   보은 집회에서 서병학이 어윤중에게 따로 발설하였다고 알려져 있다.(『동학2』,
   표영삼, 268쪽. 장희용 접주의 글에 따르면 서인주는 당시 체포되어 있어 보은 집회에 나타나지
   않았으며 1894년 6월 석방되었다.)

46 뒤늦게 인근의 독지가들이 그곳에 비석을 세웠는데 '최경상(시형)의 아들 봉주
   의 묘'라고 묘비명을 썼다. 덕기의 아명은 솔봉이며 셋째 부인 손 씨가 낳은 아
   들의 아명이 봉조였는데 아마 잘못 알고 쓴 듯하다.

47 『동학2』, 375쪽. 〈일본신문〉 (1893.7.20.) 재인용.

48 『동학2』, 406쪽. 〈동도문변〉(동학농민전쟁사료총서 6권) 재인용.

49 전봉준은 체포된 후 재판을 받을 때 민요를 일으킨 동기에 이렇게 답했다. "一境 인민이 忍之又忍하다가 종말에는 부득이하야 행하게 되었다(온 고을 인민이 참고 또 참다가 끝내 어쩔 수 없이 행하게 되었다)." 당시 사람들은 자기들을 지칭할 때 '인민'이라는 말을 썼다는 것을 알 수 있다.

50 『백범일지』, 1990, 37쪽. 김구는 갑오년 3월에 해월을 만났고 그때 들은 해월의 말을 일지에 기록했다. 일반적으로 김구가 청산에서 해월을 만난 것을 9월로 보는데, 필자는 박맹수 교수의 설을 따라 3월로 본다.

51 해월이 전봉준의 봉기에 대해 고절문을 쓰는 등 심히 반대했다고 기록한 『시천교역사』는 친일로 돌아선 이용구가 일제강점기에 집필한 것이다. 오지영의 『동학사』 역시 일제강점기에 들어와 기록한 것으로 천도교의 뿌리인 동학이 수행만 강조했던 조직이었음을 드러내기 위해 일부 사실을 왜곡한 것으로 보인다. 일본이 가지고 있는 1차 사료(동경대사료편찬저장소 보관 해월편지/ CJB 보은에서 동학혁명을 노래하다 1부, 2부 참고)에는 해월이 4월에 이미 전봉준과 협조하고 있는 것을 볼 수 있다. 『개벽의 꿈』 286쪽. 4월 9일 충청 감사 전보, 주한일본 공사관기록; 『동비토록』. 163쪽 재인용. 충청 감사 조병호는 최법헌의 통문에 따라 청산 소사전에 모인 동학도들의 군기 탈취 등에 대하여 상부에 보고하고 있다.

52 〈조선국 동학당 동정에 관한 제국공사관 보고 1건〉이라는 일본 외무성외교사료관 소장 자료에는 동학당에 관한 속보를 기록하고 최시형의 4월 11일 자 통문을 첨부했다. 전라도와 연합작전을 폈고 해월이 전체를 진두지휘하고 있었다는 것이 드러나는 문건이다.

53 『동학농민전쟁사료총서』 2권 '취어' 122-123쪽.

54 『오하기문』, 황현, 역사비평사, 1995, 93쪽

55 『조선잡기』(김영사). 일본의 공무원 혼마규스케(本間九介)는 1893년 조선을 정탐하고 일본 신문에 그 내용을 연재했다. 그는 조선인이 중국을 중화, 스스로를 소화라 하는 것을 비웃었다.

56 『건건록』, 무쓰 무네미쓰, 명륜당, 1998. 이 책은 동학의 봉기를 계기로 청국이 조선에 군대를 파견함에 따라 일본도 이에 대응하여 군대를 급파하고 결국

은 청일전쟁을 일으키게 하는 일본 외교의 총책임자였던 외무대신 무쓰 무네 미쓰가 조선을 침략 경영하고자 하는 의지를 실현해 가는 외교적 경과와 동시에 청국, 러시아, 영국, 프랑스, 독일, 이태리, 미국 등과의 외교정략의 아슬아슬한 전개를 적나라하게 회고 기록한 일본의 외교 비록이다. (저자 서문)-한국인 특히 외교 전문가들이 반드시 읽어야 할 책.

57 『명성황후 시해와 일본인』, 김문자, 김승일 역, 태학사, 98-401쪽.

58 앞의 『건건록』, 42쪽.

59 『건건록』, 110쪽 참고.

60 『1894년, 경복궁을 점령하라!』, 나카츠카 아키라, 박맹수 옮김, 64-75쪽. 일본의 조선과 대륙침략의 시발이 되는 엄청난 계획하에 저지른 경복궁 점령을 '양국군사간의 사소한 시비로 발생했던 대수롭지 않은 사건'으로 기술해 왔다.

61 '동학농민전쟁기 일본군의 무기', 박맹수, 『한국근현대사연구』, 2001년 여름호, 258-263쪽.

62 일본 천황의 직속 기관인 히로시마 대본영의 병참총감 카와카미 소로쿠는 '동학당은 모조리 살육하라.'라는 명령을 여러 차례 반복했다. 홋카이도대학 문학부 교수인 이노우에 가츠오 교수는 당시 조선과 일본 사이에 맺은 조약에 따르면 이는 분명한 불법이라고 말한다. 전쟁이 아니었음에도 조선정부의 요청이 있기 전부터 일반 민중을 학살하는 것은 국제법 위반이라는 것이다(CJB 청주방송 '보은에서 동학을 노래하다' 1.2부 2002.5 방송).

63 이두황은 다음 해 명성황후 시해에도 가담했으며 후일 이토 히로부미의 비호 아래 중추원 부찬의가 되었고 전라북도 관찰사(도지사)가 되어 일제로부터 여러 차례 훈장과 은사금을 받았다.

64 이종훈은 후일 손병희와 함께 3 · 1운동을 주도하는 33인 중의 한 명이다. 33인 중 갑오년에 함께 했던 동학도와 천도교도는 손병희를 필두로 임예환, 나인협, 홍기조, 박준승, 양한묵, 권병덕, 나용환, 이종훈, 홍병기 등이 있다. 1898년 해월이 체포된 이후 상대적으로 얼굴이 덜 알려진 이종훈이 헌신적으로 옥바라지를 했으며 비 오는 날 한밤중에 몰래 해월의 시체를 수습한 뒤 이장하여 여주의 자기 소유 땅에 안치한 것도 이종훈이다. 해월의 아들 최동희가 만주에서 고려혁명당을 창당했을 때 고문으로 추대되었다. 후에 손병희의

사위가 된 이종훈의 아들 이관용은 이완용의 집에 불을 지르고 용문산에서 일본군과 교전을 벌이다 26세의 젊은 나이로 사망했다.

65 민영준(=민영휘). 민씨 척당의 중심 인물. 평안 감사일 때 고종에게 황금으로 만든 마차 모형을 선물하는 등 아부에 능했다. 형조, 예조, 공조판서를 거쳐 한성부판윤이 되었다. 갑오년에 동학혁명이 일어나자 청의 원세개에게 파병을 요구했다. 갑오개혁 후 유배되었으나 중국으로 탈출, 이듬해 다시 돌아와 관직 생활. 일제강점기에 일제로부터 자작 작위를 받았다. 당대 최고의 부자. 휘문학교 설립. 친일반민족행위자로 등록되었다.

66 김석중은 상주 민보군을 이끈 유격장이다. 『토비대략』을 썼다. 동학도를 진압한 공을 인정받아 다음 해 안동 관찰사가 되었다. 그러나 그해에 일어난 을미사변으로 민비가 죽자 의병이 일어나게 되고 문경에서 이강년 의병진에 잡혀 효수되었다. 그 뒤에 김석중의 형이 문경을 습격해서 불을 질렀다고 한다.

67 현 보은군 장안면 누청4길 24-6 김소천가.

68 김석중은 『토비대략』에서 그렇게 전과를 보고했지만 일본 측은 300여 명이라 기록했고, 감영 보고문에는 395명 외에 셀 수 없이 많은 시체, 청주 관병과 옥천 의병이 육박전으로 27명을 죽였다고 보고했다.

69 『해월신사법설』'개벽운수', 천도교경전, 334쪽.

70 평민, 민초, 대중, 민중, 상민, 백성… 여러 가지 용어 가운데 당시 그들이 스스로를 칭한 '인민'을 그대로 옮겨 썼다. 우리가 흔히 알고 있는 '백성'이라는 단어는 원 문건에서 한 번도 발견할 수 없었다.

71 『충청북도동학농민혁명사』, 133쪽. 국가기록원 동학관계판결문집 참고. 갑오년이 거의 10년이 지난 시기에 잡혀 같이 재판을 받은 것을 보면 갑오년 이후에도 같이 생활을 하다가 같이 잡힌 것이 아닌가 생각된다. 1895년 3월 전봉준과 같이 처형당했다던 청풍 접주 성두환(한)은 국가기록원 기록에 의하면 1905년 3월에 사형을 받은 것으로 되어 있다.

72 『한국과 그 이웃나라들 Korea and Her Neighbours』, 이사벨라 버드 비숍, 1994, 살림 511쪽. 이사벨라는 1864년 2월부터 1897년까지 4년 동안 4차례(11개월간) 한국의 여기저기를 답사하며 책을 썼다. 수박 겉 핥기 식의 방문기나 관람기와는 달리 상당히 방대한 양의 내용을 대단히 심도 있게 수록해 놓았

다. 1898년 영국과 미국에서 출간되었다.

73 위의 책, 209-213쪽.

74 『오하기문』, 황현, 역사비평사, 1995, 79쪽.

연도(간지)	날짜·내용
1824 갑신	10월 28일 경주 가정리에서 수운 최제우 탄생하다
1827 정해	3월 21일 경주 황오리에서 해월 최시형 탄생하다
1845 을사	최시형, 밀양 손 씨와 혼인(19세)하다
1860 경신	4월 5일 수운, 동학 창도하다
1861 신유	최시형, 수운을 찾아가 입도(35세)하다
1862 임술	■진주 등 전국각지 민란 성행하다
1863 계해	8월 14일 수운, 최시형에게 도통 전수(37세)하다
	■고종, 즉위하다
1864 갑자	3월 10일 수운, 대구장대에서 순도(41세), 최시형, 高飛遠走하다
1871 신미	3월 10일 이필제, 영해 교조신원운동 일으키다
	최시형, 직곡리에서 49일 기도 하다
	■신미양요 일어나다
1873 계유	12월 9일 수운의 부인 박 씨, 별세하다
	■대원군, 실각하다
1874 갑술	최시형(48세), 김 씨와 단양에서 결혼하다
1875 을해	1월 24일 최시형 아들 덕기, 출생하다
	수운 둘째아들, 사망하다
1876 병자	충청 감사 조병식, 부임하다
	■강화도조약 체결되다
1878 무인	●10월 18일 최시형 딸 최윤 출생하다
1882 임오	■임오군란 일어나다
1884 갑신	■갑신정변 일어나다
1885 을유	●최시형 부인 손씨, 보은으로 이주하다
	●충청 감사 심상훈 부임하다
	●거문도사건 일어나다
1886 병술	여름 전국에 전염병 성행하다
1887 정해	●보은에 도소·육임소 설치하다
	최시형 둘째 부인 김 씨 별세하다
1888 무자	●최시형(62세), 손소사(26세)와 결혼하다
1889 기축	조병식, 함경도 방곡령 내리다
	●10월 최시형 첫째 부인 손 씨 사망하다
1890 경인	서인주 풀려나다
	최시형, 경상도에서 내수도문, 내칙 설법하다
1891 신묘	조병식, 충청 감사 부임하다

연도(간지)	날짜 · 내용
1892 임진	동학금단령 내려지다
	10월 공주교조신원집회 개최하다
	11월 삼례교조신원집회 개최하다
1893 계사	2월 11일 광화문상소집회 개최하다
	●3월 보은집회 개최하다
	●3월 11일 최시형, 장내리 보은집회 지휘 시작하다
	●3월 17일 고종, 호조참판 어윤중을 양호도어사로 임명하다
	●3월 18일 돌담 쌓고 포명 결정하다
	●어윤중 보은으로 출발하다
	●3월 25일 조정에서 대책회의, 청군 지원 요청 고민하다
	●3월 26일 어윤중 도착, 대표들은 면담 후 고종 답변 요구하다
	●3월 30일 조정의 심의문건 어윤중에게 전달하다
	4월 1일 고종 답변 낭독
	4월 1일 경군 기관포 도착하다
	4월 2일 동학지도부, 해산 결정하다
	●4월 3일 해산 확인 후 어윤중 보고서 작성하다
	8월 최시형, 청산으로 이사하다
	10월 최시형 아들 덕기, 사망하다
1894 갑오	3월 20일 무장기포, 25일 백산 결진하다
	4월 2일 진산 동학도 114명 사망하다
	4월 6일 최시형, 청산 기포 명령 내리다
	5월 조정, 청군에 병력 지원 요청하다
	5월 7일 동학군과 관군, 전주화약 체결하고 동학군 집강소 활동하다
	5월 8일 일군 도착하다(톈진조약 근거)
	5월 조정, 양군에 물러갈 것을 요구했으나 거부당하다
	6월 21일 일본군, 경복궁 강제 점령하다
	6월 23일 청일전쟁을 도발하다
	6월 28일 서장옥 석방되다
	7~8월 일본21개 병참부 전선 공사 완료되다
	7~8월 갑오경장 시작되다
	7~8월 경상도 동학군 일군 및 관군과 충돌하다
	9월 18일 전국 총기포령 내리다
	10월 2일 일본군, 동학섬멸 전담부대 파병하며 살육 명령하다
	10월 9일 일본군, 인천 상륙하다
	10월 15일 서로, 중로, 동로로 내려오며 동학군 진도로 토끼몰이 토벌하다/경기, 강원, 충청, 전라에서 접전(수원, 안성, 원주, 홍성, 청주, 보은, 논산, 이인, 서산, 당진, 태안, 괴산, 공주, 문의, 증약, 옥천, 청산, 영동, 황간…)
	9월~12월 16일 손병희 지휘군 (보은-청산-논산-공주 우금치-논산-전주-태인-원평-장성-순창-임실-무주-용영동-청산-보은)
	●12월 16일 손병희 지휘 부대, 청산 출발하다
	●12월 17일 손병희 지휘 부대, 보은 도착. 관군과 일군과 전투 벌이다

연도(간지)	날짜 · 내용
	●12월 18일 손병희 지휘 부대 패퇴하다
1895 을미	3월 29일 전봉준 최경선 손화중 김덕명 성두환 등 처형되다
	■8월 20일 일본군인과 낭인 경복궁을 점령. 명성황후 살해하다(을미사변)
1896 병신	■아관파천 시행되다
	■10월 12일 대한제국 선포하다
	12월 24일 손병희(37세), 최시형으로부터 도통을 이어받다
1898 무술	6월 2일 해월, 한양 육군형장에서 교수형으로 순도하다
1901 신축	■이재수의 난 일어나다
1904 갑진	■2월 8일 러일전쟁(일본군 뤼순군항 기습공격) 일어나다
1905 을사	■7월 29일 카쓰라-태프트 밀약 체결되다
	■11월 17일 일본과 강제로 을사조약(늑약) 체결하다
	12월 1일 손병희, 동학을 천도교라는 근대종교로 개신하다
1906 병오	■2월 1일 일제, 통감부 설치하다(초대 통감 이토 히로부미)
1907 정미	수운과 해월(최시형), 정부로부터 신원되다
1909 기유	■안중근, 의거하다
1910 경술	■한일강점 시작되다
1911 신해	■청, 멸망하다
1914 갑인	■7월 28일 제1차 세계대전 발발하다(오스트리아, 세르비아에 선전포고)
1918 무오	■11월 11일 제1차 세계대전 종결되다
1919 기미	3·1운동 후 손병희 투옥되다
	■고종, 서거하다
1922 임술	5월 19일 손병희 환원하다
1923 계해	■9월 1일 동경 대지진 일어나다
1926 병인	■6·10만세운동 일어나다
1927 정묘	■경성방송국 방송 시작하다
1929 기사	■광주학생운동 일어나다
1931 신미	■만주사변 일어나다
1932 임신	■이봉창, 윤봉길 의거하다
1937 정축	■중일전쟁, 난징대학살 일어나다
1939 기묘	■9월 1일 제2차 세계대전 발발하다(독일 폴란드 침공)
1941 신사	■12월 7일 아시아태평양전쟁 발발하다(일본군, 진주만 기습)
1945 을유	■8월 15일 광복 맞이하다. 천도교청우당 재건 부활(이북 47년)하다
1948 무자	■남북총선위해 UN위원단 도착, 제주4·3항쟁 일어나다
1949 기축	■6월 김구 암살되다
1950 경인	■6·25 전쟁 일어나다
1953 계사	■휴전협정 체결되고 남북 분단되다
1994 갑술	동학농민혁명 100주년 맞아, 동학에 대한 관심 고조되다
2004 갑신	3월 5일 동학농민혁명 참여자 등의 명예회복에 관한 특별법 의결되다
2014 갑오	10월 11일 동학농민혁명120주년 기념대회 서울에서 개최되다

여성동학다큐소설 보은편

깃발 휘날리다

등 록 1994.7.1 제1-1071
1쇄 발행 2015년 12월 5일

지은이 동학언니들
펴낸이 박길수
편집인 소경희
편 집 조영준
디자인 이주향
관 리 위현정

펴낸곳 도서출판 모시는사람들 03147
       서울시 종로구 삼일대로 457(경운동 수운회관) 1207호
전 화 02-735-7173, 02-737-7173
팩 스 02-730-7173
인 쇄 (주)상지사P&B(031-955-3636)
배 본 문화유통북스(031-937-6100)
홈페이지 http://www.mosinsaram.com

이 도서의 국립중앙도서관 출판시도서목록(CIP)은 e-CIP 홈페이지(http://www.nl.go.kr/
ecip)에서 이용하실 수 있습니다.(CIP제어번호: 2015031707)

양승관	이미자	이희란	정은주	주영채
양원영	이민정	임동묵	정의선	주진농씨
연정삼	이민주	임명희	정인자	진현정
오동택	이병채	임선옥	정준	차복순
오세범	이상미	임정묵	정지완	차은량
오인경	이상우	임종완	정지창	천은주
왕태황	이상원	임창섭	정철	최경희
원남연	이서연	장경자	정춘자	최귀자
위란희	이선업	장밝은	정한제	최균식
위미정	이수진	장순민	정해주	최성래
위서현	이수현	장영숙	정현아	최순애
유동운	이숙희	장영옥	정효순	최영수
유수미	이영경	장은석	정희영	최은숙
유형천	이영신	장인수	조경선	최재권
유혜경	이예진	장정갑	조남미	최재희
유혜련	이용규	장혜주	조미숙	최종숙
유혜정	이우준	전근순	조선미	최철용
유혜진	이원하	정경철	조영애	하선미
윤명희	이유림	정경호	조인선	한태섭
윤문희	이윤승	정금채	조자영	한환수
윤연숙	이재호	정문호	조정미	허철호
이강숙	이정확	정선원	조주현	홍영기
이강신	이정희	정성현	조창익	황규태
이경숙	이종영	정수영	조청미	황문정하
이경희	이종진	정영자	조현자	황상호
이광종	이종현	정용균	주경희	황영숙
이금미	이주섭	정은솔	네오애드앤씨	황정란
이루리	이지민			
이명선	이창섭			
이명숙	이향금			
이명호	이현희			
이문행	이혜란			
이미경	이혜숙			
이미숙	이혜정			

여러분의 후원에 감사드립니다.

이름이 누락된 분들은 연락주시면 이후 출간되는 여성동학
다큐소설에 반영하겠습니다. / 전화 02-735-7173